逆旅

陈卫 著

陕西新华出版传媒集团
陕西人民出版社

目 录

乘愿

我年轻时也曾经做过许多的梦。我曾经以为我会像觉远师父一样保卫少林匡扶正义。也曾经以为我会像大岛幸子一样清纯寂寞。我曾经以为我会像霍元甲一样身怀绝技师徒情深。也曾经以为我会像哪吒一样三头六臂上天入海剔骨还父莲花再生。我曾经以为我永远不会老，更不会死。我甚至曾经以为我并不是人，我一直伪装人形，只不过是为了能和一群活物相伴度日，我相信有朝一日我会在一个他们无知无觉的夜里悄然幻化，消失在黑黢黢的树林。我将离开。或许无数年以后我可以在另一个地方另一个村庄重现，和新的陌生人重归于好。我曾经并不希望我和孙悟空一样神通广大，如果可以，我只想要他的一项不起眼的神功——“隐形”：我想让别人不能看见我。我并不期望飞行，因为那是我已经放弃的能力。我曾经以为我来自远古，也将延伸未来。我曾经以为我的臣子会比我更加忧患，鞠躬尽瘁保护子民，以使国土长治久安。我还曾经以为我根本不需要一言一行，只需要安然不动保持本色，女孩子们就会爱上我，并且她们也正好是我喜欢的类型。我还曾经以为我的小鸡鸡能够高高生长像一棵参天大树，女孩子们被我顶到半空随风摇曳同时伸手喂乌鸦。我曾经以为我有数不清的妻妾，并且所有人都和睦相处相安无事。我曾经以为我会戴着斗笠背着长剑行隐五湖。我曾经期望火车提速，能让我在必须经常往返的路上不要花费那么多煎熬的等待。我曾经以为我一定能和林若萱相好，能在往后的岁月无数次观看舞台上她泪光闪闪的献唱。我曾经以为我可以深得右军和东坡行书的精髓，并在自己的书风中将它们深藏不露。我曾经以为我可以不著一字，只恋行动和奔走。我曾经以为我的弟子们对我的尊重不需要我再去索求我的功名。我曾经以为在每个我喜欢的密林深处高山之巅大湖之滨我都会有一座自己的别墅。我曾经以为我能成为顶级的美食师，我喜欢做菜给朋友吃，看到他们面对色香味形俱全的美味发出享受的赞叹，我将倍感荣耀。我曾经以为我石公山顶的园林夜夜笙歌酒池肉林，醉后我和武将微服私访，菜场的大妈最是乐意见我，她说："就你最不像官。"

我是不小心才走上这条路的。

我那新交两年的女朋友本来是要去陕西的榆林，她新的电影计划与秦扶苏有关，榆林是剧中人曾经活动过的地点，她想实地考察一下。榆林之后，她要回成都给她的母上大人过生日。然后是我。

我对榆林兴趣不大。我旨在离开。这座潜居两年的庭院我又住不下去了。花花草草书本桌椅我又开始熟视无睹麻木无感。我想离开。但我要去哪里我并不清楚。也许是想找一处新的住所，一座小山，一间小屋，与世隔绝。虽然我心里吵着想要离开已经半年之久，但临到动身，似乎一切又都没有准备好，心里忐忑而荒芜，对那离开之后的日子既盼又怕。我拖延着，每天变换着延宕行期的理由。我模糊的目标大约仍是我的老家江南一带。尽管我不喜欢“江南”这个词，也并不特别喜欢江南这个区域，我瞄准它仍旧只是因为我对它尚且熟悉，饮食起居安顿起来比较便捷。人忐忑时本能偏向慵懒，只图省事。

“这条路线很顺。”她伸手在我面前逆时针画了一条弧线，中途用力向下折落，最后短促地滑向右边并快速收住，表示我们将先向西然后向西南，最后可有可无地指向东边我的目的地江南。

一开始我没有指望她迁就我。毕竟我的行程仍旧模糊不明，我恍惚的心没法做出果断的决定。我只是暗地里抗拒着榆林，一边查询各个行程的车票（自从马航空难之后我们就尽可能不坐飞机），一边在心里想象那难以适应的陕西美食，以及那千篇一律的古城风貌。那些被当地人用围墙圈起来的所谓景点、文物，更是我避之不及的所在。最终，她母亲的生日帮了我：由于交通的缓慢导致去往榆林并从那里转成都的几段行程都很漫长，榆林之行我们将要花去至少四天的时间，这样赶到成都为她母亲庆生就很仓促。多次规划之后，她同意直接去成都，把榆林之行放在等她回到北京之后再说。

虽然才分别半年，但是母女俩像久别重逢般欣喜激动。头天晚上我们就已经安排了接下来几天要吃的各种美味。对于一个贪吃的人来说，成都人民有足够的办法体现他们的热情。更重要的是，言谈中我听出来，在我们还在北京规划行程的时候，嘉琪就私下和她妈妈商量促成我开车带她去川西南游玩。多亏这小蹄子还能顾及我喜欢开车远游的兴趣，想必也是试图给我近期迟钝的感觉增加一点刺激。至于川西南这个地点，我其实并不那么重视，只是前年我刚认识嘉琪不久她带我来成都，席间她妈妈、姨夫等亲友听闻我喜欢自驾远游，就竭力向我推荐这条线路。她姨夫在旅游局工作，他的推荐令我无法轻视。后来我们也偶然在朋友圈看到那里的图片，蓝天白云，雪山草甸，不容置疑地刺亮了我们的眼睛。而现在，她妈妈再次正色对我们说："甘孜阿坝你们必须走一走。"并提出她可以给我们提供一台还不错的 VOLVO XC60。沃尔沃我没有开过，但它的安全性能闻名遐迩，我感到我的血液轻微沸腾，已经想象我的手脚控制、驾驶着它在辽阔的草原飞腾奔跃，身边的嘉琪发出一连串傻懵的尖叫。待这样一段心旷神怡的旅程结束之后，我再去寻找可以让我潜居一段时间的新居，确实是一个美不胜收的安排。

出于习惯，我随口问了一句："路都好走的吧？"

"嗨，"她妈妈安慰道，"比起以前不知要好多少倍了！现在全是很好的大路。"

根据她妈妈的建议和我们的兴趣，以及网上的线路介绍，我们当晚就拟订了一个行驶七天的计划。以甘孜为主，先直奔海子沟体验雪山、冰川、温泉，然后向西北折返，抵达香公草原，骑骑马，最后绕到四姑娘山游玩一两天回成都。

中途她妈妈迟疑地说到另一个地名“稻城”，她劝我们别去，“那地方才开发不久，可能各方面设施还不那么完备。”事实上在言谈中我发现上面这些地点她大部分也都没有去过，唯一可以确定她去过的是四姑娘山，因此尽管我没有对它表示兴趣，她仍旧建议我们把它定为我们的最后一站。

接下来两天，我们在奔赴一个接一个的饭局之余，就是不断地为行程做准备。嘉琪的妈妈给我们后备箱装满了矿泉水、干粮和水果，有些干粮甚至是我没怎么见过的少儿食品，感觉都是嘉琪小时候喜欢吃的零食。出于医生职业的要求，她妈妈又给我们准备了大量的药品。那阵势多多少少有点煞有介事小题大做，但长辈的物质准备是永远不能嘲笑和拒绝的，而况这确实是为了使我们未来路上的日子过得美满，想到接下来的日子里我们白天奔驰在蓝天下，晚上睡在星幕低垂的草原上，有上好的苏打水、冰泉，有新鲜的进口水果，还有各种吃了感觉能够让年龄和智商都变低的饼干、蛋糕、奶油酥，我没有像平常一样表现出该有的客气和谦让，相反积极地任劳任怨把它们搬运到车上。即便如此，她妈妈似乎还是看出我们那似有若无的不屑：“多准备一点，总归不是坏事。你到了路上，少一口都不得行。”我连忙点头称是，但没有止住她的话匣子：“你们尽量不要买外面的水果，对了，千万不要买那边的梨，吃了保证拉肚子……当年我们在那里做知青的时候……”

出发前一天晚上，她冒雨在藏药店给我们买到了最后一种高原药，此前她已经配齐了其他几种。我只听到她们母女俩常常说起“鸡肝”的字音。关于药我兴趣不大，没有多问。回家后她妈妈给她详细说明几种口服液、胶囊的用法用量。嘉琪是双鱼座，本身也是一个药物癖，每天吞下的各种药丸（或曰“营养品”）与食物等量齐观，有她在，我只需唯命是从。

我们没有在工作群里向其他几位身在北京的同仁提前宣扬我们即将的旅程。本身离开北京之后我就很少在群里说话，这也是为我未来不久在江南蛰居减少上网做着铺垫，给大家给我自己有个习惯的过程。只在前两天实在忍不住偶尔发去牛杂火锅、红汤黄辣丁、跷脚牛肉等等鲜亮的图片，馋得他们一屏口水。我想，即便要通报行程，到了目的地再给他们发出蓝天白云、草原群马，才更有意想不到的效果。

我们原计划一大早出发，但所有准备一大早出发的计划，只要和嘉琪在一起就不可能实现。不过还好，我们得以在十点出发，已经在所有出行之中算很好的一次，没有影响到心情。何况长途驾驶在即，没必要为了赶时间而导致睡眠不足。头天晚上我就在导航上看了几小时，一切都很美满。导航是我的安全伴侣。根据多年的经验，有它在，我走遍天下都不怕。我们简单喝了一点麦片粥，吞下嘉琪递来的高原药，就上路了。只要一握方向盘，四个轮子带着我飘动，我的大脑也就舒服地漫延，心情也开始开阔。虽然空气不够透明，但好歹阳光还是洒满一地。我没想到上午的高速公路车流极少，长时间只有我们自己一路向前，高大茂密的树林簇拥在路的两旁，使我不得不重新体会蜀地仍属于雨水丰沛的南方。才刚刚出城，我仿佛就来到了异域。虽然很快我就加速到 120 码以上，但我仍控制着不超过 130，让稳定温和的发动机声响提醒我道路还长、这才刚刚开始，我需要保持耐心。同时也让乘客、也就是我这活宝女友保持足够的安然若素。这不，她已经放倒椅背，戴上耳机，卧躺着托着 iPad 在看她的日本动画片。我余光扫视着变速箱和车座，茶杯，饮用水，多条充电线一应俱全，尤其是这些充电线，像一条条营养管道连接着我的身体，看着它们，我的身体也好像电量充足，而后座和后备箱里更是物品齐备，我知道，我正驾着我们的家在移动，在飞驰，我们不用担心去任何地方，我们可以去向天涯海角，我们四海为家。人啊，就应该永远在路上。生在路上，活在路上，死在路上。

尽管我宽容了我们稍迟的出发，但现在回头想起来，特别是不理智地、情绪化地回顾，似乎一切的变故都始于我们没有更早出发，它导致我们赶到一个对我来说还算如雷贯耳的地名——雅安——时正好是午饭时间。在一个有所耳闻的地方吃饭是安全的。

于是我离开导航的命令，出高速，奔向雅安吃饭。

沿途一些破山，街道也大多陈旧，破碎的裂痕遗留着“5·12”地震的痕迹，导航把我们带到根据点评网找到的口碑最好的店竟然是一家相当传统的饭馆，要按我平时的脾性，看到它的招牌和装修我就想回头，但想到我们重要的还有下午的路程，没必要在吃饭上浪费太多的时间，就硬着头皮落座点菜。菜品意料之中和店的外观一样平庸。

“估计这家店在点评网的口碑全是水军刷出来的。”

唯一稍有安慰的是他们的主打头牌菜——砂锅雅鱼——虽然品质三流，但分量确实很足，没有功劳也有苦劳吧，而况这行程才刚刚开始，一切更大的美满包括食欲的满足还在等着我们，我克制住了我的苛刻，不再牢骚。

问题出在吃完饭再上路时，我发现导航为我们重新规划了路线，它没有让我们再返回高速。一开始我觉得这也正常。导航根据我新走的路线重新规划，一直是它的正常反应。但是开了很久，沿着我感觉中与原先高速入口相反的方向，穿过城里那些本并不宽敞也不算平坦的街道之后，一直仍旧是一条路况破旧的普通公路，迟迟不上高速，而且这条只有两股道的路上车流量不小尤其是很多大货车，还有时不时的红绿灯，走走停停速度上不去，我开始有点恼火，几次停下重新导航，但始终没法重现一条回到高速的路线。我甚至记不起原先的高速路线在雅安之后如何继续向前延伸。无奈之中我只能默默跟着车队走。也许现在这条破败落魄的道路只是一段临时路线，走过它的十里八里，导航会重新把我们引上高速。

然而，从此我们再也没有上过高速。不仅如此，无论我怎么变换导航设置，眼下我们所走的这条路看起来越来越成为唯一一条通向我们目的地的路。我们只剩下了这条路。这是我们的唯一选择。然而更重要的是路况越来越差，越来越明显地，我们进入了巨石嶙峋的山区，路的内侧，是倚着山坡砌造的陈旧的房屋，外侧就是悬崖，悬崖之外，是另一些一座连着一座裸露着锈石的山峰。一切都灰蒙蒙的，路、山石、树木，都显出一副年久失修的样子，而且路面狭窄，往返始终都各是一条道，长时间车流密集，根本没法超车，大部分都是陈旧的大卡大货，其他小型车也大多陈旧脏浊，一副千年不修万年不洗的流浪相。我仿佛看到我的挡风玻璃上也已尘迹斑斑，不禁喷了两股肥硕的玻璃水。雨刮器密实柔和的声音以及随即清晰明亮的玻璃稍稍给我安慰。

没法开快。所有车都保持着龟速，看起来循规蹈矩，但更像是安于现状，早已习惯了命运的安排。这彻底摧毁了我的其他可能快速的欲念。逐渐地我和他们一样俯首帖耳且行且停。而且还必须和前车保持距离。这种路上什么可能的车况都有，突然一个轮子飞掉的情况不是不可能。自从饭后从雅安出发，嘉琪也没法再放下椅背舒服地躺卧着看她的动画片，双手把 iPad 紧紧抱在腿上，随着车的颠簸、盘旋、转弯、停顿和重启而忽左忽右忽前忽后摇晃，时不时和我一起咂嘴皱眉，恨不得用力帮我一起搬动车驾使我们的行驶畅通无阻。

山路的特征越来越明显。而且这不是我熟悉的、感到安全的山路。外侧悬崖的高度越来越高，偶尔的瞄视让我发现它们深不见底，在下方即被灰雾遮掩。这让有中度恐高症的我增加了更多的紧张，基本目不斜视，这虽然在外形上更保证了驾驶所需的集中注意力，但也增加了我心神的劳累。

一段时间以来，我感到我们在不断盘旋，不断爬坡。尤其是常常在外侧悬崖边的坡顶必须立即九十度转弯，前路被山体遮挡，既要担心一边的悬崖，又要提防对面是否会冲出车辆，爬坡需要加速，但悬崖和转弯又需要减速，踩着油门的右脚不禁迟疑抖索。有时我们走在悬崖边上，有时走在内侧山体一边。走在山体这边貌似稍微好些，但也只是稍微，因为这些山体不是平整向内继续斜过去的坡峰，而是怪石嶙峋，甚至常常支出来压在头顶上，与此同时，导航和路标不断提醒“注意落石”……每当此时，我注意到我紧握方向盘的手抓得更紧了，眼睛睁大了注视着挡风玻璃，随时担心果真巨石落下砸碎了玻璃，脚则既想猛踩油门试图快速通过这遭罪的路段，又不自觉地松开，以便随时准备换到刹车上。

更吊诡的是，下雨了。雨点虽然不大，但它无疑进一步增加了行车的困难，减缓了速度。导航上抵达目的地的时间一再后延。原计划五个小时的路程，现在已经走了三小时，而路程似乎才走了三分之一。根据天色和导航预计的时间判断，我们到达海子沟时一定已经夜幕降临。

那些路牌破旧歪斜，铁皮的底角往往卷曲，呈现出往日被超高货车撞刮的痕迹。在大部分“注意落石”的虚惊之后，现在果真时常看到路面上一连串湿漉漉的碎石。所有车都只能绕着它们走。原本就狭窄的两股道变成了单股道，双向的车只能单股分流，走完一边再走另一边。行车更加缓慢。突然，在前车一个向内转弯绕道之后，我看见前面我们这边的路基塌陷了一个大窟窿，整个外侧路面直接垮塌，路面几道波浪一般弯曲的裂缝之外，大量碎石垂落悬崖，直接连着悬崖下不动声色的灰暗的雨雾。没有任何路障护栏，在这荒山野岭，这样的故障并不能及时让路政机关知悉，一切都只能靠车队自行保命。我抓紧方向盘跟着前面车队摇摇晃晃，心里时时气馁，没有开过这个塌方路面的勇气。然而我不可能把这种气馁表现出一分一毫。在此我、我们别无可能，不要说嘉琪不会开车，就算她会，她那小细胳膊小细腿也不可能扛得住跌下悬崖的车轱辘。

这一定是一条已经存在了几十年的老路。来来往往各种匆匆忙忙而又慢慢悠悠的车，看来这是很多人愿意选择的路，或者也正是很多人的必经之路。由于慢速、堵车，以及车身上厚尘覆盖，这些车都没有了交通工具的潇洒，都像一头头绵软无力的牲口，忍辱负重地赶路。以安全赶赴目的地为首要责任。然而，何以这样一条必经之路的路况却如此之差呢？确实是没有别的更好的选择了吗？那我们中午从雅安下了高速其实并不是“失误”？那在山体之外的高速在哪里呢？我喜欢开车不错，但我不迷恋也不以此荣耀。我只是喜欢驾驶的感觉，无论是驾车带人，还是独自驾驶，我都挺喜欢。当然独自驾驶更能带动思绪方便思考。我没兴趣极限越野，但也曾经日行一千公里。常规的经验和对规则的严格遵守虽然没有给我带来更多的好处，但也使我在70的时速中飞走左前轮的情况下处变不惊把车稳稳地停在路中央。问题是我之前大多在平原行走，像现在这样的尤其是持续几百公里的险恶山路我还是第一次。不过，尽管如此，虽然眼下我愁眉不展忧心忡忡，但在最宏观的心情上我还是愉快的，毕竟，这是我盼望的旅程，它把我带离了北京，从又已经蜗居两年的院子走出来，走到新鲜陌生的区域。而况直到此时，直到我们根本没有别的选择的此时，我仍旧怀揣幻想，认为此刻的险山恶水只是我们中途不小心离开了高速的失误所致，只是一个失误一个偶然。余后的行程会重新美妙起来。从嘉琪那不屈的关注路况的表情能够看出，她一定也这么认为。

在长时间别无选择的埋首行进之后，我们已不再抱怨，只在心里暗暗算计着路程随着时间的点滴推移而一点点地缩减。导航语音完全换了一个以前城市、平原所不能听到的系统：不是前方红绿灯、限速多少等等，而反反复复地“前方左急转弯”“前方右急转弯”“前方落石路段”“前方反向急弯”……有时，云雾和悬崖提醒我们现在已身处世界的高峰，倘若没有密集山体的遮挡，兴许我们已经可以俯视众生。雨雾带来的寒意在一两个瞬间使我想到衣衫飘舞的剑客，但灰暗的雾气和山林看起来脏浊破败，并无仙气可寻。逐渐地，我们从长时间的紧张之中也开始习惯一些轻松。在那些确实让我提心吊胆的时刻，我会不自觉地吐一声“操”，随后一言不发握紧方向盘，同时注意不要太用力了而把方向盘拎掉下来。每当此时，嘉琪也不说话，我没用余光注意她的表情，她无非还是紧紧抱着她的 iPad，伸长着脖子左右巡视。我宁愿相信她的沉默是因为和我合拍在为暂时的危险共同保驾护航。更多的时候我也会轻松起来，“前面这车竟然是从内蒙开过来的……”听到我的声音，她也从喉咙口发出一声哼笑，没再言语。我想她也和我一样在想象这些遥远的外地货车司机一路风餐露宿怎么熬过来的。

当我们继续沿着“Z”字形不断盘旋而上，一个转弯，悬崖外的山顶已在我们脚下，这使我知道我们现在也已经接近了山顶。我们长时间在悬崖边盘旋，右侧的山峰也长时间地伴随着我们移步换景，突然，一座藏在近山后面的远山露了出来，灰蒙蒙的云雾覆盖了它的峰顶并缓慢地弥散，虽然此情此景一路走来也并不夺目，但是显然嘉琪现在才终于在习惯之后稍许放松起来，她举起 iPad，开始拍那些山峰和云雾。拍几下，还是不忘快速地转头盯着前方，似乎和我一样担当着不小的驾驶责任。

之前穿过一座有些集市的镇子，但从一些店的招牌得知它竟然是县城。之后又长久没有村镇。一路没有休息站。也没有看到加油站。为此我特地瞄了一下油表，幸好我们昨晚加满了油。此行虽然已经六七个小时，但好在路程并不遥远，燃油至少还有三分之二。逐渐地又进入一个村镇或县城但根据前面的经验可以判断这无论如何也只能是一个村镇。沿途这些旧矮的砖房随着坡道从低到高再往低连接，旧归旧破归破，几乎家家户户都开着各种破败的实用店铺，大多没有招牌，仅从门口的器具摆设可以看出大多是车辆修理和杂货铺。即便有招牌也常常是在脏污的白板上用红漆歪歪斜斜地写着大字。那些笔迹油漆滴挂。板材也常常破裂不整。也有内地市镇常见的灯箱布店招，上面红红蓝蓝地喷着黑体字，还有那极丑的被众多人看作龙飞凤舞书法的华文行楷。看到这种字体我就想尽快离开。很多房子外墙只粉刷了一半，褪色的红砖和钢筋裸露在外。毛竹、桌椅、树桩、塑料袋、铝合金条此起彼伏，堆放在屋外的空隙处。突然，接二连三的民房挂有“厕所收费”的字牌，才想起我们都已经憋了一肚子尿，但我们已经路过了它，而且路边根本没法停车。尤其是如果再憋下去到憋不住的时候，嘉琪一定会要我胡乱停下就地找个野外就解起手来。女人有时竟然如此不珍惜自己的屁股，这让人非常恼火。

还好，在村子快结束时终于看到一个可以停车的厕所。我们下车，小了一个扎扎实实的便。所谓厕所也就是一个主人顺着自己房屋山墙搭建的矮棚子，里面一个高得出奇差不多抵到膝盖的水泥水槽，水槽靠门这头放了一只布满污迹的白色涂料桶，里面盛着水。不知道是否最后用这水来冲刷便溺。好在棚子和水槽里还算干净。我想这是否因为一整天也没几个人正好落在这里大小便的缘故。由于阴雨气温降低，更因为长时间的肌肉紧张，我感到自己蜷缩着，仿佛是被什么拎着站起来、走动、以及此刻萎缩着立着小便。就像一只瘟鸡。我不顾羞耻，在民房前做着一些简单的扩胸、压腿运动，以改变瘟鸡状态。随后去给主人付钱，顺势看到他们家也开着一家小店。橱柜玻璃上都是灰。玻璃看上去非常薄，玻璃面上也没有任何装饰。橱柜里摆着几样简陋而常见的香烟、方便面之类。从它们瑟缩的样子就感到很少有人问津。

“现在已经是甘孜了吗？”

“没有，现在还是 ×× 。”他说了一个地名，我没听明白。

“噢。”

“快了，前面就是甘孜，过了前面的隧道就是甘孜。”

“噢，好的。”

“这里平时有公交车吗？”我在想一路村镇相隔遥远，他们平时如何交通。

他仿佛对我提到的“公交车”有点吃惊，愣了一愣，“有，每天有两班长途车，去 ×× 县城。”

他又说了一次那个地名，我还是不能确定是哪两个字。

他提到的“隧道”给我留下了深刻印象。他说“隧道”时完全没有强调，和说其他字词一样轻描淡写，但我留意到他只说“隧道”，却没有说什么隧道，正是这习惯性的轻描淡写，让我感到这个隧道在他们、在当地人、甚至无数外地行人心目中是一个地标，它作为这崇山峻岭之中两大地块的分水岭、交界处，似乎是一个人人都必须知道、毋庸置疑的地点。我重新强打起精神，准备迎接新的险恶。

然而并没有想象中那么恐怖。大约半小时后连续穿越的几条隧道，除了确实有点长之外，并没有其他险恶。我在想这是否与我精神上做了充分的准备有关。这么考虑的时候我确实嫌恶这几条长长的隧道里面没有足够明亮的灯光，并且时不时地还有一些脚手架等建筑维修设备横亘中间。但无论如何，封闭的隧洞至少让我看不见悬崖，暂时遗忘我们身处的高度，没有恐高带来的惊怕。

确实，过了隧道之后很快就进入了甘孜。但也并没有大大的“甘孜人民欢迎您”的横幅标语，只是偶尔的路牌和上面并列的藏语可以见出。想来这里的市政还无闲心顾及至此。你来就来了，我几百年就这样。无悲无喜。你认为是旅游胜地，我觉得日子从来都这么难熬。之前在刚开始下雨、天色阴暗的时候，我就打开了示宽灯和雾灯，现在也打开了近光灯。道路更加曲折了，山体也越来越多，但因为天越来越黑，以及一天的折磨下来，我早已经处在机械的麻木之中，方向盘不打弯都不习惯了。路虽然进入了一条看起来比之前的国道更小的省道或者县道甚至村道——在这标准迥异的区域，我并不能准确判断公路的体例。但路况并没有更差。也许我已经习惯了这盘旋这攀爬，还有现在的必须减速的俯冲，习惯了轮胎在这碎石路面的摩擦沙响。早先路上的车队也都不知所踪。长长的路段似乎只有我们一辆车在这荒山野岭奔波。我没有放弃这样的机会，再加上导航上公里数越来越少，我也越来越处于一种死猪不怕开水烫的心境，并不减速，相反只要有可能就尽快、尽快，尽快奔向我们出发时就定下的目的地范围内最高档的温泉酒店，我需要尽快看到它。

果不其然，当我们迎着最后二十公里最黑的黑暗在狭窄山道时而拼力盘旋而上时而俯冲直下，经历路外黑暗悬崖里哗哗冲击的山涧，路过人烟极其稀少路灯极其黯淡的村寨，驶进静谧深邃的山窝，贡嘎神汤温泉酒店迎接着我们。黑暗中辉煌温暖的灯火差点让我热泪盈眶。最初导航显示的只要五个多小时的路程我们差不多走了十一个小时。当我们迎着寒风冷雨推着行李走向迎宾大厅，特别是当我看到嘉琪风衣飘带在风中飞舞，一个服务生急急地举着雨伞为我们遮风挡雨，我感到我们的尊严终于重新回到了我们的身上。

虽然部分格局难免老套，但一天的磨难之后，酒店所有的奢华既微微超出我们的意料，又无比符合我们一路艰辛之后的期望。房间既大又美，特别是卫生间有超大的椭圆形浴缸，灯光柔和而温暖。我不吃晚饭，但嘉琪饿得不行，已是晚上九点，餐厅正要打烊，嘉琪急急忙忙点了一个牛杂火锅，端上来一看简直够四个人吃。色泽并不诱人。嘉琪竭力怂恿我帮她吃，我尝了一筷，味道一般。嘉琪一边吃一边在 iPad 上打开微信，我也亮出手机。我们终于有了一份闲暇，可以向兄弟们诉说这貌似短短一天实质极其漫长的艰苦。然而我发现我连诉苦的力气都不足够，我点触屏幕的手在颤抖，腿脚也绵软麻木。更重要的是我简直不知从何说起，我的表达能力已经不足以对付这一天的苦难。

“今天的开车经历之后，我开车的热情会减少了。”

在我简单而语无伦次地介绍我们今天的行程之后，嘉琪开始在群里给我们在北京的其他几个兄弟发沿途拍摄的图片和在悬崖边盘旋的小视频。

“所有的感觉拍出来都不对了。”

“拍出来的风景不如现实的百分之一。危险也更感觉不到了。”

确实，那些原本现实路途中一波接一波粗砺的惊险，在图像流畅的滑行中反而显出某种滑稽的炫技。

她在群里说我“一路都是‘我靠、我靠’”“眼神锐利而麻木”……

突然欲说还休无语凝咽，说的人语贫词穷，远在城市温房里的看客再大的惊叹也不足以应和以及抚平我们遭到重创的心，我们突然什么也不说了。

“好在马上有温泉安慰一下。”

在酒店的介绍册上我了解到这里海拔 1580 米，对此数据我并没有明确的概念，我想象着我老家的茅山海拔是 300 多米，那这里是茅山的五倍，但这样的计算作用也不大。反正介绍册上多次使用“高山”“高原”，也就是说，我们现在已经实打实地身处高原了？那些我们已经服用两次的高反药已经有它们的用武之地了？

一个服务员进来，对原本就在餐厅顶头整理杯盘的服务员说：下雪了。

“这里雪下得这么早！”

我们朝窗外看，但外面漆黑，什么也看不到。嘉琪加速塞了几口菜和点心，我们立即回房间换上泳衣披上浴袍，虽然朝夕相处，但现在看到嘉琪被泳衣勒得更像一只光溜溜的鸟，我一巴掌把她屁股拍得猛响，她跌跌撞撞往桌子边躲，嘴里烦恼地咂着声音，低头反手系那后背难系的带子。我们乘电梯直达温泉。温泉池大得超乎我们的想象，其实就是一个巨大的游泳池。与宽广的泳池相比，十来个散落在泳池里的人就像一颗颗小蝌蚪。我和嘉琪在几乎无人的浅水区徜徉，水温舒适，汩汩暖流温热我们的血管。我们仰躺水面，黑沉沉的天空雪花柔软地砸下来，池边巨大的排灯照着宽广无边的水面，白雾腾腾，耳边是淙淙水流声，宛若仙境。

我们仰躺着对着纷纷落下雪花的夜空吁着长气。如此胜景激动得我们想拍图给北京同仁，但刚进水池前被告知手机带进来不方便就都放在前台了。

“最后有这样的雪中温泉泡着，白天的折腾也就值得了。”

随后的二十分钟，在我的逼迫和鼓励下，嘉琪竟然突然学会了游泳。在清澈的温泉水中，可以清晰地看到她穿着紧小的蓝色泳衣浮在水里像小青蛙一样蹬腿拨拉，向前移动。一时间我确认瘦小轻盈的人更容易浮于水面，而不是看起来浮力更大的胖子。

躺在水上，有一刻我闭目沉思听着水流声，我感知着四围方圆几百公里的破山恶水崎岖山路黑树森林凄风苦雨箍着我们这一方小小的灯火辉煌碧波荡漾。我问我自己：我是不是愿意死在这里了？这似乎是一个踏遍千山万水之后终于可以驻足的窝巢，但，我在水里想了很久，感到这里我仍旧没法孑然一身，仍旧没法孤身一人蛰居荒无人烟的山顶，始终用手摸着我这缓慢呼吸的心。

回到房间，我们没有忘记在大浴缸里戏水，因为据酒店介绍册所说室内的水也是温泉。除了我们刚刚认识时在太湖一个酒店的浴缸做过爱，这才是第二次。虽说这也不是什么大不了的体验，但清澈的水质和明亮的射灯光纹的荡漾之下，嘉琪两片小阴唇和阴道口比任何时候都更加粉嫩湿亮，而我的肢体越发粗黑，我像一头笨重的鲨鱼在变着花样肆虐着这条小鱼苗。

室外哗哗奔腾的流水声吸引我们步入阳台，但夜空黑暗，不能看出是一条溪流还是一条瀑布，甚至也不再能够看到雪。黑暗中我一会仰头遥望夜空，一会环顾四周，再次感知着我们所处的地点，一个四面被山包裹的小窝，酒店撷取方圆数百公里的精华在供养着我们，就像车上的数据线连接着我们的身体。我来到了异地，我终于来到了异地，来到了无人知晓的崇山峻岭的一隅，但我们群里的工作讨论还在继续，世界没有把我遗忘，我仍旧没有离开。

经过一天的辛劳奔波，这家奢华舒适的酒店确实慰藉了我们，然而尽管夜色苍茫混沌，但我仍然知道这是一个旅游景点，无数的人惦念着这里、在这里来往穿梭，它并不封闭隔绝，它没有让我产生我盼望的哗哗不断的新的话语。在这里我仍旧不会得到我想要的孤独。

我们从阳台回到房间，重新慨叹白天所走的路程，还是纠结雅安提前下高速的失误。虽然刚刚出来，但我已经担心回去的路是否仍像白天这样崎岖坎坷。

“肯定不会的。”嘉琪说。

接下来就明天的行程我和嘉琪发生了冲突。这里有个著名的景点就是海子沟冰川，这本就是我们直奔而来的第一个目标。但我对景点不感兴趣，不想去玩。但嘉琪不肯。

“来都来了，都不上去一下吗？”

“只要是人圈起来的景点，肯定没意思。”我争辩道。

她也不是不同意我的观点。但就是坚持大老远赶过来就应该去看一看那万年冰川，也不算白来一次。

“再说这也是妈妈为我们安排的景点，要是回去之后我们说到都到了海子沟却没有去看冰川，她会怎么想？”

她已经习惯在说她妈妈时直接说“妈妈”，以表示同样也是我的妈妈。我没说话。

“而况明天是海子沟的车直接来酒店接我们，你不需要开车，正好也是休息一下。”

理由越来越充分。话说到这个份上，我也没什么好坚持的了。去景点玩虽非我所愿，但也不至于给我们带来什么损失吧。而况确实能够见到有生以来尚未见过的冰川呢。

她分配着高反药，递一份给我："他们的车八点半来酒店。我们还是早点睡吧，本身今天累成这样了，我们要保证充足的睡眠。"

出门前我虽然"离开"的计划迟迟没有实施，但调整作息的愿望已初见成效。想必昨天驾驶确实劳累，又有温泉舒筋活血，再加上酒店的床褥温暖舒适，还有山谷的幽静，我感到我睡得特别沉，在闹钟响铃之前的六点多我就自然醒来，并且感到精神饱满。循着那始终不断的哗哗水声，我穿着单衣走到阳台上，看到楼下平地顶头的山脚下，一条山涧奔腾湍急，虽不能看出河床从左至右有明显的高低坡度，但涧水不知道为什么流速如此迅疾，仿佛水源的顶头有大力推冲。水声虽然响亮，但由于恒久稳定而并不突兀刺耳，我感到晚上睡得香应该也与它的伴随有关。虽然天色仍旧阴暗，但雨雪已停。由于昨晚的初雪随雨而下，现在地面、山峰也没有一丝雪迹，地面只是稍有斑斑湿迹。对面的高山树木虽然不够葱郁，但密集。在接近山顶的高处，一些潮湿的雾气从湿软的树木内部飘升，让我第一次知道这些雾气原来并不是空中的云朵，原来是诞生于山的内部。甚至能看到它们一缕缕连接地面往上飘升的源头。我用力嗅几口，也并没有明显感到空气的清新。也许到处都已经没有清新的空气，又也许我自己已经没有辨别全新空气的能力，就算把一堆清新的空气送到我的鼻孔口，我也闻不出来。

提前消极的预防并没有相反地增加意外之喜。所谓的冰川原来就是积压在山谷或者山峰的那些冰，但我们现在能够近距离接触的大多就是一大片埋在地上的冰，理性地想一下，不能否定它的浩大，可是置于整个高山大川的背景之下，它的大并不惊人，更没有带来震撼心灵、让人心旷神怡之感。虽然并非旺季，但景点区域并不孤寂。所谓的原始森林并不幽暗神秘，林间铺有小道，引领游人走向园林规划设置的一个个小景点。那些景点布告牌，用假装活泼低龄的网络语言腔调向游人介绍景点并不惊人的秘密。绝大部分都是中老年游客，在这样一个非节假日期间，像我们这么闲的年轻人确实有点稀罕。遇到的每个人都在拍照。伸着他们的猪蹄二爪。手机相机已充分地成为人身体的一部分。为了急速地游览并离开，我们又额外付了重金，叫了两副人力滑竿抬我们上山下山。这样的消费提议永远会深得嘉琪的心。她本就是一个在起点斗志昂扬摩拳擦掌冲刺般地奔跑但没走几米就这里疼那里疼的主。到了布满整个山谷的冰川，滑竿师傅告诉我们说这些冰川已是几千年前山洪冲垮山体奔腾而下的过程中结冰于此。另一个师傅说是上万年。回想它的形成历史也许令人惊叹，但眼前黑乎乎的冰块委实没有太多美感。

临近冰川地段的石块路崎岖狭窄，滑竿师傅喘着粗气大声吆喝，驱赶着别的行人，常常吓得那些中老年游客跌入路边，顺势向我们投来鄙夷的目光，大意是“年纪轻轻这么贪图享受吗？是走不动路了吗？”这样的目光更刺激我仰躺在担架上，跷起二郎腿，啃起一只苹果，慢慢咀嚼，把硬硬的苹果皮嚼成齑粉，随苹果肉的清凉汁液一起缓缓流进喉管。

下山时我坐在酒店接送班车副驾上。司机约有六十开外，名副其实的老司机，身形高大英俊，像个德国军官。虽然他神情淡漠，但我能看出他骨子里还是享受这山路疯狂的盘旋，每当拐弯俯冲，他事先已朝向转弯的角度微微歪过肩膀倾倒身子，悠然地体会滑翔的精妙，不能放弃整车的转向是经由他身体的歪斜这一幻觉。

仅从外形判断，山上唯一的餐馆根本没法信任，因此我们一直空腹，直到下午三点多下山回到酒店后，才开车去附近的镇上吃饭。同样只能通过点评网的搜寻，找到一家有名的、各项排名都几乎第一的农家菜馆。然而完全没有达到预期。既没有强化这里该有的乡野特色，更没有我们始终要求的精致讲究，即便成都市内随随便便也能找到一家比它更好的川菜馆。买单时老板娘提出给我们抹去零头，以此希望当场看到我们在点评网上给他们好评。我理都不想理她，付足了零头，扬长而去。街上也没有什么看头，建筑全一个样子，不高，都是两层楼，方方正正，有点单调的藏族风味，而且建筑和整个街道都很新，看得出来是近年依托景区专门打造的一个街区。虽然我之前从未进入过藏区，但眼下的陌生也并无惊异。实际上与任何景区大差不差。商铺除了饭馆就是旅游工艺品。那些显示为藏族特色的工艺品，新得、轻得、假得感觉我都能做出来。游人在这里晃荡，梦游一般，没法投入。夕阳铺在路面虽然斑斓黄亮，但更让人感觉梦幻。我们径直走到车上，开车返回酒店。

当晚我们又去泡温泉，虽然泡的时间比昨晚还长，但不知是因为已经熟悉，还是因为没有雪，总之兴致淡了不少，就像一次正常的泡澡。

没有什么风景值得久留，第二天我们立即重新启程。我的愿望越发降低，只想见到草原，策马长驱。

出发前我瞄了一下油表，它饱满地停在五分之四的位置，显示还能行驶近 500 公里，而我们的路程只有 186 公里。导航显示虽然没有高速公路，但路线尚且流畅，200 公里不到、五小时的路程，在今天我们这种物质、精神都有所准备的情况下，应该没问题了吧。就像这出门以来好不容易出现的阳光一样，我们用充分的准备来迎接这五小时的路程。

终于如我们想象和期望的那样，离开酒店之后，道路平整，两边是干涸落后的村庄，夹杂着我看不出是高粱、玉米还是青稞的高秆植物。我们在村路上行驶。这一次我们可不能再失误，让导航中途变换路线。

离开村庄，这条村级石子小路进入宽阔的山沟，路时而沿着一座矮山延展，右边一人深的沟渠之外，是宽广的碎石河，顶头连着山，山的这一面，也是碎石铺展，让人能够想象干涸河床里的碎石都是山体滑坡滚落积攒的结果。阳光把这些碎石照得白花花的。前后左右的远处，山川相连。

“雪山！”嘉琪突然叫道。

我谨慎地转过头抬起眼，在最远处，阳光的照射下，一座最高的青峰顶端积着不多的几缕白雪。其他山峰没有雪。可能本身现在还只是中秋，另外这里还不够高。我收回目光继续看路，随后我又朝它瞄了两眼，想象它、以及其他雪山最壮丽的样子，而眼下这座雪山，委实没有书本或影视画面上的庄严雅丽。也许，正因为我们已经太多地从影视、纪录片上看到它们最美的样子，现实中的它们怎么也比不过图像。我记得以前在上海听戴志康先生说过一句话：“GPS 上的数据不能替代我们的足迹。”当时我觉得这句话有其精妙之处，但此刻我觉得现实已经不然。广泛浩渺、并且都精心处理得远胜现实的图像，将磨砺我们的眼睛，麻木我们的毛孔。

没多久，道路开始沿着山坡盘旋。和前天相比，今天四周空旷荒凉，放眼望去，远近都没人，似乎只有我们一辆车在这尚且明丽的秋光下在山路上跌跌爬爬，就像一只小虫在和这一整片山区作斗争。还有一个差别是，当我们一旦开始爬坡，我们就进入了非常明显的盘旋，没有任何过渡和缓冲，开始爬坡之后你马上就能看见：长长的斜坡顶头是峭壁，等着你的是向左掉头继续攀爬，等你向左掉头之后，两三百米前的峭壁又在等着你，在那里你即将向右掉头再继续攀爬。始终保持着一个向上的坡度，没有水平路面。我不得不停下来，重新查看导航，但无论怎么切换，都只有这一条路。放眼望去，整个山区也只有我们这一条白路。看在路面大多还是石块、石子硬面，我只能轻轻地咒骂两句，硬着头皮继续上路。

但是不好的路况越来越频繁地出现。路面年久失修，坑坑洼洼，由于前两天的雨水，甚至之前更久的、我们并不知道的漫长雨季，导致那些坑洼常常积满雨水或者山泉，碎石块经常滚满路面。

越来越多地遇到根本不能算路的路。路的边界被山石冲垮，整个沟谷起起伏伏散落着山石碎块，无比宽广。没有一块细密硬实的路面。并且这些山石表面粉钝，当初塌方崩裂的利棱已经风化磨砺，看起来已经垮塌有些年月。必须踩着这些松垮的山石开过去几百米甚至一两公里，才能重新回到仍旧坑坑洼洼的路。

当我沿着长坡攀爬，我偶或查看两边，空旷的荒山使我能够看见我们孤独的身影。在这荒山大川，我们是多么渺小，在遥远的地方或者高空看我们，我们的车一定像一只小小的甲壳虫在貌似自信地摇头晃脑。

偶尔遇见一辆迎面而来的车，有时是轿车，有时是一辆破旧的国产小皮卡，甚至还看到五菱面包车，每当看到它们与它们擦肩而过甚至从反光镜里看到它们远去的身影，我心里会升起一些轻微的欣慰和安定。首先，他们能过来，说明这条路是通畅的。这让我放心。其次，他们的车比我们的要差太多，轿车这么低的底盘，以及国产小皮卡这么轻的底盘，甚至五菱那小细胳膊小细腿似的轮胎，他们都开过来了，我有什么理由畏惧呢。但是同时我又认为，他们也许都是这条路上的常客，开这种山路比起我来那是经验丰富得多了，我马稍微好一些不能视为绝对优势。

虽然仍是优质发动机的声音，但现在能听出它脖子上的筋稍稍突起着。不过这稍显硬朗的声音踩着油门，快感也是明显的：它对你脚上的力做着更灵敏更贴肉的反应，仿佛果真是你的脚在攀登。但轮胎碾压摩擦石块石子的吧啦吧啦声更响，这干燥的声音让我觉得晴空万里，虽然现在的日头并没有我感到的那么明亮，但这声音总是让我看到空旷荒凉的山道上，只有我们这个小黑影在跌跌爬爬往上攀援。这孤身长旅本是我的挚爱，只是道路的艰险牵扯了我的脑力，使我不能遐思。

很远地突然看到前面坡道尽头七八辆车停着排着队。比起刚才坡道一路的光秃秃，前面倒可以称得上绿树成荫，看起来是一段平缓的路面。我们逐渐靠近，发现这里在堵车。我没有下车。我对堵车原因和现场不感兴趣。再说心里早有各种准备，这种路上堵个车很正常。没遇上更严重的事算是幸运。嘉琪包着纸巾剥开一只澳橙，递给我，又去剥另一只。“先吃嘛，”我掰了一半给她。

意料之中，等了二十几分钟仍不见动静，前面有几个人交替晃动，不见突然兴奋的动态。我们后面已经又有三四辆车。我下车，找地方小便。我看到我前面的车牌来自武汉，后面这辆车的车牌来自昆明。在走向路边树林的过程中，隐约听见在车外抽烟的人提到的散乱的信息：“路垮了”“翻车”。

我回来把这些信息告诉嘉琪。她表示吃惊，想表现更多烦躁时控制住了自己。虽然此时有十几辆车聚集在一起，但对这广袤荒凉的山川来说，这个临时的集体也是非常的渺小，如果此时降临什么灾难，这整个集体的力量一定仍旧是非常的微弱。我脑子里无疑闪过“5·12”地震时的情景。但也只是一闪而过。车外其他的司机和游客并不焦躁，都是一副无奈的淡定。我突然想到，这条路上、整个这个高原的路上，因为各种原因很可能会导致几小时、十几小时的堵塞滞留，随时可能就在这里过夜都是要做好准备的。今天出发以来，一路还没见过村镇店铺，这里真所谓前不着村后不着店。这两天以来的经验告诉我：在这样的路上行走，事先计划的时间随时会无效。按照导航上预计的五个小时去安排是错误的。这不，这才走了30公里，我们已经耗去了将近两小时。我心里盘算着：眼下肯定算不上什么糟糕，最不济我们还可以原路返回温泉酒店。但即便如此，我们始终要面临走出这里的时刻。……我胡乱想着，终于憋不住，不得不下车走到前面去看看。

一辆蓝色大货车，车头和前半身侧翻在沟壑的边沿，不知道为什么，前面的路面突然比我们这边低了足有三十公分，这里就形成了一个台阶，更重要的是，前面低下去的路面看起来是刚翻垦过的湿土，松散软塌，货车头就在下面侧翻，右前轮已经离地悬空，而车厢后半身还双脚落在我们这边高硬的路上。大货车就这样从右向左呈斜线俯冲侧翻，车身痛苦地扭曲着，像一具尸体龇牙咧嘴。它挡住了正中和左侧的路面，留下的右侧狭窄，同时那个阶梯仍旧存在，来往的小车根本无法通行。对面也已经停了一大队车。货车头附近聚集着五六个人，并无明显的措施。我看不出这是塌方，但我不能理解前面为什么低下去这么多，并且再往前也一直保持这个高度，路面在这里的这个高低悬殊不知因何而起。十几个人围在这里议论纷纷，无疑都是和我一样来自两边停下来的车里的司机。大家在这里用方言或地方普通话低声议论、查看、分析、提议，大部分像我一样一言不发，抽烟。但那些提议也显然无效，并没有人马上应声行动。但仍旧有几个人俯身贴近这个梯阶靠近山体的这面，搬弄那里龇牙咧嘴坎坷不平的石头。挑头的那个瘦高个长相看起来是个藏人。他和他身边穿土红衣服的中年矮胖子一边拨拉石块一边低声讨论。这时原先站着议论的人也走过来搬其他石块，把它们往中间移动，试图给这个台阶搭出一个缓坡。我也走上前去搬靠近我的一块大石头，走过来时我在想要不要回到车上戴上手套但最终放弃了这个想法，直接上前也去拨拉石块。这时那个瘦高个突然转回身，跑回他停在我们两辆车前面的国产小皮卡上取回一个镢，有了这个工具他干得更有效了。很快就有人说："差不多了！"大部分人往自己的车上走，我也小跑着往回走，我消失已快半小时，我想嘉琪也一定在盼我的消息。

先放我们这边行。我不知道这是不是因为，假如从温泉酒店或冰川景点算起，我们这边还处于刚刚启程，前路还远得很（特别是照这个路况开下去的话）。还有一个可能是现在可以通行的路面正是我们这一边。我想象着这种野外行程事故中，大家可能有一些约定俗成的规矩。新造缓坡那里留着两三个看起来像某个公司领导的汉子，在指挥我们过路。从前面每辆车过去时的吆喝声，可以感到过这个槛并不非常顺利。我前面这辆本田轿车在摇晃着经过梯阶时明显听到了一声响亮的刮底盘的声音，听得我都心里一抽，嘉琪也“我操”，但外边指挥的人似乎全然没有听见，若无其事，只大喊着：“好，好，过去了，下一个！”我默想那个坡度我们的沃尔沃应该没事。当我也左右摇晃过去的时候，只听到轻微地擦了一下，而且我感到碰触我们底盘的是软土。底盘高的优势明显出来了。随着车头俯冲车尾高昂，车身缓慢地颠簸，我想象在外面看，我们的样子甚至有那么一点摇头摆尾扬长而去的意思。

摆脱了困境我们心情大悦，我用明显加快的速度应和我们的心情，虽然再快也快不到哪里去。毕竟刚才的停滞已经耽搁了一个半小时。但是没走多久我们就发现有点不对，我们发现只有我们一辆车在走着这条路，前面没有车，后面也没有车，同时，对面也没有任何车过来！而路况在进一步变坏，路更不平整了，路的宽度不断发生着变化，时宽时窄，而路面大多都是松散的碎石块，轮胎驶过，一阵喀啦喀啦的脆响。从障碍路段开出来之后我的速度不慢，在这样的路上别的车也快不起来，且不说前面没有车开过来，为什么刚才我前面和我差不多同时开出的车一辆都不见了呢？……种种迹象让我们担心我们正在走的这条路是一条被放弃的路，它很可能极其险恶，甚至最终无法通行，否则别人不会放弃它。我不得不又小心停在路边重新搜寻导航，但它还是很明确地指定这唯一的路。

“没见过别的路啊，”我嘀咕着，重新上路。

但是嘉琪说：“刚才是有一个岔路口的。”

“那是一个公园的入口。你没看见牌楼吗？”

她不作声，嘴角下垂，一副生着小气的样子，显然是生整个大自然的气，眼神既痴呆又专注地望着前方，脑袋跟着车一摇一晃。

说话间攀爬着转了一个弯，来到新的坡道，哗哗的水声扑面而至，在这我估计有海拔两三千米的高空，这哗哗的水声貌似带来一种仙境的别有洞天，但随即更多的是让人感到险象环生。右边黑黄色的山石间一股不窄的山泉冲下来，在中间就被石块破成几股跌落地面，直接流经路面奔向左边杂草丛生的悬崖，路面上形成一片小溪，溪水路面全是碎石堆，而此处正是一个上坡，前面十几米就是坡顶随即向右边山体后面转弯，坡顶外面就是悬崖。虽然阳光还是明媚，但我仿佛同时听到了呜呜的风声。这风声无疑再次提醒我这空旷的山野，只有我们两个人，上下无人，左右也无声。有的只是空气，阳光，风，悬崖。我控制着车，让轮胎稳稳压上涉水路面，水下的石块非常松散，每个轮胎压下去的高度都改变着预期，车缓慢地四角颠簸着。水流尽头就是一个石块堆积的坡槛，我踩着油门驶过，但当后轮压踏到这里，左后轮突然下陷，并立即打滑，当我听到打滑的声音我立即刹车，然后重新小心地踩油门，还是打滑，我慢慢加深油门，并随时做好迅速把脚换到刹车上的准备，以防它终于越过滑潭突然向前冲去，因为前面没多远就是坡顶的悬崖。但无济于事。我继续加重油门，同时轻微左右打方向盘，仍旧没用，继续踩深油门，仍旧没用！

“我操……”

嘉琪很明显也克制着惊慌，右手抓着门把手，一会看她那边的反光镜，一会又歪头看我这边的反光镜。我只能挂上P挡拉好手刹，熄火。比起陷在这里，我更不敢猛踩油门、把油门踩到死，一旦冲出去后果不堪设想。我推开车门，下车。呜呜的风在响。淙淙的水在流。茅草温柔地摇着它们的叶子。树叶上静静地闪着亮光，像无数只午后养神的眼睛。它们是想见证什么故事吗？我一边阻止我想这句话，一边在心里弱弱地反抗。车身明显向左后方倾斜。我蹚着水走到车尾，左后轮陷在碎石堆里，山泉潺潺流过轮胎陷没部分，绕过所有障碍物静静地流得很欢。

嘉琪也下了车，蹲下来看左后轮底下。

我用手扒拉着轮子后面底下的石子，一想不对，随后立即扒它前面的石子，我是试图把它底下的石子都刨干净、刨出相对平坦坚硬的路基吗？是的。但是扒了十几下我就气馁了，到底要刨下多深才能得到硬路，这实在没法估测，而且要刨的话，轮子前面还要继续刨出相当的长度作为缓坡引路，否则它过了这个坎口，不久还要继续打滑。想到这个我不禁又用两块尖角适合的石头塞进轮胎前面的空隙，期望给它做个脚垫。

“这样，”我对嘉琪说，“你在下面看着，我去开。”

她答应着，我一边向车头走一边又朝她挥手猛喊：“离远点！”

我重新上车，打开车窗，方便听到她的声音。然后重新小心谨慎地逐渐加大油门同时左右摇摆方向盘，试图摆脱这个碎石坑，但就在我这么拼命的时候（仿佛我自己在弯着腰扭着屁股奋力攀爬），在嘶吼的发动机和车轮在水石滩里把石子不断打飞的声音之外，只听见嘉琪不断尖叫：“不行！不行！不行！不行！”但我知道她经常判断不准而虚张声势，按照她的判断也许我们永远走不出泥潭，我先不想理她，也许就在她竭力阻止的同时，我再花上一点点小力，那原本矮了一截的左后轮就会吃力地踮起来，啃上前面的石头。我继续把油门往下踩，发动机发出低沉愤怒的轰响……

“停停停停停停停停停停停停——！”嘉琪跑回副驾窗边对我大叫，双手快速地交叉挥舞，仿佛几秒钟之内她竟然学会了某种交警的动作，脸上的表情龇牙咧嘴。

我只能再次停下，随着油门声的减弱熄灭，我的心情飞速地走向绝望和深不可测的恐惧。严格来说，我是个动手能力极差的人。我知道我的这一弱项。机械弱智，工具弱智，手工弱智，技术弱智，突围弱智，灾难弱智。这一次我走向泥潭，我还能做什么呢？

我只朝左后轮瞟了一眼，它毋庸置疑在石堆里陷得更深了，轮胎整个橡胶部分已经全没入水中。右侧后备箱盖甚至后挡风玻璃上都溅上了泥浆。这一瞬间我心都碎了。就像我自己已经被泥潭淹没到腰部。我不自觉地端起手机。只看一眼，又抬眼四顾。

我尽量保持镇定，但我知道我无法控制我的恐惧和焦躁。我不自觉地骂道："操他妈的，而且这整个荒无人烟啊……"

嘉琪虽然慌张，倒并没完全绝望，还像猴子似的在车子两边窜动，一边嘀咕着说还是应该走刚才那个岔路口，但这样的假设对现在毫无意义。悬崖下面，远处的山峰和近处底下的山坡连绵起伏，我们远远高于下面这些川谷，它们的颜色和形状都概略式地呈现在我们脚下。也许从这里跳下去，也要过很久才能摔到地面吧。天空辽阔，满是白云，虽然仍旧离我们很高，但我们一定比山下面那些人要离它们近得多。现在我已经听不到风的声音，但那些枯焦的枝叶确实在轻轻摇晃，仿佛在等待着最终的悲剧（我在心里再次制止自己）。怎么也没想到只在电影里看到的遭遇，现在果真落在我们头上。我又打开手机，但我其实并不清楚目的，我连一个求救电话也不知道，我是想打 110 吗？还是 120？甚至就算有救援电话，这种荒山县道甚至是村道能否在一两天内派来救援都不能保证。我既混乱，又要求自己尽量保持镇定。毕竟身边还有一个女人，总不能比她更绝望。混乱之下我甚至想到了生铁，想到微信群，想给远在北京的兄弟们报道此刻我们的情况，虽然并没什么卵用，但兴许可以排遣一下恐惧。就在这时，另一件更恐怖的事情发生了：我突然发现，手机既没有网络，也完全没有信号！

“我靠，手机完全没有信号！”

“啊？！”嘉琪也立即打开手机盯着屏幕，随后我看到她的手抖了一下：“我靠……”她往坡顶方向走，手抓着手机向两边摇晃，试图寻找信号。

我僵硬的身体也移动了两步，但手机上信号和网络都是一个禁止符号。在这个瞬间我的恐惧凝结到了极点，可是我却比刚才任何时刻都更加安静下来，我甚至只盯着手机，因为这正好能够掩饰我不敢、不想朝别处看。我想我需要继续只盯着手机，不要再有其他更大的动作。于是我突然想到关机重启。但令人绝望的是仍旧丧尽天良地没有任何信号。

我呆在那里看手机。包裹着我的恐惧使我安闲淡定。我脑子里却叹息着我的可笑。这一两年来，我无数次感到被众多信息困扰，无数次声称要停用手机，却始终因为各种各样的原因而一次次没有如愿，始终感到自己的生活状态多多少少都被信息牵扯和浸润。而此刻，信号消失，你果真百分之百地得到了你想要的孤立，你果真百分之百地被整个世界遗弃，可是你为什么感到慌张呢？

当我这样想的时候，我已经知道我并没有到慌张那么严重。或者说，慌张是存在的，但我还可以控制它，至少可以让它不在女人面前表现出来，甚或倘若此刻只有我一个人遭遇现在的局面，我也仍旧甚至更加不会慌张。当信号消失的一瞬间，我恐惧的是什么呢？也许我恐惧的正是我知道它的消失是短暂的临时的，我恐惧的正是它终将很快恢复。

我一直低着头呆立在那里。余光能够看到嘉琪从坡顶（也就是悬崖边）往回走了几步又停住，继续在那里搜索信号。

她和我保持着这个距离。我们俩迟迟不发出声音。这分开的距离使我逐渐地感到我身体的温度，和血肉的柔软。我有意更紧地握了两下托着手机的手掌，从手指的活动中感到我还是一个有活力的活物。但我仍旧没有挪动脚步。我抬眼瞟着歪斜的左后轮。突然，我有了一个虽然同样不抱希望、但能感到其温度的想法。我重新向左后轮走去，趴下，这一次，我把后面被轮胎打得堆起来的石块往水潭里埋，尽可能填平、塞紧轮胎后面的空当，填出一个小斜面之后，我对嘉琪说："你继续在后面看着，我倒车。"

"什么？"

"我倒车！"

我上车挂倒挡，一踩油门，左后轮稍微滑了一下向前打飞一些石块然后突然抬高一颠，竟然轻松地倒出了泥潭！我虽然惊喜，同时也听到嘉琪在后面大叫："出来了出来了出来了！"但我没有欢呼，此刻我需要持续的谨慎，我稍稍向右转动方向盘，我要避免直线倒退以至于左前轮重蹈覆辙。

我们掉头，下山，准备去嘉琪说的那个岔路口看看。之前那些不见了的车也许也都走了那条路，早就登上了他们的康庄大道。摆脱了险境，我并不意气风发得意扬扬。下坡看起来顺利，但我并没有飞速前进。恐惧虽然近在身后，但我必须保持体面和尊严，不必因为劫后余生的逃跑带来前路的慌张。偶尔瞄一下后视镜，从中看到我凝重但不萎靡的脸。我心里还是随时做好战斗的准备，我保持沉默只是为了隐藏和保护我的斗志，不使它过早暴露而引起敌人的重视和更大的抗击。我仿佛像一个儿童团长，因为刚刚的劫难而迅速成熟。险境和磨难使我增添了未雨绸缪的沉稳。因为从现实的角度来说，今天的路程还没到三分之一，确实仍旧任重道远。

这个牌楼虽然新造未久，但因为没有良好的维护和长期的风吹日晒，新旧在它身上杂交，藏汉风格在它身上杂交，传统和所谓的当代在它身上杂交，它四周再无其他建筑，就它独自干巴巴地竖在这里。门牌上的“书法”之丑自不待言，你跑到哪里都躲不掉这些丑陋的招牌，而且它还有落款，估计一定是某个官员当仁不让的墨宝。四周没有人也没有车。直至走近牌楼前护栏限制的窄道，才发现牌楼柱子间站着两个男青年，各自穿着他们平时生活中的衣服，其中一个伸手拦住了我们，我赶紧提示嘉琪用四川话向他们问路。问下来的结果确实是山上的路坏了，想要往前走必须走他们公园里的这条路，我们问他这里是否可以通向新桥，他们的回答我也听不懂，只一个劲地说：“我们这里是通的……”然而问题来了，既然要进他们公园就必须买门票，一百块一张，两个人是两百块。钱虽然没有多到离谱，但这明摆着就是讹诈。而况这烂景点也要一百元，中国这旅游业完全是竭泽而渔。想到此我已经认为他们的要价一定已经高出了门票费，这两个当地村民模样的人也无法让人相信他们是检票员。但这还有什么重要呢。嘉琪还在跟他们讨价还价，他们毫不动摇，我飞速地从包里掏出两百块递给他们，他们来接钱时我转过头，盯着前方。他们毫不在意甚至没有意识到我的蔑视。

导航一开始还是不断让我们掉头，它脑子里还是它自己的那条路，真固执啊。我充耳不闻，终于，随着网络逐渐恢复，它终于识别了新路。

一路走去，虽然没有再遇到完全没法通行的时刻，但绕过几公里荒无人烟的大弯，就会遇到一组工程队，原来这条路正在大修。而这些工程队在我看来进度极慢，看他们吃力地在漫长的山道上走来走去，替他们着急。虽然没有再停下来过，但道路仍旧各种危险。随着我们沿着锥形山体攀爬到高峰，窗外陡坡上终于能够看见我们刚才绕上来那弯弯扭扭的道路，我感到它们像我的肠子被我们一点点一点点地抛在我们身后。我曾经压过它们。一点一点从它们身上蹒跚而过。它们是我身体的一部分。我无法清楚整条路线的形状，我只知道我不停地爬着“Z”字。窗外远处是另一座山峰，那条断断续续不断折弯的灰白色路线，就是我们刚才的足迹。看着它们，也就知道我们现在走着怎样的路线。往往在坡顶，悬崖边路基塌方，只剩下单边窄窄的两米，要在这窄窄的悬崖边压着松垮塌方、已经破碎不整的路面爬坡，既要用力，又不能用力过猛，因为马上就是坡顶、需要立即反向急弯逆行而上。

我感到我整个身体通过各个部位分别和座椅、方向盘、油门刹车紧紧地粘在了一起。我也只有在需要扭转方向、加油或踩刹车时才显出力气，我自己都能感到我的脸、肩膀甚至胳膊都是蔫的，像一堆烂瓜枯藤。

我们爬坡，下坡。我有点清楚了：我们并不仅仅在爬山，我们是要翻过一座山，然后再去翻另一座山，然后再翻第三座山，如此往复。表面上看，导航上离目的地的公里数在减少，但我并不感到它离我越来越近。我只知道离出发地越来越远了。我们的后面和前面，始终是长长的蜿蜒的肠子般的白路。逐渐地，路有时也脱离悬崖边，走到山坡的中间。在两边的山丘上，逐渐出现一簇簇密集的小彩旗，串在绳子上绷直在中间的旗杆和远处的山地之间。这无疑就是之前在图片和影视上见过的经幡。我知道它们与藏族的宗教信仰有关。但也仅此。过深的信仰始终令我畏惧。我视线没有朝它们多做停留。有的经幡因为时间较久，落在地面，像枯花黏在地上。还有一根在我眼边晃过，为了固定，绳索系在一只油桶上。

“这就是叫那个什么，经 fan？经 pan？”我知道那个字怎么写，但不记得它的音。

嘉琪在手机上查了一会，“经 fan。”

附近并没有村镇。这些路，我们车走上来都如此困难，他们却要大老远地把经幡挂到这荒无人烟的山坡上，并且还要专门把它们一条条围着中间的旗杆拉成尖塔形，每座塔形我看都少不了几百条绳索，每条绳索也有上百米，就这固定绳索来回奔走的路程，也足够劳心费神。人们在信仰、习俗的力量下祖祖辈辈天经地义地劳作，没有任何质疑，倒也令人惊叹。只是当这么多人如此欢乐没有任何怀疑地去做同一件事，我只敢远远地观望。

突然，一个转弯绕上一个不高的坡顶，顿时看见前方路边停着很多车，人群则在路的对面簇拥，我顺势抬头一看，哇，一座雪山就在左侧路边。游客们在朝拜。或者不如说更多的是在拍照。伸着他们的猪蹄二爪。我也不自觉地把车停在右侧这些车之间。这块路和山之间的空地极为难得。我并不清楚我为什么要停车。可能只是为了稍微休息一下。但也没有到了疲惫不堪的地步。我们没有下车。虽然第一眼看见一座雪山近在眼前触手可及会稍有惊喜，但除此之外也没有其他感觉。首先这座山峰并不高（但这也许也正是它被当作“神山”朝拜的原因吧，周围比它更高的山也都没有一丝雪迹），并且只有几缕粉雪粘在峰顶和峰棱，同时，地面围着它搭建的一些祭台经塔粗陋。近处一块石头，石头上有四个稍大的填着红漆的行楷字，我看了很久，只认出上面三个字好像是“西出折”，最后一个字我不能确定是“矣”还是“多”，那个“折”也有可能是“析”。但应该还是“折”。不能理解它们的意思。右边还有一行藏文。这两天来，几乎所有招牌上的汉字旁边都附有藏文。争相簇拥的游客站在这块石头旁，摆出欣喜的姿势和表情，把这座矮雪山作为背景，拍照。

突然两声敲我车窗的声音拉回我的视线，一个中年藏汉穿着绛红色藏服，微微低下头来朝我看，随后向我笃悠悠地举起手，那手上捏着一沓钱。等我看向他时他又笃悠悠地抬起头向四面环顾。我不理他，也把头别向右边，向前的路将在那里下坡。这时他又低下头看了我一眼，又轻轻地敲了一下窗子。我把窗开了一条缝，壮着胆子问他：“怎么啦？”他毫不吃惊，甚至对我毫不在乎，只朝我看一眼、同时在我面前轻轻地、优雅地晃动他手上的钱，就又抬起眼看他的前方，可能那里有新的车停了下来。

我干着嗓子朝他吼道：“多少啊？！”

他竟然没听清，把光头潇洒地向我一垂，耳朵贴近车窗的空隙。

“多少？！”

他伸出一根食指。

他不会问我要一百吧？！我立即瞟了他手上的钱，还好，最大面额就是十块。

我气愤得懒得动弹，稍稍侧脸问嘉琪："有十块钱零钱吗？"

我在扁细的窗缝里递出纸币，他刚摸到钱，我立即打响了发动机。

我们完全没有在这件事情上停留。这两天来，我们已经习惯了磨难，只要人身安全没有实质性的伤害，这种小毛小病已经难不到我们。

"刚才那个石碑上写着海拔 4298 米……"

"哪里？"

"就那块大石头上啊……"

"哦，我没看见。你眼睛真好……"

我本来想顺着她的话得意一下，想想算了。仍旧顺着话题说："4298 米，这是不是已经算真正的高原了？是我们昨天温泉酒店那里的三倍。"

过了一会我又说："差不多是珠穆朗玛峰的一半了。"我转头朝她笑了一下："也就是说我们现在已经在地球最高峰的半山腰了啊。"

我说着话，习惯性地瞄了一下油表，顿时惊出一身冷汗：油表指针竟然已经跌到了四分之一以下！也就是说前面大概五十公里的路程至少用了两百公里的油？！那剩下的油怎么够跑完剩下的一百公里呢？！这山路竟如此吃油吗？我顿时想到我们被陷在石潭里的那一刻，很可能打滑耗去了大量的燃油。而况我们又掉头折回随后拐进公园，很可能我们走了不止五十公里，至少多出二十公里。

从前天踏入这种山路以来我就知道，这种路一路都没有加油站。我立即让嘉琪在她手机导航上搜最近的加油站。此刻她比我紧张。只要她坐上车，她最日常的担心就是没油。在城市里走得好好的都会突然担心。她捣鼓了半天说最近的也要四十公里。我估算着，尤其是按照前面的比例估算，如果不出任何意外，现在所剩的油走到那个加油站应该还能多一点点。

“这个加油站应该就在康定城里面。”嘉琪说。

“康定”这名字我肯定听过。但除了“康定情歌”没有其他了解。我没想到我们此行竟然到了这个地方。都是些以前感到一辈子不会来到的地方。

“地图上看看，康定城大吗？”停了一下我又问：“康定是个大城市吗？”

她继续低头捣鼓了很久，“看不出来。”

我让她用她的手机赶紧导航到那个加油站，把我手机上的导航暂停，先直接去加油站。而况现在已经下午一点半，一路连房舍都没有，更不要说饭馆。康定现在虽然不知道大小，但好歹应该是个城市吧我想。吃个饭总有地方吧。整个行程无论时间、精力、磨难都已到了一个小极限，我们必须暂停去往目的地，改道康定。

接下来我既加着速，又注意各种良好的驾驶习惯，以保证省下每一滴油。也有点后悔在出发时因为偷懒没有把油加满。可是那时有五分之四的油啊，谁曾想这艰难的路程如此费油。这次行程我们是准备得太不充分了。最初还以为随车带着整个家，现在才感到这简直是一场稀里糊涂的逃亡。想到这些，心里生起更大的祈盼：但愿接下来的路程不要再出任何意外，就让我们剩下的油好好爬坡吧……

我甚至后悔刚才在那座矮雪山那里停车，莫名其妙付了停车费不说，那次停车、发动很可能耗去了五公里的油。

逐渐地经常看到山体上刻着大大的藏文。这种文字无论什么时候都像经文。更不要说这么大地刻在山上。再没过多久，一座稍高的山峰上，更大地刻着“康定情歌”四个大字。和它的藏文乃至英文。想到之前我们那么多年在遥远的东南或北方对这个地名的所有了解，此刻抵临现场本地人仍是以这最大的秘密昭告天地，毫无疑问它不再有更多更有魅力的谜底。而这首老歌现如今早已成为我母亲这辈的老年妇女假装自己有美声歌喉的试验曲之一，其背后的情感或曰沧桑对我们来说，体验已经谈不上，为了聊表安慰可以表示理解。这几个大字还很新，字体是电脑上的黑体字，一定是近年来商业的吸引和刺激的产物。和我以前某几次在路上看到顺着山体镌刻的“毛主席万岁”一样，中国人在这方面的勤劳和智慧是无穷的。

之后稀稀疏疏的房子开始多起来。偶尔还有用奇丑的大字写着“客栈”甚至“生态美食”之类的招牌。仍旧很少看见人。车仍在狭窄的山路盘旋，但逐渐地进入了市镇。越来越多地出现“康定”这个地名。但我一开始并不能确定这就是康定市内，因为虽然建筑、人、车稍微密集了一点，但没有足够的繁华让我确信我们来到了一座城市。我们跟着导航七拐八拐终于看到前面的加油站，虽然我心里在叫着“油、油”，但我抑制着兴奋，理智地按照指示牌绕道前方入口转进加油机旁，历久的奔走和惊险的磨难使我保持着尊严，对走近我窗口的服务员冷静地说：“95 加满。”

在我们看不见的车尾，我想象着油箱正在大口吞咽汽油，随着油箱内部快速地恢复沉重、饱满和安实，我感到坐在驾驶室的我们也逐渐圆满升华。

等油加满，我们才有心思在点评上搜饭馆。说实话我并不感到饿极了。不能确定是真的不饿还是饿过了头。点评为首的那个牛杂汤锅我们就都感兴趣。我们进入城区，在尚算繁华的街边找到这家店。虽然门面不怎么样，但从两间大店之间的小门上了二楼，座椅的排场立即让我判断这店不错。

当我看到橱柜里的各种牛肚、牛筋、牛舌、方块牛肉乃至牛掌牛皮以及其他以前没见过的各种牛杂，我顿时明白了我已经饿得快站不稳。嘉琪也惊叹着，表示眼前这些正是我们此刻的最爱。但我克制自己，因为这种时候很容易点多。当我喝到热腾腾的汤，用筷子夹到大块的牛杂肉，我看见我的手控制不住地在颤抖，握筷子的虎口在扭曲跳动。

整个长廊形的餐厅只有我们一桌，其他地方都黑灯瞎火的。此刻已是下午三点，没有人能明白我们吃的到底是哪一顿。那些仿佛刚从午休中起来没多久的服务员们忙着各自的店务，对我们并不奇怪。想必这样一座山城，因各种缘故不在饭点跌落这里的人不在少数，他们已经见怪不怪。

最初的食物下肚，我的颤抖平复，我才稍有闲心打开手机。但是，自从再次离开北京、去外地寻找新的蛰居地的念头越来越清晰，我对网络工具包括我们的工作群的感觉深感矛盾，虽然每次打开它，特别是在今天这种磨难之下打开它，腾腾的亲切扑面而至，甚至瞬间差点让我热泪盈眶，但与此同时我立即提醒自己一种距离感，看起来，群里面所有的探讨都需要自己的参与，但事实上没有自己的参与，大家也都探讨得很好。我必须提醒自己我并不是必不可少的。然而长年的习惯使我已经习惯了自己的必不可少，又为这长期的必不可少所累，我早就想要摆脱，渴盼被遗忘，回到一个无人知晓的角落，在没有注视的目光下自由卧躺。然而眼下，我还是不自觉地打开他们上午的语音，顺便看向窗外。嘉琪也打开了手机，在和他们说今天的情况。我说不动也不想说。楼下是街道，车辆也算川流不息，对面是高山，山下一些四五层高的旧楼，楼顶上横着“商务酒店”的牌子。之间是一条宽阔的河，河水奔腾。对面高山植被矮小，伏在沟沟壑壑的山棱上。时而裸露着灰白色的巨岩和沙砾。一条狭窄的山道蜿蜒着通向山顶，上面好像有座寺庙。山路上移动着或上或下的小小的人影。我麻木呆滞地看着这些人和景，既不感到陌生的刺激，也没有感到想融为一体的亲和。我对民族特色没有兴趣，我对奇山怪水没有兴趣，我对悠久历史不感兴趣，我只求一点点幽静的没有人工痕迹的自然山水，我只想过上无人知晓的安逸生活。

嘉琪发了一些图片和视频。

张虔得知我们已经到了康定，“那你们应该对唱一曲啊！”

尽管嘉琪已经竭尽所能地描述了我们陷在石潭里的遭遇，生铁还是问我的鞋子和裤腿为什么满是泥浆。嘉琪说：“因为一路都在抢险啊！”

等群里稍稍清静下来，我叹道：“这就是你妈妈说的‘大路’吗？”

嘉琪笑了，“估计她是和她当年做知青的时候相比……”

我倒是想实打实地来了解一下，我们今天、甚至整个这几天，走的到底是什么路？我们这几天，到底在什么地方？！特别是今天，导航为什么给我导这么一条路，并且别无选择？

我打开导航，仔细看我们今天的路线。为了看清各个细部，甚至也是为了寻找我们陷在石潭的位置，我把地图放大。当地图放大，我才吃惊地看到它是多么曲折。众多路线竟然经常重叠在一起盘旋，像弹簧一样叠在一起，稍微缩小一点，路线就像肠子一样叠在一起，这都是我出发前总览整个路线以及行驶时只有 20 米局部路线时所不能发现的。那些盘旋密集的地方，地图上小小的方圆一厘米，其曲折、绕弯甚至有十几道之多，就像笔画在原地反复摩擦几乎把那里磨出一个洞。仅视觉触及都有可能晕眩，可想而知当时盘旋环绕时是怎样的折磨。

我又打开网页查询。网上竟然遍布着这些区域的自驾笔记。搜寻下去，发现我们这两天所走的最主要的路，竟然是一条极其著名的国道：G318。它也是中国最长的国道。而我们刚刚历经五个小时翻越的，则是让众多游客闻风丧胆的折多山。原来这就是著名的“川藏线”。原来我不小心走上了一条著名的路。众多自驾进藏的所谓“驴友”在网上写着他们在这条路上的历险，发布奇图美景，把穿越这条路称为他们人生的重要历程，大有“此生不走 318，行遍天下也枉然”之傲娇。原来我们走的真是一条著名的路线啊。但这也瞬间刷新了我对“国道”的认识：这么差的路况实在是它的客观环境使然，不能削弱它成为国道的理由。这些自驾者大多经验丰富，提前准备了食物之外的诸多物资，甚至包括镐、铲、缆绳甚至手电筒。更重要的是他们精神上的准备，他们提前了解各个目的地和途经地的路况、海拔、甚至有没有信号。这么一比，我们此次行动简直就是歌德所说的“一次鲁莽的出走”。

我回到群，看到嘉琪最新一条说：“从早上酒店到现在没有一分钟放松，本来我特别困还打算在车上一直睡，睡个屁啊，忙着帮看路况（然并卵），腹肌都练出来了。”

我把网上那些自驾笔记的一些信息告诉嘉琪。她咬着筷子睁大眼，绝望地撒娇哀怨：“怎么办哦！都不敢往前走了啊！”

“这里的人是何其痛苦，去往他们的县城、首府连条平坦的直路都难拥有，从一个地方到另一个地方，只能艰苦地翻越大山。”

“对他们来说，赶路仍是一件没日没夜、无法以预期的时间来担保的事。”

“这就是蜀道难吗？”我问嘉琪。

她呵呵一笑，未置可否。估计她虽然作为四川人，真正的蜀道在哪里她也不清楚。

我寻思她刚才说的“不敢往前走”。实际上今天不走也是可以的。好歹这里也是一个州府，一个好酒店应该还是有。但今天不走，明天还是得走啊。而况现在离我们原计划的新桥只有 70 公里，导航显示时间为两小时，就算再加一小时，到目的地才七点多钟，天还没黑。如果今天赶到新桥，明天到香公草原只有一个小时车程，就可以在草原玩一整天，相反，如果把今天这 70 公里也移到明天，那明天至少需要半天才能到草原，而且由于旅途疲惫基本就骑不动马，这样今天、明天全都白耗了。想到这里我们买单，准备按照原计划抵达新桥。

虽然仍旧攀爬盘旋，但不得不说，康定去往新桥的路大部分都很好走。我早就发现，我们又重新走上了 G318。而 G318 在这一段明显近期有过修复，路面很新。第一次，在导航预计的时间抵达目的地所在的城镇。但我们并不兴奋，也不欣慰。我默默地开车，嘉琪默默地托腮呆望着前路，我们显得消沉。也许经过这连续几天的折腾，我们都累了。或者更因为我们已经懂得在这样的路上没什么好兴奋的，因为灾难和不幸很可能就在前方等着你。而提前的、不懂事的兴奋很可能正是招来灾难的动因，我们还是安分守己一点为好。另外，我们虽然到了这个号称“摄影家的天堂”，沿路的所谓风景确实多了一些树，但这些风景俨然就是那些最普遍的“经典风景照”，这样的风景，只要图像在展示风景，就都是这种形象，甚至图像上的风景永远超过现实所见。它们不仅没有使我们激动，甚至使我们内心产生轻微的抗拒。这里的建筑显出更强的藏族特色，干涸的砖墙方正，像一座座碉楼。但往往镶嵌在墙上的铝合金窗子非常的夺目。建筑、树上都蒙着高原特有的粉尘。接二连三的小旅馆变着法子刻画自己的招牌，大部分装饰让我想起小时候的“公社”。我仿佛走在四十年前的村庄。然而与四十年前大不相同的是，这仍在最低的生存线上挣扎的村镇，同时又被急切的商业氛围覆盖。这在内地也不少见的怪象也使我们更加不想说话。

笼罩着我们的消沉可能还因为：据嘉琪说，她现在不舒服，她认为是高原反应。我觉得还好，没有明显的症状。但真正的高原反应是怎样的呢？也许高原反应在我身上的症状就是消沉呢。我们懒得说话，步履沉重地把车开到我们提前预订的酒店。懒得对浮于浅表的伪文艺装修置评，也懒得对前台两个时尚靓妹充满商业感的冷淡去加以苛责。我们像两个残疾人，斜着身子吃苦耐劳地拎着行李箱踏上步行楼梯，进了房间就扑倒在床上，跟随着夜幕降临沉沉睡去。

更悲剧的是第二天早上，我们挺着充足睡眠恢复的饱满精神，赶到香公草原，并没看到一望无际的草原。甚至也几乎没有看到马。导航把我们带到一片大概十几亩地大小的草甸，草甸四周围着围墙，围墙边有长长的建筑，草甸上停满了车。环顾四周，没有辽阔的草原。只有两匹瘦马拴在顶头那边的围墙边，它们如此瘦小，以至于我最初以为是驴。

也许因为已经是九月底，牧民们都已经把马赶回去过冬。但是，草原呢？四周坡地高低起伏，一半视线被不远的山峰阻隔，就是骑在马上，也很难策马奔腾。这时我意识到，留在我们脑海里的“草原”，还是几年前去内蒙古草原留给我们的印象。而这里，草原不是我们熟悉的草原。这里，更重要的是高原。

相反，整个香公镇上差不多一半的面积被香公寺围绕。寺前广场也是镇子人群最密集的地方，寺庙的建筑、设施，僧侣、喇嘛、信众成为这个镇子最主要的氛围。在浓烈的宗教气息之中，看不到草原和马的我们停在路边，不知所往。

这时嘉琪又说不舒服，头疼，肚子也疼。我问她是不是月经快来了，她说不是。我倒是希望这是因为月经。否则就要归因于当下的高原环境。这会让我更加烦躁。女人有时候你不知道她的不舒服是真是假。不知道她的不舒服是真不舒服还是仅仅是为了把它从嘴里说出来。你要是问她具体哪里不舒服，她也会随口说

“不知道”。她提出想喝一杯咖啡。

“这地方会有咖啡吗？！”另一句话我说在了心里：在这地方你想喝个酥油茶还差不多。

但她很快端着手机指着寺前广场最里边那排建筑说：“这里就有。”

她查自己想要的地址时总是快得出奇。

这世界已如此美满，只要你有小布尔乔亚的需要，就有小布尔乔亚给你端到面前。

不过一口热腾腾的拿铁下肚，烦躁似乎确实平服了一些。

这家蛰居在破旧二楼小空间的咖啡馆，是几个白人青年开办。一个英俊的小伙子给我们端来咖啡时，我问他们来自哪里，他说：“捷克。”随后还补了一句：“知道吗？”

当然知道。但我没有立即跟他聊上卡夫卡，或者米兰·昆德拉。不是所有时刻都有兴趣让别人知道你的职业。不过也可能因为这两个都不是我最喜欢的作家，聊起来也没什么热情。

我们独自坐在阳台上，就着咖啡讨论接下来的行程。此行至今没有看到什么令人心旷神怡的风景让我们心有不甘，我们渴盼新的旅程真正让我们有所收获。而况原计划七天的旅程现在才到一半，就这样回去不免感到扫兴。然而眼前的现实是路途的艰难困苦远远超出了我们的预期，更重要的是，我们的准备不足仍将使我们的前路充满不测。我们没必要对这样的路途知难而上。

对于这两方面的矛盾，我们各有一个选择，往前，还有一个嘉琪妈妈最初不提议我们去的稻城亚丁。也许她越不提议，越有可能风景大好、震慑人心。但是现在去往稻城需要九个小时，我们今天并没有做好远行的准备，即便一切顺利现在赶到目的地也要晚上八九点，一旦有点意外，我们还要中途住一夜，而且地图上看这一路因为继续深入藏区，像样的城镇稀少。这折腾的路程现在让我们犹豫不决。往后，我们就继续按最初计划的向四姑娘山进发，赶到那里只需要六个小时，现在出发还能赶在天黑之前到达。至少，这是返回成都的路线，也因此沿途还是有几座像样的城镇。这条路的问题是基本不再对风景抱什么希望，四姑娘山景区介绍看不出有什么特别吸引人之处，虽有骑马项目，不知道是否也跟香公草原一样不可指望。

我们陷入两难。直至我们喝完咖啡穿过香公寺广场往车上走，也没有最后结论。犹疑之中，我发现另一件事可以作出决定：连日的奔波使车身堆积着厚厚的尘土和泥浆，我想先洗个车。在这里再多逗留一点时间也方便继续思考前程。

我沿着人、车、牦牛同行的街道慢慢往前开，找到一家在自家门口拉出水管的洗车铺，一个披着头巾的藏族妇女给我们洗车。中途，一辆破旧的面包车开到门口，下来一个男人。我们在封闭的车里听到女人对他骂骂咧咧。看起来是她的丈夫。

在车上我仍旧急切地想着下面的行程。我们该去哪里？想来想去，我觉得嘉琪虽然没有明说，但心有不甘的成分更大。想到这川西南之旅虽然事先了解不充分准备不足，但在我们脑海里也已存在了大半年。这次跟我出来都不能让她好好玩玩，说到底还是我的过错。

最后收费时我问她多少，她说三十。我原计划五十之内都能接受。

但付完钱我突然很生气。烦躁瞬间就升了上来。我不说话。在导航上搜到稻城亚丁，点火向前。

当车开到小十字路口，路牌显示着直行去往亚丁，嘉琪立即得知这是去向与成都相反的方向，问我为何这么决定。

“担心这次带你出来没让你好好玩啊。”

她弱弱地笑了：“算了，不要去那么远了，而且不知道这条路是否又很不好走。我们还是去四姑娘山吧。”我本是生气发狠，我也不想再去那么远，现在既然她这么说，也就相当于终于有了一个决定。

于是我们掉头。

然而与前两次启程不同，今天一开始就受阻。香公草原广场尽头通向出镇的路口，横着几根旧木头制成的路卡，两三个裹着蓝色军大衣的中年汉子坐在路口的椅子上，脚跷在路卡的木头上抽烟。前方已经排了十几辆车，听前面的声音传过来说这条路在修路，暂时封路，要下午两点才放行。“修路”是什么概念，我已有领教。说实在的比起之前的毫无预警，我感激现在的提前封堵。虽然临近中午，但我们感不到饿，整个香公镇蜂拥着浓郁的藏族风味，镇上没有发现引起食欲的餐馆。更重要的是，如果我们现在离开，后面只会队伍越排越长，现在我们还算靠前，能及时知晓路卡管理员传来的消息。

还算好，只延迟了十几分钟，差不多两点一刻，放行了。我们跟着队伍摇摇晃晃往前走。路不宽，勉强两股道，对面的车也结成队往香公方向而来。没走多久，又停下了。前后都有司机下来直接在路边小便。我也要小便。想来大家刚才在路卡那里等待，旁边又没有厕所，好歹那里还是市镇，没法就在车边小便，都憋到了现在。

虽然两边都是山，但近前路边的山还算低矮，也没有路过过分难爬的山坡。大概开了五十公里，在一个村庄，车又停了。一开始以为很短的堵车，后来等了半个多小时仍旧不通行，前面传话过来至少还要半小时。这时又开始下雨了。更重要的，我们饿了，路边一家直呼“四川酒家”的饭馆人满为患。我们也进去炒了两菜一汤。吃完饭我想抽烟，发现打火机丢在了车上，我看见摆放餐具的桌上一个篓子里有很多打火机，正好忙碌异常的老板娘端着菜经过身旁，就和她打招呼借个打火机，她一边飞快地走过去一边说了一句什么。我没听清也没听明白，就直接从篓子里拿起一个打火机，但始终点不着，这时她走回来递给我：“那些都不能用，这个是高原打火机。”

等车重新开起来之后，雨下得更大了。当我们在拥堵的、被大幅彩条塑料布围着的、说不清是几岔路口的转盘转向我们要去的方向，逐渐地我们这条路上的车稀少起来，最终竟然又开始长时间只有我们一辆车。比起前两天的情况，路并不难走。路牌上的景点路名和导航上的指示精准吻合，这使我放心。也不断有路牌标示着现在的海拔：4000 米，4200 米。但没有症状的身体也不能真切地感受这些高度的含义。只有发动机持续稳定的声音，雨刮器的声音像是母亲的拍打，给我安全。我们不断走在被山顶翘岩包裹的山路，头顶的翘岩伸出来，和旁边的山、脚下的路形成“匚”字形，把我们包裹着，而路外面，始终有一条比江窄、但比河宽的大河。它始终水流湍急，急促地跟我们一个方向地往前流，那阵势，如果我们的车落水，它们也能把我们一路推着往前跑，速度将和路上行车相当。一道道白色的水波直往前奔流，水流经常在河床边的石头上撞出水花。

这条大河一直伴随着我们，几十上百公里地陪伴，也一定成百上千年地滋养着两岸的村寨。这些村寨稀稀落落，偶尔竖立着一两座房子，都是很明显的藏族民居。树不少，大河也就在路边，但村寨、房子仍给我缺水、干旱的感觉。房子旁边很少看到村民。如果富裕，这里倒是很好的别墅。只是这些建筑外观仍让人感到陈旧落后。况且这里交通闭塞，估计快递都很难走到这里。村外漫长的路上，倒是偶尔看见一两个佝偻着腰背的老人，在路上慢慢走。突然，几只牦牛停在路中间。我停下车，等它们慢慢走到路边再小心地驶过。

看着前面的路和风景像滚带一样一幅幅晃过眼前，我当然知道我们现在要去的地方。它叫四姑娘山。但是事实上我真不在乎它叫什么。因为我根本不会买票进它景点的大门。现在中国还有什么景点值得人买票进去游玩吗。又或者，游玩，有什么好游玩的？游玩能解决什么？我本来没准备去任何一个地方游玩。我内心最重要的还是惦念着我要赶紧去寻找落实未来的蛰居地。我本来是想把这次旅途当作蛰居之前的热身。我只是需要或者说享受在陌生的路上开着车。一直这么开下去。我不需要奇景。我不想看到奇景。但是，已经一段时间以来，对岸山峰上面对我们这边，常常有个正三角形的洞。山洞不稀奇，各种大小的洞虽然在日常生活里不常见，但在一座接一座的山峰上，即便不常见也能想象和接受，然而现在所见到的这种洞有其奇怪之处。首先它一定不是自然形成，不是动物挖掘，它的边框都用白砖固定着，当然那些白砖经过风吹日晒已经发黄变旧。它必然是人专门建造。但它的大小根本不够人居住。难道是为了储存物品？或者也是藏民的宗教习俗？不得而知。虽然接二连三地见到，但因为路途漫长每两个之间相隔也遥远，并且总数也没有到密集的地步，我走着走着也就不再留意。仍旧自顾着默默地、无止境地往前走。我知道在抵达目的地之前，道路是永远也走不尽的。

一路上我和嘉琪都不怎么说话。没有惊叹，责骂，分析，提醒。

我们木木地快速往前移动。她也不看动画片。前几天的惊险历程已经让她养成了没法在车上睡觉的习惯。我有时用余光看到她缩着脑袋看窗外，身边这条大河确实吸引人。这使得我也不免视线斜射，通过挡风玻璃右侧看前方乱石遮挡的波涛。当行至一小片村寨之后的田地，一群牦牛像黑蚂蚁从山脚下的平原上蜿蜒到山坡上，她拿手机拍了几张照。我想，她或许也惦念起她的电影，惦念起本来要去的榆林。

雨非常小，有时只是偶尔的雨滴。路面也许积尘太多，也是有时潮湿，有时又仍是半干的黄白色。经过一段低平地段，没多久又开始明显地爬坡。长时间地不再见到村寨。一条狭窄的、古旧的两股道弯弯曲曲，前方不是被弯曲遮挡，就是被坡道遮挡。大河现在到了我们左边。也就是说其间我们经过桥梁。偶尔路两边有还算茂盛的树木杂草簇拥，在被植物拥挤的窄道上奔驰，在阴郁的天色笼罩下，我追着去体会，知道这不免会有梦幻的感觉。但这意识像一条云絮在右脑的上方，需要去索取才会靠近、相融，脑袋稍一转动也就烟消云散。

在一个坡道上终于重又出现了残破不齐的民宅。两个农民站在一台破旧的手扶拖拉机前面。走近了才发现是一老一少，好像在修拖拉机。刚路过他们，突然看见一间矮房墙上刷着歪歪扭扭的字：“厕所一元”。

“休息一下。上个厕所。”

我把车开上拖拉机旁边的空地。

有一个水槽和一个蹲坑。我尽量不去看蹲坑。水槽边有个白色塑料桶，桶里有水。我小完便，并没有冲水，因为水桶里没有水勺子。

我走出来，看见嘉琪在空地上压腿。我掏出烟点上，一边抽烟一边看那父子俩在修理拖拉机。他们完全不看我们。嘉琪又做了一些扩胸和转腰，然后到车上拿了一些纸巾塞在口袋里，去上厕所。

听着哗哗的波涛声，我走到路边，看坡路岩石下奔腾的河水。我抬眼，发现对面山坡上又有一个正三角形洞，偏左斜对着我这边。突然间我很想去看看这个洞到底是做什么的。恰巧右边有一座水泥桥，虽然没有护栏，但桥面不窄，而且石板宽厚。我走上它，走过去，走到对面。我走得很快。就算我驾驶再累，毕竟很久没有用脚走路，着地竟然有种轻盈得可以飞的感觉。

洞口那面直伸河水，我只能从背面一条几乎看不出路的碎石路攀沿而上。没多久被杂草覆盖的小路让我绕到了河的这一边，但是我这才发现这里离我停车的地方竟然有这么远，我们的车被路边的两棵树遮挡，只露出斑驳不整的红色车身。

我抓着上面的藤草，一跃爬到上面的岩石，登上小小的坪坝，看到那洞口边框脏旧的白砖的同时，立即看到一个穿着白袍、裹着白头巾的中年妇女面对我站着，而且很快我注意到她赤着脚……我还没来得及吃惊，她就笑盈盈地对我说：“来啦？”

而更让我奇怪的是，我好像并不特别吃惊。虽说擅自踏入这块不明之地有点冒失，但也没有对任何人明显的侵犯，我不必慌张。同时，虽然眼前这个白衣妇女太像一个古代女人，而且我知道她像谁，但我阻止我去联想。这个陌生地区有太多我不了解甚至不能理解的事情，我必须忍受不合理带来的困惑和恐惧。

“你来了就好，我可以走了。”说着这句话她并没有动，仍旧笑盈盈地看着我，说她眼睛闪烁着亮光也不为过。

也许我是为了躲避和她对视的尴尬，或者说，我深知她对我所具有的诱惑力，而我一向具有躲避诱惑的固执，那对我越有魅力的东西我越是要别过头去……我把视线转向了我最初最原始的兴趣：那个三角形洞口，并向它走了几步，在这个过程中我懊恼地嫌弃她的白袍并不美。可能穿着也并不舒服。我弯下腰朝洞里面看，发现这个洞口虽然小，但弯下腰来是能够钻进去的。

如我想象的那么简陋，预想更多地冲淡了惊奇：左侧倚着山体有一个石床，右侧是一些坛坛罐罐，洞口近前的地上有一小堆枯秸秆，底下可能有少量的灰烬，这是我的猜测。没有任何纸页、书经。也没有我担心有的香炉之类。这些家什既显出有人生活过、甚至仍在生活着的气息，又透出一种完全没法生活下去的苍白和贫瘠。为了拖延和回避重新和白衣妇人的对视，我一直盯着洞里的这些家什，实际上它们没什么好看的，所有的物件瞬间都能数得过来。

在我转身的一瞬间，我突然回到了北京。没有一道闪耀的白光，也没有激烈的旋转，我立即回到了北京我的庭院。院子里的杂草竟然已经一米多高，既让人恐惧，又让人为它们的长势喜悦。樱桃树好像没有任何变化，既没有生虫，也没有长得更高，叶片没有变黄，也没有变得更绿，没有任何变化，就好像根本无视我旷日持久的离开，自顾自默默地站着。出门尚是炎夏，归来已是深秋，并且是次年。我没有拿下车里的背包，也不想拿出我的手机。我归来不是为了休养，我直奔里间，我要重新收拾行李，准备去找寻真正可以蛰居的地方。

逆旅

一

在武汉那对夫妻来到寺里的第二天，净妙法师告诉陆晗：明天一起去西塘古镇。

她是用“兴奋”的模式来告知他的。她和陆晗招呼、说事有几种明显的模式，“兴奋”是大家最熟悉的模式：从楼梯拐角口就开始以响亮、纯真、亲昵的声音拖长着叫唤：“陆老师——”陆晗坐在屋里就能够想象她刚从楼上走下楼梯、在走廊顶头才一转弯就开始了叫唤，他能够看见她随着这声叫唤，脸微微向右上方扬起，脸上洋溢出清纯、期待的笑容，眼睛还微微地眯起，仿佛一缕阳光正洒在她脸上，她拖长的声音随着脚步而颤动，这声音楼上楼下尼众一定全都听见了，知道师父此刻正来找他、“商谈要事”。因为吐字缓慢、拉长，这声音要延续到她走完第一间暂时空着的寮房，当她的声音刚一落下，陆晗立即以同样热切的声音回应："诶——"同时起身推开纱门，出来迎接她。

当两人相见、走近，净妙法师这才突然低下声音，恢复那种低声商议的语调对他叙述正事，表现出一副只有和他一个人时才会有的推心置腹、语重心长的样子。

一般情况下，都是净妙法师说什么，陆晗就答应着什么，她不说的，他一般都不多问。更多的他会根据法师说出来的信息理解它们背后的全部意思和复杂背景。净妙法师不是有意想要对他隐瞒什么，只是虽然经过三个月的相处越来越熟知、亲近，但双方确实又处在佛俗两个非常不同的环境，整体佛界、尤其是慈西寺自身仍属初创期的诸多特殊情况，更重要的是，虽然陆晗来到慈西寺的第一天就特地表明他没有宗教信仰、不皈依，但他这几个月来在慈西寺的日常生活，早已让净妙法师发现，他的精神洁癖甚至比寺里的每个尼众还要重，因此对他说话就会本能地有所选择。只是这个从北京来的画家过于懂事，不停地点头说好，净妙法师有时都担心自己还没有说清楚、他并没有完全听明白，这往往使她在他点头说好之后又补充着说了一条又一条，最终几乎什么也没隐瞒了。

听得出来，明天去西塘古镇一定与武汉那对夫妇有关。这两天在净妙法师跟不同的人零星的对话中，陆晗得知那个丈夫得了绝症，好像是肺癌晚期，据说没多少时间了。但是陆晗和他打过两次照面，真真切切感觉不到那是一个得了绝症、时日无多的人，说夸张一点，甚至完全感不到他有病。他衣着讲究，这份讲究里透着有钱、高贵、得体还有素净，陆晗记得他深蓝色的夹克里是挺括的白衬衫，裤子笔挺，尤其是脚上的黑皮鞋，锃亮。头发向后梳得一丝不苟，有官员作风，再加上金丝眼镜，脸庞宽阔而柔和，透着儒雅，整体就是一个儒商的样子（净妙法师说过他们在武汉生意做得很大）。走路、说话都很正常。陆晗唯一稍微担心的是那个人微微鼓起的肚子，但那也完全没到过分的地步，陆晗觉得自己如果吃撑一点、松懈一点，鼓起的肚子不会比他的小。而况他浅薄的医学知识使他大体知道：肚子鼓的那应该是肝腹水，肺癌应该不会使病人肚子鼓起来。

净妙法师在透露这位丈夫身患绝症之后没有再多说，但是陆晗从她戛然而止的表情猜测她咽住没讲的话仿佛是：他们似乎早就要来慈西寺进香，但因为各种原因一直拖到现在大概明确知道他日子不多时才终于来了。她咽下去的一句最重要的话很可能是："这不是明摆着的'临时抱佛脚'吗？"

至于西塘古镇，其实早在一个月前，有一次慈西寺上院元山禅寺方丈慧觉法师来慈西寺串门时就这么提议过，那时陆晗也在场，慧觉大和尚用他那尖细、舒缓的声音说："净妙法师，我们最近到哪里去玩玩呢？我们再去一个古镇吧。上次去过乌镇，我们这次要不然去一个近一点的，比如西塘？正好陆老师也在，这样我们就有两台车……”但后来迟迟没有动静。而这次终于能够成行，陆晗觉得应该是由武汉的这对夫妇出钱，甚至连“出去玩一趟”的提议都可能是武汉这对夫妇提出的，在这大限的逼迫下，他们任何“破财消灾”的念头都是合理的。

那么，明天慧觉法师一定也会去。陆晗没有问。但是随后净妙法师自己就都说出来了：“有两个车么就方便多了，我们大家一起都出去玩玩吧。这两天天也凉快下来了，果贤果文她们也都带上。”这话一听就能知道平常果贤果文这些小师父几乎就没什么机会出门。

二

第二天吃过午饭，慧觉法师早早地就坐着元山寺的奥迪过来慈西寺。陆晗记得元山寺给慧觉法师开车的小师父叫明空，那次他随净妙法师去元山寺串门，听明空说了自己的名字之后，陆晗还跟他开玩笑说：“哇，你这法号可是武则天的名字啊！”

临到上车，净妙法师说果文不去，“正好她留着看家。”陆晗再次感到这个患有白癜风的小尼姑根子上还是非常的自闭、自卑、不合群。当然这一切也都是合理的，她瘦弱、不美的形象，一直就是一副从小就被各种遗弃的模样。不过她也不曾表现过哀怨，甚至整体上还是怡然自得的，当陆晗得知她也想好好练练毛笔字、但不知从哪里开始时，他给她讲了一些初学者的关键，她表现出的欣喜满足甚至有种被佛法灌顶的感觉。

他坐在驾驶室，表面随意坦然，但心里还是想了一下：不知道大家怎么坐，不知道他们是否会把武汉夫妇安排坐自己的车。虽说他知道大部分癌症尤其是肺癌是不会传染的（否则净妙法师慧觉法师也不会这么接待、接触他们），但是怎么说也都是一个病人，而且是一个临终的病人，车上坐着一个临终的病人，似乎总会有点不舒服……但他也只是这样随便想想，他知道自己骨子里无所谓，最终肯定一切都听从净妙法师和慧觉法师的安排。没等太久，很快地连慧觉法师也坐到陆晗车上来，净妙法师连忙从副驾上下来让出座位，让慧觉法师坐上副驾，她自己和她师弟净智、徒儿果贤挤着坐在后排。这样，陆晗在心里想了一下，前面这台这么好的奥迪，却只坐了四个人（明空，元山寺另一个不知道名字的小师父，武汉夫妇），他这台破手动吉普倒坐了五个人。

开路。他不需要开导航，慧觉法师让他跟着明空就可以。他不担心跟车，在每次都牢牢地跟住前面的车的时候，他甚至发现自己还有点喜欢跟车的。尽管如此，他还是盯着前面奥迪的车牌默念多次，记住它的尾数。

一路慧觉法师跟净妙法师说个不停，陆晗凝神开车，听他们说着寺里寺外的各种事也觉得挺有意思。大部分都知道他们在说什么事，偶尔也有不明所以的地方，而且往往这种时候他们俩还压低了声音，郑重地探讨、商议。不过偶尔穿插着这种不明所以的话题，陆晗也觉得有趣。他的主要任务是紧盯前方、专心开车，耳边有声音是一件挺美满的事，当然一个人开车、身边没有声音时，也同样美好，那是另一种美好。为了方便和后座的净妙法师说话，慧觉法师一直是侧坐着，方便把话抛到后面去，这样他实际上大多情况下是面对着陆晗。有时他盘起左腿，手扳住搁在座椅上的脚踝，保持着一半的打坐姿势，这样更方便侧着身。

尽管慧觉法师最多也就一个礼拜来一次慈西寺，跟陆晗正面交谈应该也不超过五六次，但他很少询问陆晗绘画、艺术方面的事，除了第一次见面时他问过几句，之后似乎从来没再问过。现在他长时间侧身面对着陆晗，他也仍旧做到了这一点：他没有对陆晗的专业、工作表示兴趣。这一点是陆晗很喜欢他的地方。尽管慧觉法师酷爱书法并以此为荣，陆晗第一次去元山寺登门拜访时他就主动给陆晗写了五六幅小品斗方，但他似乎一直有着极强的自知之明，不懂的事基本不插嘴不过问。同时，他在这一点上的表现似乎还说明着他天然的宽容心：大千世界芸芸众生，反正各自都在做着自己的事，不需要旁人多去干涉；北京这位画家来到自己的下院居住一段时间，也是他个人修为的需要，旁人只需要默默呵护即可。陆晗觉得就这些方面来说，慧觉大和尚倒确实持有出家人、甚至一个高僧圆融的本分。

让陆晗心里对慧觉大和尚肃然起敬的还有另一件事。虽然和大和尚的最初几次接触，让陆晗觉得作为一个出家人、一个方丈，大和尚经常有过于随意、俗浊的表现，尤其他瘦小犀利，说话声音尖细，脸相接近于尖嘴猴腮，皮肤黧黑，整个气象离想象中高僧的形象相差甚远。直到来了慈西寺大约一个月之后的一天，陆晗随净妙法师去元山寺，后来净妙法师有事先去了别处，让陆晗留在元山寺等她。到了晚间，因为天气热，大和尚让陆晗和他一位徒儿一起进到自己的卧室，首先这卧室让陆晗小吃了一惊，外面的方丈室恢宏宽敞，摆设、器具、字画赠品极尽奢华、霸气，但大和尚的卧室却狭小逼仄，并且家具极其简朴，除了有空调外，整个卧室就只有一张床、一张桌子、两个方凳。就连床也是一张非常狭窄的木头单人高低床，跟外面方丈室比起来，这个卧室更像一个修行的密室。因为房间极小，所以空调非常有效，整个卧室深重的阴凉沁人心脾。就是在这里，大和尚说了一句让陆晗永远忘不掉的话。当时大和尚盘腿坐在靠墙的床头，大概正好说到元山寺未来的人事安排，说到他在培养接班人，说到他现在最大的心愿就是在元山寺塑出“世界第一财神”像，然后他喃喃自语地说：“我也想尽快退下来，我自己的修行还一点都没有做啊，我自己的生死还一点都没有想啊，我自己的生死问题还没想清楚呐……”而且他说这个话的时候能让陆晗感到，这几句话是长期萦绕在他心头的，它们肯定不是刚刚冒出来的新话题，因为他更多的是说给自己听，再次提醒自己，再次给自己唠叨。

“我自己的生死问题还没想清楚。”陆晗想，我自己的生死问题不也同样没有想清楚吗？天底下又有谁的生死问题是想清楚了的呢？我们还愿意这么拖着残躯活下去，根本上不都是为了去想明白这个问题吗？问题是，这个问题想得清楚吗？没有人能保证。不知道是不是自以为想清楚的时候，正是自己死的那一刻。

明空开车非常快，八月份陆晗坐他的车陪净妙法师去九华山时他就领教到了。真不是一般的快，经常在 140 以上。当时虽然他没有说出口，但也一直在心里担心他这样会超速被拍，当然也暗暗担心安全。也许也因为奥迪车好吧，速度升上去也不吃力。而今天的情况要求陆晗跟着他的速度，当他不由自主地把车速也踩到 140 的时候，可能是出于自己超速被拍的担心，他不禁憨厚地笑了一下：“明空开车确实是快哦。”

慧觉法师停下跟净妙法师的话头，稍稍伸过头来看仪表盘，同时问道：“现在开到多少码了？”

陆晗又笑了一下：“140 了。”

大和尚倒也没吃惊，只是饶有兴味地笑道：“乖乖，你这个车也开到 140。”

在他轻松的惊叹下，陆晗使自己更悠闲下来，以显示他的车就跟他的人一样，轻松自如，完全在自己的掌控之下，各位高僧尽管放心。

既然说到车，大和尚说起一件开心往事：“我拿到驾照之后第一次开车，我开了整整一天，一直绕着环湖大道开，绕着岛开了好几圈，中午就在路边吃了个快餐，吃完继续开。后来突然车子自己自动熄火了，怎么打都打不着，就在路中间啊，它就自动熄火，我都急死了。后来打电话让明 ×（说了个名字，应该是元山寺另一个小师父）过来，一看，你道是怎么回事？竟然是没得油了！油箱里的油活脱脱地被我全开光了！”车上一片爆笑，陆晗也抑制着抖动“哈哈哈哈哈”地笑着，“就在东园路上嘛！”大和尚说着手还往右后方一指，仿佛大家现在还在慈西寺的位置。

三

在车上陆晗就断断续续考虑晚上住的问题。会住怎样的酒店，吃住消费需不需要他付一些钱，以及，他是一个人住单人房，还是跟明空他们合住？

虽然他感到此次出游的资金应该会由武汉那对夫妇提供，但这毕竟只是他的估计，并不知道真实情况。不过，根据和净妙法师已有的相处经验，如果需要他自己出资的话两位法师应该会对他有所明示或者暗示，而这些明示或暗示都不曾有过。但出于这几个月来对寺庙生活的了解，他觉得在钱这个问题上提前做些准备总是应该的。

元山寺是一千多年的古寺，它的情况不消去说，而慈西寺这座才创建两年的小寺，据净妙法师说，是一个老板投资的。当然这个老板是谁、在哪里做什么生意，陆晗都没有问。以及，一个老板，为什么要“投资”一座寺庙？既然是“投资”，也就是说寺庙未来是可以挣钱的？这些他也不可能问。并且也只在心里稍微过了一遍，不再多想。即便有人把寺庙当作投资项目、期待它有朝一日挣钱，在今天这个时代也没什么好诧异的。

同样的，陆晗也不知道净妙法师有没有工资。从整体来看，寺里的经济情况肯定是不好的，大部分生活方式也相当落后。只是他们有时、有些地方又用着最好的东西，就比如慧觉大和尚的奥迪 S6，新车要近百万，还有净妙和大和尚都已经用上最新的 iPhone 7 Plus。当然，寺里该花钱的时候也不曾短缺，特别是陆晗住到寺里之后已经参与过两次浩大的放生，各种鱼都买几十斤，菜场的鱼贩子见到净妙法师都像见了菩萨，又喜又敬。

果贤果文甚至师叔净智她们应该没有固定的工资。但大家在寺里吃住，厨房里的米油堆积如小山，水电、网络寺庙也都齐备，普通尼众似乎也没什么需要花钱的地方。偶尔有一些新旧香客来寺里进香或小住，一般都会给尼众们发一点红包。这些小师父们也许靠这些用以补贴，应该也足以度日、安心侍佛。

净妙法师多次在聊天中说到她曾经拿到的各种“大红包”，有的高达“一万”或者“三万”。陆晗只是听着，并露出她所需要的惊喜之色。根据一两个月以来的相处，他知道她此刻这么跟他说，绝不是暗示他也需要时不时地给大家、至少是她发点红包，与此同时，他也感到她虽然作为一寺住持、作为众尼的师父，年龄也比陆晗大一圈，但与“在家人”聊天交流也自有其幼稚、轻佻之处，而这种幼稚甚至轻佻也多少是因为她们自幼进入佛门的卑微、封闭所致，因此陆晗感到稍稍不舒服的同时，更多的是理解和包容。

但这事陆晗还是记在心里的。因为当初他来慈西寺之前和净妙法师联系时，她主动明确表示“食宿都是免费的，我们欢迎一个艺术家来入住”。这也符合他的预期。因为他这次离开北京，原本也是因为这两年创作心态颇显烦躁，对近年来自己的作品感到厌倦，正是想找个僻静的地方调整一下心态，寺庙并不是唯一的选择，正如他当初和净妙法师刚一见面时就坦荡地宣称自己“没有宗教信仰”“并没有皈依的心愿”，如果需要花很多钱的话，他更愿意自己在这僻静的岛上租住一个更好的房子。

直到有一次，一位上海的女居士来过之后，净智师叔在厨房一边择菜一边告诉他，这位女居士昨天走之前给了寺里三千元红包。他顺势问他需不需要给寺里一些红包，净智仿佛立即感到自己说错了话，连忙说：“你不要的，陆老师你不要的。”看陆晗恍惚地点着头，她继续解释道：“陆老师你来了之后帮寺里做了这么多事，你饭做得这么好吃，又开车带师兄到东到西，油费全你自己出，你还给寺里抄经……我们寺里还没来过像你这样帮寺里大忙的人啊……你不要想红包那些事……”随后，她似乎想到了什么，抬起头望着半空中，叹了一口气，说：“师兄这个人呢，有时说话就是有点那个……”大概随即想到不该在背后指摘自己的师兄，所以立即打住，只再次安慰陆晗：“陆老师你不要多想，真的。”

所以总体上陆晗在慈西寺住着是没有压力的。他也确实尽己所能地帮寺里做他力所能及的事，而且从净妙法师的表现来看，他也感到自己能为慈西寺所用，近一个月来寺里几乎所有的大事竟然都离不了他，得力于他的聪明才智、社会经验和良好的为人处世习惯，净妙法师已经越来越依赖他，甚至上周宗教管理局来检查之前，她都专门找他来协商一些应对之策。

尽管如此，陆晗还是记得在来慈西寺之前，他在北京刚刚萌生想找一个僻静之地住一阵调理心境的计划时，他曾经也在北京找过一些寺庙，有一次去京北一座大寺，得知那里也有很多供寺外人员居住的房舍，篱笆墙外正有一位穿着居士服的老奶奶在采野菜，陆晗就问她住到这里来要不要付钱，老奶奶直起腰，幽幽地说：“像我们住在这里，都还是要付点钱的，我们怎么能免费呢？那些师父们都是有功德有福报的人，他们可以接受信众的供养，我们怎么受得起。”

这句话他也记得很牢。“他们都是有功德有福报的人。”而他，有什么理由接受信众的“供养”，白吃寺里的米油，白睡寺里的床，白用寺里的电呢？

……

到达西塘时已近黄昏，但阳光仍旧很好。今天整个一天真是风和日丽。同时让陆晗微微惊叹的是，西塘古镇的人真不少。虽然他的老家也是这所谓的江南地带，但他因为很少旅游，所以这些古镇他一个都没有来过，这些所谓的“景点”留在心里的感觉也都是可以想象的样子。慧觉法师一直提醒陆晗跟好明空的车。等他们下车，正是华灯初上时分，日光只是稍稍变暗，在这初秋清亮的傍晚光线中，各种灯光的色彩更加艳丽，就像其他景点一样，他们一定认为这些“亮化工程”具有商业招揽的吸引力。好在因为天色的缘故，这些灯光虽然艳丽，但目前显得柔和，倒也确实能够提醒游客：您来到了一个临时的家。等陆晗跟着明空的车停住，车上的师父们陆续下车，陆晗抬头看牌楼和里面灯火优雅的大堂，顿时知道这算得上是一座豪华的酒店。果然慧觉法师出面，身手完全不一样啊。

身着东南亚礼服的酒店保安引领陆晗继续往里开，进入酒店停车场去停车。停好车后他加快速度收拾自己的背包、手机、充电线、茶杯等杂物，随后快步跑向酒店大堂，他觉得在师父们办理酒店入住时他不应该因为停车而磨洋工，因为假如这时需要他付钱，他应该义不容辞地去支付，而不应该见不着他人。等他走进富丽堂皇、人群簇拥的大堂、找到师父他们，净妙法师也正好在找他：“来了来了，陆老师，这是你的门卡。你和范先生一间。”

他爽快地接过门卡，但心里咯噔了一下。“范先生”。这个从没听过的称谓，不就是那个病危的武汉丈夫吗？仅这停下车的二十分钟，他在下午路途中琢磨的几个问题全都出乎他的意料：

住的不仅不是快捷酒店或者私人客栈，而是这么一间很可能是这个古镇最豪华的酒店；没人提醒他他要付钱；他不是一个人住或者跟明空住，而是和范先生住。这最后一个安排，有那么一个瞬间使他心里重新明白了两位法师对他的定位和对世人的定位：不管怎么说，其中铁定的合理性在于：你和范先生，是唯一两位在家的男性，同是在家人。等他想明白这其中的合理性甚至排他性，他也就更加坦然地接受这个事实。

他和大家乘电梯到达五楼，打开自己房门时，他发现范先生并没有一起走来。他可能直接去他夫人那边，拿些东西，或者做些其他安排。这兴许也是这个病危者带来的好处，很可能他并不始终黏在这个房间里，这个标间还是会最大可能地让给陆晗一个人……不过，这一切已经不那么重要了。

他走近里面的、也临近大窗的床位，他犹疑了一下，他想是否要等到范先生来了之后让他先选择，然而现在不知道他在哪儿，他想也就这么一个床位的事吧，大家临时相聚，应该不会介意这种小事吧。他在床头柜上放下包，插上充电器，并把被子掀开一角，喻示着他已经不由分说地选择了这张床。随后他去卫生间洗脸洗手，顺便打量卫生间的设施，很快获得和外面一样的满意。他走回床边思考，房间很大，两张床也有让人足够舒心的距离。但是，他想到，这或偶然或必然的安排，是不是在有意暗示他今晚要另谋去处？三个月来，除了去九华山的那三天，他每晚都睡在慈西寺的床上，虽然在寺里的这些日子他也没有感到封闭、约束，但是今天，现在，直至落到这座小桥流水的古镇豪华的星级酒店，并且被安排跟一个陌生的绝症病人同住一室，这是不是暗示着某种对他温柔的驱逐，也给了他重回人间的自由？而他也太需要跌进红尘一次了，他已经三个月不近女色了，虽然这也并没有让他躁动不安，但现在有了这份驱逐兼自由的动力，他逐渐感到自己内心的欲火汩汩涌动。倘若真按他最初所想，把他和僧人安排在一室，他通宵不归还需要给出理由。而现在，一个陌生的病危患者没有任何理由来管束他……这时走廊上传来净妙法师和果贤、还有净智师叔的声音，这声音逐渐靠近他的房间，随后他的门被敲响：“陆老师——”净妙法师类似昨天叫他的声音复又出现，他立即“诶——”地答应，同时奔着去开门。

“一起去吃点晚饭吧？”她这么问他是因为平时他不吃晚饭，“这家酒店的点心挺好吃的，一起去坐坐吧。”

他当然欢快地答应了她。

四

好的酒店首先是灯光舒服，既亮又温和，而且错落有致，不是到处都亮，很多地方甚至是不亮的、幽暗的，它正是靠这些错落有致的大面积的幽暗反衬出它整体的典雅、明丽。走廊外侧长窗外，天色正灰蓝下去，和室内红黄为主的灯光两相映衬，透出江南古镇初秋空气的清新透明。室内室外响着不同的丝竹古乐，既让陆晗感到一种庸俗的沉溺，但如果稍微宽容一点的话，也不能不说它们悠扬悦耳。走廊、过道都有人走出来，要么准备出去游古镇夜景，要么和他们一样去餐厅吃饭。厅堂更是聚集着一簇簇的人。地面要么是地毯，要么就是光洁的大地砖，滑润地映着天顶和墙上的灯光。陆晗本来对旅游景点不感兴趣，尤其是这种古镇的景点。但此情此景，深蓝色的夜色，明艳的灯光，簇拥而不吵闹的人群，美人美景，使他的心也荡漾起来。他越发地提醒自己现在正在旅游，正在度假。他本该比僧侣们还要悠闲。他知道整个酒店本质上来说也就是极其普通的豪华，完全没有达到真正的五星级所具有的优雅超然，它本质上也就非常低媚地吸引华东地区已经达到小康的七大姑八大姨这样的游客。但他此刻不仅不讨厌这种欢腾俗浊，甚而至于还非常喜欢，希望自己更加地投身其中。他觉得这分明都是机会，让他走出自己厌倦已久的封闭的艺术环境，而走向更加哄乱的俗世。这样的机会并不多，他倍感珍惜。由此他在心里默默询问这几个月寺庙的生活对自己的身心造成了怎样的影响，自己是否果然不知不觉地浸润了一些寂静恬淡的颜色。他看着餐厅所有人满足欢腾地享用晚餐，餐具碰撞的细碎清脆的声响和老人小孩欢笑吵闹混杂在一起，他轻微地感到自己有种回到人间的感觉。他坐在餐桌上陪他们吃饭，一边想象着晚饭后自己一个人的各种可能性。此刻天高气爽、欢歌笑语激荡着他的心，他眼前见到的每个人都更加的血肉饱满，女性都玲珑可爱，就连男人仿佛也都多了几分丰富的灵魂。他在手机上搜附近的浴场、发廊，从文字和图片介绍的信息以及底下用户的评论很快判断没有合适的去处，而且事实上他很快就知道他并不想去消费场所。如此的良夜，他向往能多一些情感的温存，能让故事更深入，也能让记忆延续。以前他在上海工作时的一个情人刘诗雯就在附近的秀洲，这一点他昨天得知要来西塘时就想到了，只是迟迟还没想好是否要跟她联系。他和她至少已经五六年没有任何联系了。并且在这当中，他也知道她已经结婚生子。世事的变迁是一个方面，更重要的是，他一直没有非常迷恋她，她虽然不讨厌，但对他来说一直缺乏足够的魅力，跟她分别之后没有一次会想念她，除了此刻：他距离她只有几十公里的时刻。

他们吃完，毫无意外地宣告接下来就是游古镇夜景。并且刚走出酒店不久，在熙熙攘攘的人流中穿过一条沿河的窄街，过了一座小石拱桥，彼此就都分开了，陆晗一个人落着单。在此之前，陆晗看到明空和元山寺另一位小师父，武汉夫妇，净智和果贤，也已经一组组逐渐脱离了队伍。在这美景良宵，又有密集的人流拥挤，想来每个人都想和自己更亲的人单独游逛。窄街顺着河岸蜿蜒，街边各种酒吧、餐馆、小吃、古镇特产、创意装饰品店一家挨着一家，灯火照亮着店面和摩肩接踵走过的人群，整个古镇洋溢着欢声笑语、玲珑乐声。街很窄，河也很窄，两边灯火辉煌的小街中间隔着乌黑的河水，遥望过去，仿佛河水是黑沉沉的平坦大地，而两边街上和小桥上的人流，却是蜿蜒曲折流动着的河。

这欢乐的人流、水镇，不禁令人心神更加荡漾，简直一分钟的孤单寂寞都不能忍受，这样的良辰美景实在需要和一位女性一起分享，甚至和她一起私奔。他站在一家装潢考究的酒吧门口，掏出手机再次搜寻，想看到附近新的可能性。很快，这样一个陌生地的不熟悉的娱乐场所，还是彻底浇灭了他对它们的兴趣。他关掉手机，背对着酒吧门口，听着酒吧里激烈欢畅的乐声和鼎沸的人声，目光盯着对岸店铺前的人流，不禁思索自己该何去何从。但没有想多久，他重新拿起手机，迅速地翻到刘诗雯的电话，拨打。根据他的经验，在此烦乱的时刻，最好的方法就是不要等，不要东挑西拣。眼前放着一位现成的姑娘不用，那些七七八八的顾虑都是没有意义的。但是她竟然没有接电话，他让长音一直响到断掉，她都没接。“呵呵，”他在心里笑了，“这下可好了，选择在一项项减少、排除。”不知道她是否正跟她丈夫、儿子在一起，看到他的电话也不敢接。如果是这样，那自己的电话打扰到她了。为此他在心里有了一阵小小的不安和歉意。随后他想到经验里无数次这样熟悉的记忆，多少个躁动不安的夜晚，最初意气风发斗志昂扬地东奔西走东搜西寻，往往一直折腾到黎明到来，最终精疲力竭，只能心有不甘地选择之前整整一夜认为最差的选项，比如：倒头睡着。

他不禁又把手机掏出来，想着是否还有其他可能性，正在这时，刘诗雯的电话来了。

她的声音有点喘。背景有空旷的低微的音乐声。

“你在家吗？”

“没有，我在健身呢。”

他告诉她他此刻就在西塘，问她晚上能不能过来。他一边这样问，一边想象着自己怎么在她圆滚滚的身体上发掘出高昂的欲望，至少目前她微喘的声音和很可能汗水淋淋的身体听起来比她真人性感得多。她没有一口回绝，甚至还在用一种温柔的语气在表达她的思考和犹豫，但这份委婉没有延续太久，很快她就直言她今天出不去。她用的是“出不去”，如此哀婉的用词让他瞬间放弃了强求。也许为了递送莫名其妙的安慰，电话的后半部分她竟然声音开始流畅地向他介绍信息：“你去酒吧找一夜情好啦，西塘酒吧很多的……”

“酒吧很多我知道，但酒吧多难道一夜情就多？”

“很多，”她再次肯定，声音里的欢乐似乎已经目睹了他和别人滚在床上。

五

他跟着人群缓慢移步，右边一家挨着一家的各种店铺灯火通明，几乎每家都挤满了观看或消费的游客。他不知道西塘古镇是每天都这么多人，还是今天是一个什么特别的节日，人真的很多啊，到处都是人，真的已经到了人挨着人、走路都自动排成队的地步。所有人的装扮都光鲜时髦，心情愉快而悠闲，原来民间确实安居乐业、一派祥和，他不禁在心里对自己长年对此情此景的远离和陌生微微抱憾。为此他希望自己被这种愉快和休闲淹没、感染，不可抵制地一次次提醒自己也是一个游客，也是一个轻松愉快、寄旅异乡的游客，当他这么想的时候他发现自己这是多久没有这样的心情啦。这种像小时候去另外一个镇子赶集那样的无忧无虑，好像已经三十年不曾有过了。他发现与以前的旅途比起来，现在自己也很宽和，对这些本质上只拼着劲用商业特征招揽顾客的建筑、装饰也不再苛刻，特别是那些招牌上的字体，不舒服最多就不看，不再在心里责怪、牢骚几句。甚至偶尔他还能看到一些店铺，不论是吃的、用的、玩的，还有那些纯装饰的，粗看起来似乎都比他以前在别的旅游景点看到的店铺有些新意，不过即便如此，他还是没有在任何一家门口停步，只是一刻不停地顺着脚步的移动扫视它们。

他随着人流走到街顶头，转弯踏上一座石拱桥，河水幽深，岸上各种颜色的灯光被水面的微波荡漾成长长的彩带。两岸的柳枝垂挂，很多树被灯光照亮，闪着透明的绿。过了河到了这边的窄街，开始向反方向继续往前。他想着刚才刘诗雯的建议，很想找到这样的一夜情，但又不愿意为此付出太多精力，但他还是忍不住掏出手机边走边看。没有任何人跟他联系，也没有任何人可以联系。突然，他想到微信有个“附近的人”的功能，他立即点开它，啊，附近果真有无数的人！而且距离全都只有 10 米、20 米、

50米、100米。10米，不是一伸手就够得着吗？！女孩儿们的名字、签名也都时尚、感性，品位不俗。看来人在旅途，寂寞的人果真不少啊！他尝试着点开几个，并“打了招呼”，但并没有得到回应，他只能又和十几个看起来品貌不错的女生打了招呼，就在他准备关闭屏幕继续往前走的时候，突然有人回应了。

他很快加上了她的微信，并随即打开她的朋友圈查看，竟然还非常文艺，朋友圈长期转发的都是有深度的作家、艺术家、思想家的内容，还时不时地出现她自己画的画或者摄影，原来是同行！画得还不错，色感非常好！相同的专业，在找长期伴侣时未必让人轻松，但在眼下短暂的一夜露水情中却让人倍感亲切和兴奋。他省去一切繁文缛节，直接问她在哪里，她说在“O2 酒吧”。他打开导航，发现就在前面不远处，果真只有几十米，他跟着导航走到 O2 酒吧门口，他在微信上告诉她他到门口了，这时他看到人群后面、靠墙坐在一个石墩上的女孩刚刚从手机上抬起头，转头在两边查看，他立即朝她走去，“你就是 K？”女孩朝他嫣然一笑，随即就领着他往酒吧里走。女孩长得真不错，像郝蕾，没想到在这陌生的水乡古镇，一天的终了能够获得跟这样的娇小可爱的女孩激情搏杀，刘诗雯还真没骗自己！想到这些他心里一股暖流四面荡漾，整个心顿时都化了。

但是仅仅随她刚一入座，他马上就警觉起来。因为酒吧里人群簇拥，甚至墙边还站着很多人在喝酒，她是怎么知道在人群遮掩之中这里有一张空桌的呢？他还没来得及深想，一个拎着托盘的服务生就挤过人群走过来，问她他们要喝什么，在她流畅地报着几个酒名、甚至还报出“果盘”时，他一下子清楚了：这绝对是酒托，这是一个骗局，以前他在上海遇到过一模一样的遭遇，而眼下也许是因为生意太好他们甚至骗得更不想使用任何技巧……事不宜迟，他迅速站起来向门外走，并且足够大声地对她说：“等一下哦，我还有一个朋友要过来……”说着假装把手机贴到耳边，一边疾步走出酒吧，一边在嘈杂的人群里微微转头，用余光查看后面：还好，没有人跟着他。

他重新挤在人群里，情绪也并无太多波澜。与其说他自我修复能力高超，不如说，他很快就认识到事情这样才更正常：美好的情感岂能如此容易得手。“一夜情”的浅表信息只会像古镇晚上的灯火一样轻快地传递到像刘诗雯这样的人的心里，但它丰富而复杂的内里却没有几个人知道。当然，如今这世道，任何事都是正常的，无须惊惧，我们所要习得的是及时脱身逃离的本领。他在人群里走着，随后还是忍不住打开手机，重新查看这个姑娘的朋友圈，现在以冷静的眼光看，朋友圈内容所体现出来的质量真的不低啊，如果是伪装的文艺青年，最多就转点那些最流行的艺术家比如梵高的内容，她竟然还转发了比尔·维奥拉的内容，还有导演达内兄弟，甚至还有一篇歌德的《自然的单纯模仿》……这到底是真实的她？还是有另一个人帮她发朋友圈以便虚构她的形象？如果是后者，那得花多少精力啊！这个团队可是一帮高级人才……这么想着他又随人群挤上了一座石拱桥，这座桥很小，桥上竟然到了水泄不通的地步，两边的人互相拥挤着，艰难地移动。他看到人群里有中年男人，也有年轻女孩，还有一个胖胖的、已经挤得满头大汗的小女孩，他在想象着此刻突然桥梁断裂，有人落水，或者发生踩踏事故，与此同时这起可笑的悲剧被人发上微博迅速扩散登上热搜，瞬间大半个中国全都知道了十大古镇之一的西塘今晚发生了惨剧，而他，也是众多无名遇难者之一。在无数听不见的慨叹之中这成了一场喜剧。……随着人流缓慢但安稳地继续往前移动、并且走向下坡时，他想到《红楼梦》里某个小女孩好像就是在这样的环境里走失的。而脚下这石拱桥，是否许仙和白娘子也是在这样的水上相遇的？……他知道自己想多了，可能是刚才那个圆脸胖女孩引发的。他这么想着、移动着，心里倒越发踏实地知道接下来的计划，他觉得今天自己有能力提前为自己决定：他会按照寺里的安排，回到酒店与绝症病人合住的标间，好好地睡上一觉。虽然整个镇子人头攒动，但似乎现在游客的素质确实提高了不少，整体声响只是那种正常的欢乐，而没有那种哄闹的现象，而况“烟雨江南酒店”处在镇子西门闹中取静的地段，刚才在酒店里就能感到室内隔音很好，床上被褥舒适，窗外群树簇拥桂花飘香，一定能美美地睡上一觉。

六

考虑到范先生是个病人，他不敢回去得太晚，倘若回去时范先生已经熄灯就寝，那他开灯、洗漱、上床这些动作就尴尬不已。陆晗看了时间，接近十点，赶紧大步流星往酒店赶。还好，甚至有点出乎他的意料，房间灯火通明，范先生没有脱衣脱鞋，半躺在床头在看一本厚书。陆晗向他点头致意，范先生报以更热情的回应，似乎为陆晗毫不介意他的病情、仍把他当一个正常人对待而有点受宠若惊，他甚至支起了身子，朝陆晗重重地点头："诶，回来啦？"但随后立即清醒，克制住自己的激动，收回脸上的笑容，身体也重新慢慢靠回背后高高的被褥和枕头上，目光也落回书页。

陆晗以正常的动静洗漱，掀开床铺钻进被窝，坐在床上作临睡前习惯性的刷手机。范先生一直在安静地看书，刚才陆晗从他床位走过来时余光扫了一眼那书的封面，看到关键词好像是"三国与企业"，封面设计还是挺素净的，像一本理论书。这真是一个病危、临终的人吗？这可真有一份"活到老学到老"的精神呐。他藏青色涤纶夹克拉链敞开着，里面的细线白衬衫依旧是洁净挺括，他搁在床尾外侧的皮鞋也仍旧是黑得发亮一尘不染，一整天下来、到了临睡前的晚间，向后梳理的头发也仍旧没有松懈紊乱，鬓角、后脑勺都整齐地抄到发根，坚挺地体现着顽强的生命力，顶部的头发则繁茂修长，向后覆盖时形成一个自然的波浪，保持着从容、高贵的品性。少部分白发是显而易见的，特别是鬓角和后脖颈子那些短发的地方，顶部长发的地方也间或地夹杂着一些，但远没到灰白的地步。他脸庞宽阔饱满，脸上的皮肉没有任何病态的松弛，落地灯既明亮又柔和地照着他饱满细润的额头、颧骨，金丝眼镜，以及镜片后面长长的睫毛。他的样子真像一个市级官员，仿佛在度假期间仍旧日理万机审读文件。

范先生看书看得非常安静，就连必须的翻页也只是轻柔的纸张摩擦，并且他也没有刻意谨小慎微，自然、安详俨然是他的生活习惯。陆晗又顺势微微扫视室内，结合早前的记忆，他发现范先生没有任何行李，甚至没有一个手包，盥洗间也没有他任何的私人用品，透出“一切从简”“赤条条来去”的意味，仿佛除了他这个人躺在这里，他不想、也没必要留下任何痕迹。为了给出含义明确又方便的信号，陆晗也打开了自己这边的落地灯，然后钻进被窝里躺下，侧着身子继续看手机。果然，没多久，范先生起身合上了书，把书放在枕头边，把上衣脱了挂在衣帽架上，然后走进盥洗间。陆晗没有听到他弄出哗哗的水声和呼啦呼啦的洗脸声，看来这人的素养不是一般的好，就连放出的水声都是柔和的。他在盥洗间只待了几分钟，然而出来时陆晗觉得他确实有漱洗之后的光鲜，并且脚上也已经换上了一次性拖鞋。他非常懂得陆晗刚才打开自己那边落地灯的含义，没有发出声音询问陆晗，就直接关掉了大灯，随后他脱下眼镜折叠好镜架，放在桌子靠他床头的一侧，然后脱衣上床，关掉了他的落地灯，平躺着钻在被窝里，他合着的眼睛饱满地支撑着眼皮，眉头舒展，似乎已经在开始享受睡眠。

大概过了十分钟，陆晗也关掉了落地灯，在迅速降临的黑暗中闭上了眼。

七

自从住到慈西寺之后，陆晗过上了自己期盼多年的早上四点就起床的作息，他已经多次感叹这是他此次行动最大的收获。每天凌晨果文果贤敲钟击鼓的声音成了他起床的闹钟。他再次承认一个被动的环境是改变生活习惯的最好办法。

这天早上没有了钟鼓声，他在窗外逐渐沸腾的鸟鸣声中醒来，发现邻床范先生的床竟然已经空了，他的被褥被掀开折了三叠摆在床的里侧，虽然不是酒店原先的归置，但这被子叠得还是相当整齐，还是处处保持着尽可能少地留下他的痕迹的作风。

与早起同样美满的，是体会到早饭的美满。早上能感到饿，往日感到朴素无味的早点，比如白粥、油条、包子、馒头、小菜，都清香可口。吃早饭时慧觉法师和净妙法师商讨着今天的安排，他们上午要去一下位于西塘镇的永寿寺，算是佛门内部互拜。等他们回来后大家一起再逛逛古镇的日景，陆晗还听说昨晚逛的其实是古镇的西半部分，白天他们还可以再逛逛东边。然后吃过午饭之后就返回苏州。

在餐桌上，陆晗得以近距离地打量武汉的那位妻子，虽然昨天晚饭他也跟他们坐在一起，但当时他心猿意马一直在手机上找晚上的去处，没太多心思顾及别人。当时大家也刚刚到达景区刚刚落实住处，稍后又即将去逛夜景，所以整个餐馆连同他们这桌都叽叽喳喳兴奋非常，陆晗现在都不记得她昨晚是坐在哪里的了……而现在，早上却有点不一样，首先餐馆的人并不像昨晚那么多，而且大家刚刚从睡梦中醒来似乎都带着一点被睡梦遗弃了的失落和消沉，而他，这么一个刚刚调整成早睡早起的人却正相反，早晨仍旧让他神清气爽甚至斗志昂扬。像丈夫一样，武汉这位妻子也是很重视穿着打扮的，都保持着某种自我要求的素净和典雅。她的长相一般，长脸，脸上还有几颗明显的痣，但待人接物挺注意投入热情，这当然也与他们是来做客有关。虽然现在人的年龄不大好判断，但陆晗还是认为她比她丈夫应该小至少十岁，也就是说，如果丈夫现在五十岁左右，她看起来三十六左右。不知道她是没睡好还是每天早起的习惯所致，她的眼袋明显肿着。这也让陆晗重新意识到他们夫妻的情况。真实的处境不可能像他们尤其是她眼下表现出来的清新优雅、亲切热情。谁的丈夫得了绝症谁会睡得安稳呢？也许自从知道他生了这个病之后，多少个晚上他们都是在泪水、恐惧、揪心中度过的。

她这肿胀的眼袋就是最好的说明……

今天阳光依旧很好。江南秋天的天气更好就是因为江南的春天会有更多的阴雨。而且秋天，特别是初秋，气温更加宜人，毕竟春天会逐渐地有一种燥热。白天的人比起昨晚来说少多了，但还是很多。陆晗一个人走在最前面，后面是武汉夫妇，再后面两位法师，四位僧尼走在最后面，声音也从前往后越来越响，陆晗一个人是无声的，武汉夫妇也基本不说话，慧觉法师和净妙法师时而低声嘀咕着什么时而高声惊叹，最后面四位僧尼倒不时朗声说笑。他们一路沿着窄窄的、长长的、依河而建的老街往前晃荡，走走停停，一会对旁边的店铺感兴趣，一会被对岸的某个旧木楼吸引眼球，一时，小河前方一个老汉摇着橹船，从前面一个石拱桥下穿过，无声地流过来，船上坐着一伙男女老少，好像是一家子。陆晗他们盯着船看了几秒，未置一词。船既没有篷子，那一家子就支着塑料矮凳坐在甲板上，那摇橹的老汉竟然穿着一件黑色旧西装，精神过于矍铄，仿佛刚刚还在家里忙着其他生意临时过来给这家人摇一下橹。

这条狭长的老街顶上一直绵延着雨廊，右边临河有靠背长椅，长长的椅背正好是护栏，间或有一些石板小码头通向小河，这会儿他们走到的堤岸边泊着很多小木船，船舷就抵着长椅靠背，手伸出去就能摸到船头，这时那位范夫人小跑几步追上来叫他："陆老师，"在他转身并且她走近他之后，她指着那些小船，忙不迭地、有点不好意思地低声说："帮我拍几张照片吧……"陆晗爽快地答应着，心里迅速地掠过一丝疑惑和不妥，然而她已经兴高采烈地踩着码头的台阶下到小木船，很快坐到小甲板的一个木柜上，然后抬起头对着陆晗，调整姿势。此刻不容陆晗多想，他早已用手机对准了她，与此同时他看到范先生从身边走过，他本来也看着刚才一路小跑登上小船的妻子，这时经过陆晗慌忙让了几步，似乎怕挡着陆晗的镜头、妨碍他做正事。陆晗余光留意到范先生瞟向小船上范夫人的神色很不好看，甚至嘴里还轻微地嘀咕、兴许是责骂了一句什么，但他在经过陆晗之后也就又继续往前走去，陆晗此时明白了他刚才心里的不安和疑惑：她，这个范夫人，她为什么不让她丈夫帮她拍呢？是他不愿意吗？是他，在自己病入膏肓的时刻同样制止了他们全家的一切欢乐？或者说他在自己病入膏肓的时刻同样制止妻子对她自己美貌的保存？或者，……仅仅是她认为陆晗是一个画家而更具审美眼光？……陆晗呆滞地端着手机，看着范夫人扭动身体、撩拨头发、调整姿势，她咧嘴微笑，但迅速又抿住嘴唇，陆晗意识到她是想遮住她那颗有点龅着的门牙，他快速地微调角度和距离连续给她拍了七八张，同时余光还能看到范先生在他左前侧的一根木柱旁站立，他能看到他四分之三侧对着他，他的眼神在陆晗、范夫人、街边的店铺之间不停徘徊，陆晗分明能够感到他的羞辱和无措，然而他没有办法，他自己也不知道该怎么办，他只能假装木然无知，拿出他作为一个艺术家的专业能力，承担范夫人交付的信任，临时充当这莫名其妙的摄影师。他为自己伪装出的麻木蠢傻而吃惊，这麻木蠢傻之中透着一股伤人的定力，仿佛执意要当着这个绝症丈夫的面迎合他妻子的意图和她颠鸾倒凤……而这罪孽感又分明给他带来丝丝的快感……他感到这伪装的“静心创作”实际上并没有拍出她最美的形象，他只是一阵猛拍，就像混沌的一阵猛蹄践踏，他估计她走上岸来看了照片之后还会再次走到船上、摆出新的POSE，再拍一组。他担心这一幕还要持续下去，他不想给范先生带来更久的难堪。尤其是他想到，她上船之前没有把她的手机给他，这更能成为用她自己的手机再拍一组的理由。然而意外的是她欢快地上岸、在他的滑动下一张张看着照片时连声说“挺好、挺好，谢谢谢谢！”仿佛在这夫病家乱的境况下，也不再对自己的美貌有更多的期待。在她歪过来看照片时，陆晗不易察觉地把头稍稍远离了她，以防她的头发碰到他的脸，他心里也默默为她紧张，期盼她能为三米开外她病危的丈夫更多地留点尊严。

八

回去时不仅慧觉法师没有坐陆晗的车，连净妙法师也坐到奥迪车上去了，而诡异的是，陆晗的车上只有净智和果贤。

“怎么回事？奥迪车怎么坐得下？范先生他们呢？”

“你说武汉那对夫妻啊？”净智似乎还不习惯“范先生”的

称呼，愣了几秒才叫道，“他们今天下午直接从西塘回武汉了。”

原来是这样。陆晗默默念道，但表面并未停留，他麻利地点火，只是前面的奥迪车虽然也已经发动了，尾气在冒着轻烟，但它迟迟没有开动，不知道他们在商量什么。陆晗突发奇想，对后座的净智说：“回去时我们自己走就可以了哦，没必要跟着他们吧。”净智没敢定夺，只犹疑着默默说了声：“应该可以的吧……”在陆晗设置好导航、启动车子之后，随着车速加速，窗外的景致流动起来，她也突然欢快积极起来：“回去确实没必要跟着他们一起走啊，我们自己先回家……”然后她又矛盾地建议：“陆老师不要开得太快。明空那小孩瞎开，开那么快做什么呢？”陆晗头和目光都没有离开前方，只对着挡风玻璃微微一笑，算是对她的回应。

一段寂静的行程之后，净智似乎又想到了返程之初的话题，“武汉那个丈夫，”说完又停住，仿佛还没想好似的，她一直就是这样，其实自己也没什么主见，但又忍不住想要表达自己的想法：“那个范先生，嗯，……”她沉吟着，陆晗等了很久，她都没有继续，再等下去会有点尴尬，似乎明摆着自己对她的话题不感兴趣，于是他不得不“嗯”了一下，以表示他还在等她说话。但净智还是继续沉吟了很久，才默默地说：“好像情况不大好。”

“但是外表看不出来啊……”

“是的啊！”没想到她又很快转变口风，“我也是这感觉，好像他完全没问题，看起来比我们都还要健康。”果贤在她说完笑起来，但她随后又说：“但是师兄说他好像很危险，嗯，……”她又开始欲言又止、沉吟起来。

他们回到慈西寺时净妙法师还没到，陆晗不知道是自己开得比明空更快，还是他们又去了别处，或者净妙法师也许还有事跟慧觉法师商量，直接跟着奥迪车去了元山寺。不知道为什么，陆晗从寺门往寮房走，抬头看向那堵围墙，和围墙上那枝断了的、枯萎的芦苇，突然感到寺里特别凄凉。天气并没有变坏，初秋傍晚的天色还是那么清亮，但他总是感到寺里各个建筑的角落总有那么一点落寞。兴许是在家看门的果文还沉浸在她自己这两天、甚至自始至终的孤身一人的感觉，并没有因为他们的归来而兴奋欢呼。如果说是因为此刻净妙法师不在寺里，这理由也不充分，以往也有很多次她出门在外，但那时候也不像现在这样荒芜落寞。陆晗本来想进屋看书，但这寥落的寒意渗着人心，让他不能安心，他就走到前面厨房，看净智择菜准备晚饭，和她有一搭没一搭地聊着话。

九

陆晗平时是关闭着微信“朋友圈”功能的，想要看谁的朋友圈，需要专门点开这个人的朋友圈。转眼到了国庆期间，有一天，他闲坐无聊，重又打开了朋友圈功能，一条条地往下刷，他是想看看在这长假北京以及上海的那些“朋友们”都在做什么、都去了哪里旅游。实际上很多人他都不记得是谁，当然很多内容也不值得去想 TA 是谁。直到突然滑到一条内容时他立即看 TA 头像、然后又点进 TA 的对话框，看到那些照片时才想起她是武汉那位范夫人，她那条朋友圈的内容是：“感恩各位亲友的关心，孩子爸爸一周前平静地走了。”然后底下配一张黑背景上一束鲜花的图。

他盯着这条朋友圈看了很久。他不能明白这样一条内容到底说明范夫人怎样的心情和状态，当然有可能她的心情本身就复杂得不能够以文字或图片来表达，但不管怎样，他还是觉得和这条内容比起来，她的表达还是有点过于轻松，甚至轻松得有点怪异。他盯着这条内容反复看，首先他感到“一周前”这个模糊的时间概念对逝者、也就是她丈夫非常的不尊重，作为你自己的丈夫，他去世的日期你都不屑于写清楚吗？其次，陆晗自己没有孩子，他不知道“孩子爸爸”这个称谓到底是亲热还是疏远？他隐约觉得对范先生似乎还有更郑重的称呼，比如说出他的名字，并且在他名字后面加上“先生”二字。

或者在这之前她已经发过更正式的“讣告”？他点进她的朋友圈，发现并没有，今年以来只有四五条朋友圈，前面一条已经是两个多月前的一张飞机上舷窗往外拍的云海。

“平静”……范先生果真是“平静”地走的吗？陆晗不太能想象有多少人能“平静”离开，虽然他又知道几乎所有人又必然会“平静”离开……很快，更让他吃惊的是他做起了数学题，“一周前”，也就是九月二十四号，而他们一起去西塘是九月十七号，也就是说，他们回武汉之后仅仅六七天，范先生就死了？！那么活泼泼、气宇轩昂的一个人，就只又活了七天，就死了？……虽然他当然明白“命薄如纸”“人有旦夕祸福”，也在事先就知道范先生已身患绝症生命垂危，但一个半个月前见过一面、甚至同住过一室的那么鲜活的人，就这么真的死了？

也许正是因为当初知道这个人已经得了绝症，然而他的外形又和常人一样平安、健康，所以陆晗（以及他认为还有其他所有人）都认为这只是命运开着一个小小的玩笑，它最后不会这么残忍，眼前这个人最起码还有个一年半载可活。而当这个结果果真这样来临的时候，它才双重地让人难以置信。

他还想到，他不愿意以这样几乎完全隔阂的形式接收到这条消息，还因为他曾经当面感受过这个身患绝症的陌生人无法爆发的怒气和醋意，而他还是这个醋意被动的源头、不情愿的发起者之一。他内心潜在地希望有更多时日、更多事务覆盖这个他也参与的让范先生不快的记忆，然而没想到这个不快的记忆离他去世仅七天之久，完全有可能这件事是范先生留在脑海里最后一件最不愉快的事，而他，也仅因为这样一个阴差阳错的原因被一个陌生人离开人世前记恨在心……

当初给范夫人拍照时，陆晗就能够想象，不论在范先生生病前他们夫妻俩怎样相处，至少在范先生生病之后，他们俩一定不是顺顺当当地过着日子，特别是范夫人，一定不是忍气吞声含辛茹苦地照料病人，或者，范先生也完全有可能因为病痛而对所有的人事尤其是自己的老婆不满意，从而诅咒生命的同时诅咒一切……这一切，都有可能。因此，陆晗想，他也不能轻易嫌恶她在丈夫死后表现出来的可能的轻松。他对他们，对任何一个外人，又了解多少呢？

停了很久，他又想，既然范先生在一周前就已去世，那净妙法师这些天来为什么没有跟他说起这件事呢？按照净妙法师跟自己的交往，又是半月前刚刚认识的这位范先生，只要净妙法师得到消息，她一定会告诉自己的。难道是，范夫人也并没有提前告诉净妙法师？净妙法师也要直至刚才刷朋友圈才能知道这个消息？如果是这样，这是不是也说明，他们最后来到的这座寺庙以及最后一次出行的旅伴，在范夫人那里其实都算不上多么重要。……那待会见到净妙法师，要不要跟她聊起这件事呢？——当这个问题刚刚升起，陆晗很快就有了答案：只要净妙法师不提这件事，他也就永远不提。

外 国

一

飞机在戴高乐机场降落时天还没亮，没有任何“黎明”或“破晓”的征兆。跑道上星星点点的灯光和远处建筑的照明反衬得天色更黑，就像此刻仍旧是深夜，仍旧是十几个小时之前起飞以及整个航行过程中始终没有变化的“午夜”。虽然这个降落的时间所有人在半个月前拿到机票时就已经知晓并在一次次必需的重复中记牢，但眼下置身其中，他们，尤其是任晗，还是有点不太适应在这漆黑的天色下登陆这个预想中有着更多梦幻的城市。黑暗抹平了奢华，加深了穷酸，也抑制了着陆所该有的喜庆和兴奋。他察看了一下散落在身边和身后的老廖、刘总、燕青、唐思远以及三位现代舞女孩，从老到小，从“大人”到“小孩”，从“主帅”到“普通士兵”，所有人似乎都一致的有点黯然、低落，只顾随着队伍匆匆往前移动，完全没有之前想象中刚刚踏临这片土地时该有的欢呼或惊叹——至少任晗曾经这样想象过他们。这看不到更多景物的天色把巴黎变成了任何一个类似的、不陌生的、甚至落魄得多的城镇。而且，通向机场内部的廊桥陈旧黯淡，还没有十几个小时之前刚刚离开的浦东机场亮丽。走廊、大厅灯光昏蒙，仿佛传闻中高度发达、至少比上海还要发达一点的巴黎竟然有点供电不足。唯一让人确凿感到身在异国他乡的证据是身边成群结队的各种肤色的外国人，然而他们也都惺忪不明，沉重疲惫地拖着行李或小孩，就像四十年前一大群刚刚在上海火车站挤下火车但知道自己的命运仍旧没有改变的农民。出关检查员的容貌也是进一步证明“这是巴黎”的证据，然而已经工作了六个多小时的他们也已逐渐疲倦迟钝，对待源源不断牲口般摇晃着走到面前递来护照的各国外宾也只像对待本城地铁站上的乘客一样漠然，甚至在任晗看来，他们的制服也并不像传闻和经验中的法国审美那样比其他地方的制服更美更讲究，他还注意到左边那位年轻女检查员的妆容已经干枯凋谢，她圆润的脸庞和淡蓝色的眼珠虽然有着法国女孩的娇美，但现在在冷漠疏懒的神情下反而显出那种让人不舒服的天生的冷漠和轻微的傲慢。

显然巴黎并不会以特别崭新的面貌迎接任何一个第一次踏上它的土地的人。不过任晗心里其实也是宽容的，他更宽泛地搜集着原因尤其是自己切身的原因。经过一夜的航行，此刻的清晨按理说非常合理，就像所有长途旅程经常使用的“夕发朝至”，只是，刚刚过去的那个在飞机上的后半夜，因为时差的缘故已经被无止境地拉长成近十二个小时。然而任晗觉得最重要的影响并不是时差，而是自己的夜猫子作息。早晨的光线让人孤僻，也让人恐惧。现在看来，这个早晨光线的影响力并不受地点、时差的影响。但是对于像刘总这种有着正常作息的人呢？他相信这样一个上海老太太、地产商一定有着严谨的作息，那么她，以及其他人包括那三位女孩呢？——也许是成熟，迅速地“更加成熟”。还是拿前面的比方来说，就像农民进城，不管城市是否以更多铁的事实向他们证明它的繁华和庞大，一旦他们感到自己已经不容置疑地进入了城市，想象中的城市（甚至可能比实际更慑人）的规则就会催逼着他们迅速成熟，以便使自己也立即具有“见过世面”的“城里人”的属性。这其实是一份不错的催熟，它从另一个角度使大家摒弃了原本可能存在的伪装的天真和夸张的表演，也更加本真地显现出每个单个的自己与这群理论上更加亲近的来自同一国度同一利益团体的“同伴”之间的距离感。大家共有这份轻微的距离感绝不是坏事，它也使任晗在登上大巴之后选择司机座位后面那个唯一与其他座椅面对面的、也是从车门最便捷抵达的座椅之后仍能安之若素，在国内的任何一次“正常的”搭乘他都不会选择这个使自己成为众矢之的的位子，但现在在这份距离感昭示的安全氛围下则不再需要同样的顾虑。

燕青、唐思远、老廖依次坐在右手（他们自己的左手）边的单排座上，四位女士集中在后面双排座的头两排，老廖和她们相连衔接。最初任晗以为整个大巴只有他们八个人，以至于他以为这是法国主办方派来接他们的专车（内心不免升起一阵轻微的、不必要的温暖和尊贵），后来他留意到在车厢最后面还坐着一对黑人男女，才确证这就是机场通往城市各个方向的机场大巴，想来再好的巴黎也同样需要这样的公交系统才能保证整座城市的血脉相连，即便走到世界的另一头，朴素的品质还是不可或缺。这样的体会让人感到欣慰和安全。然而这一感受方罢，他又不免感叹大巴这趟出行是多么浪费，整个儿入不敷出。“人口稀少”作为欧洲的首批特征之一在刚刚进入这座城市就得到了验证。尽管他面对着所有人入座，然而就像所有人都能轻而易举地做到的那样，他并没有始终看向他们，更多的时候，他可以把目光投射到窗外，不管怎样，现在跟随车身的流动进行一番观光是必要而自然的。当大巴经过一条地下通道使得窗玻璃亮得像一面镜子时，他从玻璃里甚至看到自己不仅黯淡呆滞，而且脸色还有点憔悴。尤其不能理解的是昨天出门前刚洗过的头发，现在不知道为什么也显得凌乱干枯。不过窗玻璃黑背景上被车里橘黄色的灯光照亮的车厢在移动时真像一帧流动的电影画面。而且是欧洲电影、法国电影。虽然“法国电影”在国内已经成为值得嘲讽的“文青”的代名词，但是它的画面一旦出现在眼前，它还是流溢着油画般的质感。他们几个并不是一言不发，有时老廖和刘总说上几句，更多的时候刘总和三位现代舞女孩们低声聊着什么。刘总细软的上海老太太嗓音具有极高的辨识度，声音虽然低缓，但在这异乡的大巴上听起来还是感到那亲切的甜糯。近前的燕青和唐思远时不时也说上几句，其中有一次任晗听出是唐思远指着窗外的某个建筑或雕塑说了句什么。但无论是男声还是女声，声音都很低沉、短促。所有人确实都没有那种刚到一个异地（尤其这还是大家都没有来过的巴黎呢）的兴奋和好奇。然而，怎么说呢，他们越安宁平静，任晗就感到越大的安全，自己作为与这个团队、与这次行程最无关的一员，早已把自己交给他们，他们也一定早已经把一切都安排妥当，就像小时候过年的时候跟着老人们去远房亲戚家串门，作为小孩子的自己多问多管都是没有必要的也是没有任何作用的，默默地跟着他们走就可以了。

二

不算明亮的迎接很快就被证明是件好事，它至少在他们踏临这座想象中华丽浪漫的城市之初提前拓宽了接下来可能遭遇的灰暗。当任晗随队伍走进“主办方”（并不知道到底是中方或法方哪边的主办方）为他们安排的小旅馆，实际上也在进一步迅速地打开整个这次行程更多的了解。这是一家名副其实的“小旅馆”，经验的类比能够更快地掌握它们的本质：巴黎这座城市，眼下他生活的上海就是最便捷的类比对象，他想起早年更年轻、也更穷的时候来到上海并且必须住旅馆的经历：它就是这么一家已经开办多年的小旅馆，它地处闹市区（年轻的时候偏远的郊区并没有太多的旅馆），表面看同样富贵优雅（符合它不菲的定价），因为它的门厅必须与底楼那些富贵优雅的门面争奇斗艳，然而它在富贵优雅的底楼就只拥有那一间门厅，或者说接待前台，它的主体部分即客房，都在二楼、三楼或者更高的楼层，两者之间通过门厅后面那座狭小的电梯连接。不过即便在这稍显落寞的氛围里，前厅西侧隔墙那里一圈食品、饮料和它们旁边三四个人坐着吃早饭的情景还是吸引了唐思远的目光，他已经稍稍脱离了队伍，站在离餐桌更近的地方。几位舞者女孩围着窄窄的前台（任晗不清楚她们用的是法语还是英语）忙着帮大家办理入住手续，其间舞者领头那位剃着板寸的、大家都叫她“小菲”的转过头来，巡视餐桌的方向，正好看到唐思远站在餐桌边，眼睛一亮，似乎是刚刚前台也正好说到了这个信息，她携带着兴奋的口吻鼓动着唐思远：“等会大家可以来吃早饭，是免费的。”

“免费的？”唐思远立即用他带着乡音的普通话夸张着他的欲望，似乎现在“终于到家了”，他浓浓的淳朴和天真终于可以放松地表现出来了，“随便吃？”

“对的。”小菲已经又转过头去对着柜台和接待沟通。好像她也并不懂法语或英语，看她手上还拿着一个翻译器。

唐思远背着厚厚的挎包，走近那些放着各种面包、水果、饮料的餐桌，还挺有节奏地连续几次转头看看那几个正在吃着的外国男女，这样的行为真让任晗为他担心，在任何哪怕还谈不上“社交”的场合中的基本礼仪唐思远不可能不懂，但每个人确实都有止不住自我表现的习性，并且这些习性往往都是奇妙的。唐思远的独特习性也许是他热切地表现自己的蠢笨、丑怪，也许在他的信条里，“质朴”是人的第一本真可爱之处，它几乎就应该跟“纯真”等同。不过任晗只是暗自担心，他的身体甚至相反地退后了两步、退到了自己队伍的里面。他想，就算唐思远因憨傻的自我表现在刚刚踏临欧洲大地之初就冒犯了外国友人惹出一点麻烦，也轮不到自己来救场。好在这边队伍开始移动、走向电梯时，他看见唐思远顺手拿了两个小面包奔回队伍。

只需离开前厅拖着行李进入电梯，客房的真相似乎就已顿时显现。电梯极小，估计只能同时承载五六个人，显出巴黎或者上海这种城市寸土寸金的特质，电梯里陈旧的金属板和木质扶栏都显出整栋大楼不小的年岁。经过了电梯的运行，房间的狭小逼仄似乎早已可以接受。他们四个男人分住两个标间。他发现他们也都和他一样，既没有抱怨，也没有其他评价。不过他太熟悉老廖了，此时他的无声已经足以表明了他的不满意。但老廖同样也是组织者之一，他和燕青应该事先就知道抵达巴黎之后入住旅馆的情况。不过可能最多也只是了解一些价格定位和文字介绍方面的信息，至少不会像眼前实景这般直接。所以在这样的一次集合中，大家的修养和顾忌达到了趋同。更重要的一点，毕竟这些钱都是别人、也就是刘安琪刘总支付，是好是歹我们接受就是，不可不懂礼节地吐露出来。另外，老廖虽然也是第一次来法国，但他之前已经去过几次别的国家包括欧洲国家，也许之前（至少某一两次）在国外居住的条件与此刻的情况相差并不遥远，看着他进门没多久就躺到了床上、右手枕在脑后、慢悠悠地抽烟休息同时眼盯着天花板沉思，而丝毫不像以前那般对（哪怕是临时）居住环境苛刻或者说感兴趣，似乎也有他过往的出国经验在起作用。总之，不管各自怀揣着什么原因，作为成年人，大家可以说在最短的时间内感到了在这好歹也算昂贵的异乡至少有了一个可以在未来的五天里栖息、容身之地的满足。而况不管怎么说，设施虽然陈旧，但房间、特别是床铺还是有着起码的整洁。最重要的是这些支出都早已有人买单。“流落”异地，有此待遇，夫复何求。

不知道为什么，在任晗刚刚得知他们将分住两个标双、并立即随意旷达地选择了第一个打开的房间靠门口的床铺（另一张床因为靠窗无疑更为美好）之后，老廖竟然没作犹豫地选择和任晗同住一间。此举瞬间让任晗在心里重新拉近了他和老廖之间的距离，当然，只是在心里。并且也只是短暂的。老廖如此选择，似乎也是不想把他和自己之间最近几年以来的“距离”直接表现在表面上，也许，当分组入住这个选择出现的一瞬间，老廖也立即习惯性地想到了之前那么多年、那么多次，只要遇上需要集队分组、或者买单支付的情况，他们俩总是优先选择在一组。在他们疏远、唐思远成为老廖的助手的这几年当中，虽然老廖无疑仍像当年对任晗一样逢人便夸唐思远，但此刻，老廖让唐思远去和燕青同住，至少说明了唐思远可以、也必须忍受这哪怕是临时的、表面的疏离。

当然事情也许也并不这么简单，或许背后还有更复杂的思虑。

比如，让任晗和唐思远同住，老廖将不知道接下来的五天里唐思远会跟任晗说什么，唐思远的耿直和缺根筋很可能会让他对任晗透露一些关于老廖近年来不该透露的信息。同样的，老廖或许也担心任晗稍动心思微作挑拨，把自己以往一些不好的经历或表现、以及现今对自己作品不好的感受委婉曲折地在唐思远面前轻轻一煽，指不定会实质性地疏离了唐思远和自己的关系，这对唐思远作为自己的助手的状态是极其不利的。其次，老廖同样不愿燕青和任晗同住。燕青是自己未来在具体事务上用得着的人（他的“青”艺术空间，他的人脉，以及他敦厚稳重的性格），五天时间说短不短说长不长，也完全可能让任晗和燕青突然走得更近，对自己和燕青在未来的交往也是一个不大不小的隐忧。而让燕青和唐思远同住，则没有太多顾虑，燕青对老廖的过往了解得并不太多，性格又比较敦厚，没有太多主动的攻击性，他和唐思远对老廖都还保持着最初的尊重，乃至一定的敬畏。因此，他们俩住在一起，是安全的。

任晗想到这一层，顿时觉得老廖选择和自己同住是最好的结果。既表现出和自己并无前嫌，又分隔了可能被挑拨疏离的对象，对老廖来说是最安全的选择。他想着这些，另一个声音在担心自己是否因此而在心里慨叹：“哎呀，真复杂啊！我也陷入了这些自己最不喜欢的钩心斗角了吗？！”他追索着那个声音反观自身，好在自己心里并没有发出这样的慨叹。他并没有觉得假如老廖想得这么复杂是一件如何了不得的事，甚至也没有觉得想到这些就多么龌龊。即便老廖有这样那样的缺点，但老廖也完全不是一个龌龊的人。甚至，一个能想到这些的人，是应该的，甚至仍旧是可爱的。同时，这一切也有可能并不是老廖想这么复杂，而只是他自己，任晗自己想这么复杂，那么，过于复杂、乃至肮脏龌龊的不是别人，只是他自己。

他没法排斥这样的可能。

他也在自己的床上躺下来，因为所有人进了房间之后都没再互相走动，更没有像刚才小菲声称的那样再下楼去吃那免费的早饭。似乎入住之后这个早上和上午各自继续休息是刘总和老廖他们事先做好的安排。当他的后脑被枕头托住、眼睛看着简朴的吊顶，他还是不由自主地重新想到这个房间的价格：刚才他看到前台那里写着：87 €，也就是说，是 870 元人民币。就这样的房间，在国内最多也就差不多 87 人民币啊……原来，大家的数字都是一样的，造成不同的是后面的单位。结果是他们比我们多一个 0。……他没有脱衣服，临近睡着时感到深深的凉意，顺手撑开被子盖住了全身。跑了这么远，来到一个如此陌生的国家，也还是用着和我们一样的被褥。这柔软的棉絮到底是中国人还是法国人先发现的呢？古时候信息和交通都不发达，先发现的一方又是在什么时候通过怎样的手段把这美妙的生活经验传给对方的呢？

三

当他醒来，他开始稍微认真地思考并接受“时差”是一个什么概念。首先，他认识到早晨刚下飞机之后他以及他们所有人都显得无精打采确实是因为睡眠不足，只是这种睡眠不足被延迟的晨光进一步搅乱，形成一种绵延的不睡不醒的迟钝和消沉。晨光和时差的结合似乎能够进入血液，使它变得更加黏稠并且流速缓慢，整个人的躯体也变得绵软。但是他微微想不通的是，他自己在飞机上没怎么睡，难道其他人、比如敦厚的燕青和那三位女孩尤其是刘安琪女士，也都没怎么睡吗？很可能时差的威力不只是在飞行中睡上那么一点就有用的。再说他们也确实有可能在飞机上也都睡得不实。而刚刚这场在旅馆床上的睡眠至少驱散了早晨那种因为缺觉而引起的麻木和消沉。但，怎么说呢，他忆起刚才的这一觉，觉得它虽然算得上实沉，但如此实沉的一觉并没有带来以往那种自然醒后耳聪目明的通透，他混沌地感到自己只是恢复了精神而已，感觉系统却仍旧不够灵敏。不知道这是否仍属于“时差”的余威。

大家聚到燕青和唐思远的房间。不一会儿三个女孩也来了，任晗并不知道她们房间的具体位置，只知道她们是从右边、也就是东边走来的。女孩们并没有问，被大家围在中间、手上的香烟袅袅升着蓝烟的老廖主动跟她们说在等刘总。原来刘总并不住在这边。从飞过来的航班就她一个人坐的头等舱来看，她可能住了另一个高档一点的酒店。小菲和燕青嘀咕了几句，然后燕青拿出手机开始拨弄。听着小菲的念叨，任晗逐渐明白了是小菲让燕青用他的手机发短信。小菲发完，另外两个女孩也依次上阵，唐思远也在旁边踌躇满志地酝酿、思考。大概是看到任晗一直没有走得更近，小菲突然睁大了她的大眼关切地问："任晗要不要也发一条？"

"发什么？"

"给家里发一条……"

现在才完全明白。原来燕青开通了全球通，现在大家都通过他的手机给家里发一条短信，有事的说事，没事的也发一条，算报个平安。在任晗通过走近他们身边表示默认的同时，燕青懂事地问老廖是否也需要给家里发一条，老廖豪迈地说"不需要"，可能在他眼里这差不多就是小孩子的游戏，或者，这种"出国"对他而言已是"家常便饭、小菜一碟"，犯不着因此向谁报平安。在"小孩子"们继续叽叽喳喳的"游戏"声中，老廖似乎突然想到什么事，匆匆回了隔壁自己的房间。

现在唐思远正在念诵他的"电文"，但他好像一时卡壳，嘴里重复地念叨着前面刚刚说过的词，"……好好吃饭，好好吃饭……"燕青假装稍稍不耐烦地抬起头，正好看着正对面的任晗，他假装自然地扭了一下肩膀活动一下关节，然后用他那慢悠悠、自我解嘲的口吻说："编满 60 个字哦，不要浪费，不满也是三块钱哦。”女孩们发出清脆的笑声。

三块钱一条短信，可真贵。确实有那么一点值得珍惜。这份珍贵感首先让任晗升起一股熟悉的自责，他总是没有同龄人、同行者那么及时而深刻地顾及家人和亲情。现在如果不是因为他们发短信的提醒，他都没有意识到已经离开了梁卉这么远，远到了不能轻易联系，不仅远，更重要的是她那边时间和这边还不一样，这么多严重的差别都证明着他离自己的女朋友、自己的亲人有着非常远非常实质性的距离，这个距离细想起来都让人担心自己跟他们直接的关系是否生了什么变故。当然他知道这只是有意的夸张。最关键的是，他没怎么感到离开，没怎么感到自己已经来到了遥远的外国，他不太能相信眼前的水泥地、地砖、桌子椅子、日光灯台灯、茶杯毛巾，还有一样的阳光、树、路、衣服是在国外，这感觉充其量只是从浦东去了一趟五角场或者松江。同时，他也不觉得到现在为止踏上巴黎这块土地才半天时间，刚才短短的几个小时的补觉让他感觉已经在这里待了有两三天之久，为什么会有这样的错觉？这感觉非常神奇，既不美好也不让人吃惊，而是有一种混沌、失忆的感觉，他仿佛来到了遗忘乡。他随即更现实地计算起时间，现在这边是十一点多，据说中国要比这边快六个小时，也就是说，现在中国已经是下午五点。这一算让他明白了小菲、燕青他们赶在这个当口稍显急切地让大家给家里发短信可谓是恰如其分甚至不能再晚（按理说一下飞机就应该发）。现在这时间正好，至少那边还是白天，如果等到这边白天办完事再发短信，中国那边已经是后半夜了。

他想到了另一个问题：“那要不要对方回呢？”随即他问出了更想问的问题：“他们回的话也要三块钱一条？”他这是在考虑为梁卉省钱。

“不要……”女孩们和燕青不约而同地为任晗解惑，“他们可以回也可以不回，他们回的话也只需要一毛钱，就跟国内一样。”

唐思远编撰短信的痛苦及其招致大家的哄笑，其实增加了任晗的紧张。因为他自己也不知道要对梁卉说什么。他并没有什么特殊的内容在这个貌似特殊的时刻发送给自己的女朋友。而且这感觉有点怪异：梁卉收到一条陌生号码发来的短信，我首先还要解释这是谁的手机……而且既然是别人的手机，并且此刻还当着大家的面，根本不可能说什么体己话，确实就是一个公事公办的报平安吧……但是，既然小菲她们觉得到了法国之后给国内发条短信如此有必要，那她们为什么不开通一下“全球通”呢，开通这个功能费用是有点高而且有点浪费，但相比挤着用别人的手机发自己的短信，真不如自己开通了。但想到这一层，任晗尤其发现眼下这项通信功能已然变成了某种福利，由此次行程组织者之一——燕青分发给大家享用。这就是大部分人不开通而只有他们少数人开通这项功能的原因。此时唐思远已经突然编好他的短信发出去，由于这项多少有点二傻的工作已经拖了这么久，也可能担心刘总随时到来，燕青有点急躁地催任晗，但刚说出一句随后大概又意识到不能对任何人尤其是不能对任晗急躁，于是重又恢复耐心，让任晗念他的短信。此刻的感觉有点像战斗中发电报。电报员和战士们全都安静地听着指战员的指令。任晗压住紧张，平静地念道：

“我是任晗。我用燕青的手机给你发短信。我们已经顺利地抵达巴黎，一切安好，放心。”

“就这样？”大家又笑了。“才三十几个字哦。”

任晗也有点不好意思，“那，再添点什么。‘你也好好的。’”他说出这句本该害羞的关切，大家反而没有笑。

这时老廖和刘总的声音从电梯口那边的过道传来，任晗正好对燕青说：“发，就这样发出去。”

刘总进来之后和大家特别是三位女孩打招呼，还问他们睡得怎样。随后刘总拨通了电话说起来。和刚刚才结束的六个“孩子”挤着字数发短信比起来，刘总似乎根本没感到是在巴黎打国际长途。她像根本没有离开上海，慢条斯理轻声细语，保持着沪上女王的风范。在她用上海话跟对方说话的时候，身边七个人都一声不吭保持着安静。她慢条斯理的上海话，几乎让其他人瞬间感到一种来自整个民族的自豪。

刘总放下电话，没有做过多停留因此没有给人拿腔捏调的感觉，而是立即、但仍是不紧不慢地告诉大家：“等一歇伊拉派错子来接。”可能她还沉浸在刚才的语境中，现在面对一半以上都是外地人的集体，她也说了上海话，不过大家都听得懂。唐思远、燕青听闻此言轻松地在床或椅子上坐下来，三位女孩也和他们聊起天来。只有老廖陪着刘总有一搭没一搭地说些事。任晗假装自然地在里面那张（可能是唐思远的）床上依着叠在枕头边的被子躺下，从而与视觉中心——老廖和刘总保持了一个最远的距离。他从燕青低声、断续的话语中听出了刚才刘总是在跟她外甥女通电话。还听燕青念了她的名字，似乎是“萱萱”的音。

见刘总一直站着，燕青站起来让她坐下来说话，这一下反倒提醒了她：“不坐咯不坐咯，我们最好到下面去等车吧，”在大家重又全部站起来时她继续解释：“司机应该是法国人，也不认识我们，我们最好到门口去等。”

燕青说：“反正他看到我们这伙中国人应该也就认识了……”

对这句细想起来也没什么好笑的话，大家却都哈哈哈地笑着，鱼贯而出。

四

天空多云偏阴，风很大，吹得街上的纸布旗帜和衣摆猎猎飘摇，多层云块急速移动，偶尔漏下一片半冷不热的阳光。这在阳光明媚和阴雨绵绵中间不温不火的天气蕴含着一份宁静，让他们感到尽管他们刚刚来到这个城市才几个小时，甚至此刻是他们“第一次见到巴黎真正的阳光”，但他们始终是这宁静平和时日里的一滴小水，他们在这里已经持续生活了很久，至少是数月或数日。旅馆门外的街景也显示着这种正常：这似乎仍是上海的一个普通的街头。然而来来往往行走着的确实全是外国人（权且认为他们大部分都是法国人），只是他们或匆忙或悠闲地赶路，没有人朝这伙中国人或另一群外国人多看一眼，就仿佛门口的这群中国人早就是这间旅店或者这条街道的一部分，没有任何值得惊异之处。而这样想来，似乎也是事实：我们确实一直待在这个地面的某个角落，我们确实一直就是这个地面的一部分。就像之前在书上读到，甚至自己也亲笔写过的那样，这些行人都有自己的心事有自己完整的世界。今天在这巴黎小城的这个街角、这间旅店的门口擦肩而过，是一件多么偶然的事。又其实是一件多么必然的事。倘若把这每一秒的流变都凝固成像或冻成雕塑，那这每一秒或许都有了意义，相反，倘若你的目光只在这些流变之上无知觉地滑动甚至并没有意识到它们的流变，那它们就毫无意义。

与刘总的估计一样，开着一辆黑色商务车来接他们的司机是一位法国中年男人，个子不高，穿着一件飘逸的黑色风衣，并不像任晗预想的那样冷漠、高傲，相反，车一停稳，他就从驾驶室里下来，朝大家打招呼（此时任晗迅速地留意了车头“奔驰”那鲜明、飞机引擎般的标志），打完招呼还重复咕哝着，没有人听得懂，估计是“你好”或“欢迎”之类。刘总自顾着乐呵呵地回应“诶，诶，好，好”就缓步向后门走去，这时司机抢先一步，为刘总、也是为整个这群中国人打开了车门。这一与法国人的初次接触给任晗留下了强烈的印象，虽然他知道其实也并不如此必要。它至少没有让高傲和不近人情黏合在一起。

也许是这位法国司机的友好起了作用（但任晗知道并没有这么严重），从旅店驶往目的地（但到底是什么目的地，任晗却不能确定）的路上，任晗也开始放松和悠闲地“欣赏”巴黎这座城市，试图发现和感受这座城市的不同。这并不困难，因为这确实就不是一条平铺直叙的路，它走过街区，很快进入一个安静或可以看作稍微偏僻的弯道兼斜坡。说它并不偏僻，是因为它并没有脱离市区，它的右边是一块差不多足球场大小的凹陷形的绿地，顶头立着几丛丝柏，在任晗认定它们是丝柏的同时唐思远也指着它们叫出这个词。在燕青探着头往窗外看的时候，唐思远还默默地、甚至已经自然地饱含深情地念道：“梵高。”——在这片绿地上面，是四五栋大概七八层高的灰白色建筑，其中一栋有外挂的封闭式螺旋楼梯。而左边也同样并不荒凉，只是被四五排高大的树木（看起来像白桦）聚成的树林遮挡，而树林后面似乎也不是旷野，因为间或地还看出白色的细栏杆。可能是一个高尔夫球场也未可知。

他路过了高大，也路过了空旷，他看到了阴云，也看到了白色的阳光，也看到了那些并不艳丽、甚至有些中性色调的墙面，他还从树叶和飘带的摇动中看出大风在城市里穿行。随后，他们来到了一个明确能够感到高档的区域，高楼并不鳞次栉比，相反四野仍很空旷，但也时不时有几座高大的建筑，同时有更多低矮的建筑匍匐地面。无论高大还是低矮，这一座座的建筑看起来明显充满设计感，斜面、圆弧、不规则，或者奇特、亮丽的饰材，仿佛它们都来自外星，但它们聚集在这相对集中的广场上，整体又显得温和。这时天空突然放晴，由于广场空旷路面高耸，他能够看到前上方广阔的蓝天和一大块轻薄狭长的白云。

车一直开到了地下车库，随后司机引领他们乘一间四面都是玻璃的电梯来到地面，地面的出入口是一个独立的、稍大于电梯厢体的玻璃房子，所以当电梯冲上地面，他们突然见到了中午明媚的阳光，也看到了宽阔的广场，更在转头的一瞬间，看到了他们的目的地——此前任晗在这次展览画册上见过它的名称和它的LOGO：新埃菲尔。据画册上的介绍，它按两倍比例放大了埃菲尔铁塔底部两层，只是铁塔那些镂空的地方都做成了建筑实体，亦即一间间可以用来办公和经商的空间，外墙的颜色也与铁塔相反，是一种稍稍带有一点青色的珍珠白。在玻璃房子的出口、也就是广场的入口，是一排不锈钢自动安检门，安检门两侧各站着一个身着白色制服的保安。他们在过安检的时候仍不时抬头欣赏这座离奇的建筑，随后他们在它脚下的广场上步行，并不能纵览它的全貌，但任晗还是感到它比想象中要高大，高大得多。

司机领着他们在另一座玻璃柱体面前站定，任晗向上仰望，发现这是另一座电梯，看样子它唯一的作用正是连接地面和新埃菲尔的二层和顶层，中间没有其他横道，于是，它第一层就应该有一百多米吧？就像刚才那部电梯露在地面的出口玻璃房一样，任晗认为那些玻璃非常厚非常扎实。随后，他留意到这部直通顶层的电梯偏向他们现在所在的“埃菲尔腿”的这边，也就是说它并没有采取绝对对称的位置从“新埃菲尔”的裤裆中间插上去……这一审美貌似并不复杂，但设计师在这里一定做过停留和思考。

五

电梯像其他任何一部电梯一样启动、上升，但大约仅过了一层楼面的高度，它突然加速，没有任何过渡，突然飞速地像一条游蛇或电流一般向上蹿，越来越快、越来越快，那真不是一般的快，感觉就像火箭或者磁悬浮列车一样往上冲，任晗瞬间感到了恶心甚至晕眩，后脑勺上血液的流动声“哽噔哽噔”地撞击着整个脑袋，似乎要从两边的太阳穴蹦出去，呼吸也随之困难，随后耳鸣出现，耳朵似乎被一团棉花塞住，然而电梯没有丝毫松懈的意思，仍在不可思议地往上冲，他不敢晃动的余光能够察觉到地面广场上的人和设施飞速地缩小、远离，越来越小，与此同时他知道自己已在高高的空中，同时，虽然不能直接感到，但他认为头顶上强大的气压在快速地把他压得萎缩、跪下、可能会把他压扁，他觉得自己可能要出大事，可能很快就不行了、就要倒下，他不自觉地摸到了不锈钢扶手，但不锈钢的冰冷并没有使他窒息晕眩的感觉缓解，他听见电梯仍在飞速地往上蹿，现在他瘫软的神经有点余力担心电梯是否会因为冲力和惯性太大直接冲出顶楼，来一次偶发但并不是完全不可能出现的国际故障，随之把他们这厢乘客，八个中国人和一个法国司机优雅地扔向巴黎一边蔚蓝一边多云的天空。抑或出现故障的反面：电梯的绳索突然断裂，那么他们将以同样飞快的速度直接摔落在地面，迅速被压成一堆肉泥……他呆滞的目光查看着电梯里的同伴，却正好与他对面、站在电梯门口左角的法国司机的目光相遇，他模糊地看到他温文尔雅的笑容，这张脸使他一瞬间想到“憨豆先生”……他的笑容迫使任晗也微微挤出一个涵养深厚的微笑，但他脑子里的声音却是：难道我生命尽头留在脑海里的最后形象竟然是“憨豆先生”吗？……他微微闭起眼睛准备放弃最后的努力以便听天由命，这时突然听见电流和风声减弱，仅两三秒之后，电梯稳稳地停住，甚至没有一丝回落缓冲。任晗这才意识到它刚才似乎确实路过一次楼层，但它没有停，而是直接冲到了顶层。

奇怪的是当他走出电梯，恶心不适感也就消失，他感觉自己除了稍稍有点无力其他还算正常。于是他只稍微缓了几步，在心神上稍做休整，就跟着队伍走进了大厅。

这是一个前面那排长墙全是落地窗的大厅，甚至左右两边侧墙似乎也都是落地窗，因为两边层层搁架遮挡的空隙远处也直通着窗外的蓝天。大厅非常大，这从一溜到头的落地窗可以看出来。任晗突然想到画册上介绍语里提到展厅有“一万平米”，他们说的是这个大厅吗？显然应该不是。这个大厅面积虽然不小，即便不到一万平米也相差不远，但大厅里都摆着各种家具、雕塑、器具，虽然也是疏密有致井然有序，但这些物件很明显都是长期的摆设，有的类似于树脂制作的抽象工艺品甚至占据着二三十平米的空间，这大厅显然有它长期的固定功能。长墙落地窗边是一面面整齐的小餐桌和两两相对的连位沙发椅，但大厅内里、也就是靠近自己刚刚进门的这些更大的部分却没有餐桌，还被一些搁架或其他家具和物件分割成大大小小的空间，那些小餐桌边也没有一个客人，因此一瞬间不能知道这个空间是一家什么店或什么公司，但能基本判断这并不是一家餐厅，而这也正是令人更加困惑之处。由此也不能看到与餐厅有关的服务员，正在疾步走动着的两个穿着职业西服的女性看起来更像商业公司的职员。这时，从大厅左边隔间的通道里走出来一个高大的中国女孩，一见到这边的人群就立即欢快地奔来，拥抱刘总并向大家点头致意，然后拉着刘总的手用上海话问东问西。刘总只顾着跟她闲言碎语地说话，没有把她向大家介绍，但任晗知道她显然就是刘总的外甥女，也就是之前燕青和小菲他们常常说起的“萱萱”。她给任晗的第一印象首先是干练，不过同时也没到要强的地步，似乎这干练只是出于职业而非性格的需求。另外快速给他留有印象的是她并没有像刚才走过去的两位职员那样穿着职业装，而是在一件淡粉色的厚棉衬衫外面罩了一件粉紫色的羊毛背心，这让任晗感到她在这里拥有特殊的自由，和权力。把之前燕青他们断断续续提及的信息串联起来，这次由刘总出资、组织的中国艺术家的展览得以在巴黎展出，应该正是因为萱萱的存在，萱萱在此的地位也可见一斑。几乎在见到她的第一时间，吸引任晗视线的还有她手上拿着的一只造型精巧的黑色手机，但是他不能确定那是手机，它更像子母机的子机，顶部有一根粗而短的天线，不管怎样，从它的外表任晗能够感到它的质感柔韧，功能高级。

六

萱萱请大家在任晗刚刚就注意到的临窗餐桌边落座，然后用普通话表示："我来给你们叫吃的……"随后就按着那部电话的按钮一边重新走进那条通道里的某一个房间。一群人终于可以放松地坐下说话，环视大厅，更多地透过落地窗俯视一百多米下的广场。

"这……确实就是顶层哦？"燕青用他沉稳而稍带谨慎的声音说，其实并不是询问，更有点惊叹的意思。

"是嘛，"刘总用她尖细的声音平静地回答，"它么，就是顶层。"但任晗还是能听出她上海口音里轻微携带抑制不住的自豪，仿佛这个"顶层"与她本人、也与上海密切相关。不过这轻微的自豪在此刻毫不让人紧张更不让人反感，因为，任晗想到，身在此处刘总的自豪始终是对我们有利的。这时萱萱和另一个法国女职员（穿着职业西服）给大家端来了咖啡。气氛顿时更加放松活跃起来，一片致谢声中任晗听见燕青连续低声地说着"thanks、

thanks”，任晗早就听说过法国人可能并不喜欢别人对他们说英语，因此为燕青急切的英文道谢而生出些微的紧张，正在这时，更远处三位舞者女孩中的一个说出了一个既不是英语更不是中文的发音，任晗立即感到它一定是法语的“谢谢”，他一边欣慰我们的队伍中终于道出了别人需要的语种，同时又担心这句法语“谢谢”似乎更彰显了刚才燕青的错误，闹了个小小的同伙内斗。

从少年时代第一次接触到咖啡这种饮品开始，任晗就不能真正适应它的焦苦味，也被多位内行指出他“不会品尝咖啡”，后来星巴克的咖啡倒是可以接受甚至喜欢，但又有内行曾经说那其实已经不是真正的咖啡，那已经是专门针对中国人的口味经过了改良。此刻从巴黎的厨房里端出来的咖啡让他回到了初次接触咖啡时的感觉。但不管怎样，因为饭前始终需要一点热汤启动肠胃的习惯，这杯咖啡无疑来得正是时候。大家悠闲地喝着咖啡，聊着天，任晗则时不时地继续把目光伸向底下的广场，偶或跟踪着一两个黑影具体移动的痕迹。他余光看到斜对面的老廖像喝茶那样左右吹开水面喝上一口咖啡，随即也抬头转向窗外，发出热水流进食管颤抖的享受的叹息，同时缩手伸进腰部皮夹克的口袋，任晗意识到老廖这是习惯性地去掏烟，但他肯定很快意识到这里不能抽烟，于是左手顺势放在口袋里，右手则重新落回桌面，手指在咖啡杯旁边的桌布上轻轻地弹着，仿佛正看着窗外的脑袋里在低声哼着一句悠闲而别有意味的旋律。

没多久，在任晗扫视广场的间隙，燕青和唐思远的声音都在问他："任晗你是要牛肉的还是鸡肉的？"

"哦……"他表示出一丝抱歉和感激，快速地在脑子里反应这应该是西餐，或者也可能是中餐，但中餐的可能小于西餐，但这并不重要，因为，"牛肉，牛肉……"无论中餐西餐，在鸡肉和牛肉之间他毫无疑问选择牛肉。随后他听见唐思远也用他那带有湖南口音的普通话说："我也要牛肉吧。"在一片"牛肉"声中，燕青转过身去，默默地对老廖和刘总说："我要鸡肉的。"他说话时总是习惯性地在眼镜上方抬起眼睛谨慎地看着对方，仿佛始终在征询对方的意见，哪怕此时刘总和老廖都没有看着他。

任晗其实有点不太能理解在牛肉和鸡肉之间选择鸡肉的人。当然，这并不是说鸡肉不好吃，任晗也是喜欢吃鸡肉的，包括肯德基的炸鸡，但是在焖烧或炖汤的鸡肉里，任晗只吃草鸡。而现在即将面临的西餐里的鸡，必定是那种肥硕的洋鸡。他不太能理解喜欢吃焖烧的洋鸡的人。特别是当它和牛肉一起供人选择的时候。这是他很久以前就一直怀有的不解。此刻，在这座巴黎著名建筑的顶层等餐的空白时刻，他觉得正好可以把这个问题稍稍往深里多想一层。在这两者之间选择牛肉的人很可能更清楚或者更意识到自己的欲望或原则，而选择鸡肉的人就有点暧昧和恍惚，或者他此刻并不在乎自己的欲望或原则，从而进入一种更"理性"更"社会"的状态，会更多地从营养学、当地的时尚风貌或者其他某种礼节性的内容来叠加、覆盖以及决定自己的选择。也就是说，在牛肉和鸡肉之间，牛肉意味着个性、自我乃至自私（是那种不体现攻击性的自私），而鸡肉则意味着无个性、旷达、计谋以及较强的可交际性。

……随后，他留意到老廖点的也是牛肉，而刘总则几乎是毋庸置疑地选择了鸡肉。那三位女孩因为坐在更远的那张桌子，任晗没有去关心她们的选择。在本质上他对现代舞也不是太有兴趣，当然更重要的是他认为自己也没有欣赏现代舞的基本眼光。

在他们吃得差不多盘底朝天（其实任晗就没有把那块炖土豆吃完）的时候，萱萱又让人给每个桌上端来了切成斜段的法棍。一时大家又一次小声欢呼着表示感谢。唐思远甚至做出等不及的样子。任晗也喜欢法棍，特别是自己所在的办公楼下就有一家巴黎贝甜，他每次去只买他们的蒜蓉法棍。眼前的法棍虽然没有蒜蓉，但还热气腾腾，而况这可真是巴黎本地现烤的原汁原味的法棍，虽然吃起来并没能嚼出多少奇异的滋味，但也正是因为这一点，值得更仔细地咀嚼、品尝、体会。

七

虽然并没有什么美味佳肴，但每个人至少也都一盘夯实的法式主菜下肚，除了刘总一个人，艺术家们，包括三位舞者女孩，大多都晚睡晚起，对午饭并没有太强的食欲，他们的主餐在晚饭，因此当盘中的厚牛排和鸡肉下肚，再加上后来还添加了热腾腾的法棍，一伙人在这巴黎高层建筑顶楼的大落地窗前的阳光下，顿时有了一种酒足饭饱的感觉。这其实也是他们来到法国之后的第一顿饭。但由于没有人提示、尤其是理论上的“主人”没有摆出“接风洗尘”的架势，他们也没有人想起这一点，甚至总感觉自己已经来到巴黎一两天以上了。

大家坐在阳光下的落地窗前聊着天，任晗注意到大家的声音和频率已经恢复了在国内餐厅时的群情激昂，他隐约感到大家逐渐进入了忘我的状态，分贝已经部分地超出了此刻该有的程度。就差没有抽烟了。他隐约感到这多少有点不是太好，这么快就恢复或者暴露了中国人在国外最让人诟病的特征，不过他知道老廖、尤其是刘总都是见过世面并且有分寸的人，整体的氛围应该也不至于到出现什么问题的地步。相信远在大厅稍微黯淡一点的内部各个角落的法国人也能够理解，这群从中国乡下刚刚来到巴黎城里吃完了第一餐之后该有的放松和愉快。相信他们能理解的。

唐思远还在啃着最后一块斜角法棍。老廖许是已经进入消化反刍阶段，又没有烟抽，他推了推早已喝空的咖啡杯，随后慢悠悠地站起来，往刚才萱萱走进去的通道走去并最终走进里面。不久，任晗看见并听见萱萱随他一道出来，他看见她微带歉意地连连点头、笑着应诺，随后立即左右摇头巡视，似乎在两边房间找人。老廖自己走回来，由于他一个人面对着窗前的七个人，并且是迎着亮光而来，一瞬间大概有了一点摆脱不了的舞台表演的角色感，任晗看到他不自觉地控制了一下走姿，把它控制到自己习惯之一的那种低调的霸气，简单地说，随着稍稍远离身体并且因为微微提升而弯曲着的胳膊既舒缓又有韧劲的前后摆动，他的肩膀也随着走动而有点不易察觉地前后摇摆，显出他习惯的并不让人讨厌的小小的耀武扬威。任晗甚至看到他这样轻微摇摆起来之后，又瞬间出现了一个遏制的意识，随后他肩膀的摇摆确实更加放松了一点。

老廖坐下的同时对燕青说了刚才他的行踪："问他们再要一杯咖啡。"

燕青点着头，歪过头去看通道那边，似乎对老廖的这一行动稍有顾虑，不过他手上折叠着餐巾纸，翘着的二郎腿还轻微地抖动着，因此看起来仍旧颇为放松。结合刚才老廖走回来时"霸气"的走姿，他在一个群体里时常担负起为群体服务的职责这一点虽然有时给他带来"充大"的诟病，但确实又经常给群体成员带来安全感。时常让人感到"有老廖在，一切无忧"足以成为一句可以内部传诵的口号。这时，萱萱和另一个法国女职员一人端着两杯咖啡，英姿飒爽地走来，几乎所有人，特别是任晗、老廖、燕青立即站起来去迎接，并连声说道："哎哟，谢谢谢谢，麻烦麻烦了！"

萱萱面带微笑不容置疑地说："没事没事，不麻烦不麻烦……你们坐着你们坐着……"

任晗看见那只黑色电话机插在萱萱裤子后面口袋里，露出圆圆的头部和它的小天线，这一"机不离身"的形象显得她繁忙而干练，甚至有点意气风发的感觉。不过他只看了一眼就提醒自己移开视线，因为那手机毕竟插在她屁股口袋里，多盯着它看会有看她臀部的嫌疑。萱萱放下咖啡，回头看向通道那边，果真，另外两个职员也各端着两杯咖啡走过来，这下子连刘总也站起来了，不过她只是站着，笑盈盈地看着自己这边的人迎接新的咖啡的场面，仿佛在巡视着自己地产公司的职员与外宾进行礼节社交。

萱萱见咖啡放定转身欲走，随即又转过身来，开始收拾刚才午饭吃剩的盘子，任晗连忙又站起来，同时唐思远和燕青也站起来，要帮她收，只听她虽然客气但口吻里又有一种柔韧的强硬：“不要不要，你们坐着……”她的强硬里分明有一种“你们也不知道往哪里收拾”的意思，这也确实是事实，于是任晗他们只能爱莫能助地重新慢慢地坐下。但是说实话，任晗感到萱萱可能因为太忙，感觉自己这拨人的到来已经给她添了很多麻烦，仅仅才一两个小时，她照应时的表情已经并不特别热情，或者至少公司里还有很多事没有解决好，她虽然动作干练，但眉头总是微蹙，隐隐担着压力和愁烦。想到她同样来自上海，而现在所在的巴黎和上海在这一点上又是一脉相承，他们不太会迁就所谓的“客人”而抑制自己的不耐烦，就像乡下人所说的那样：比较容易“放在脸上”。但这也未必不好，任晗想。直接点更好。本身时代也在变化，那种中国古旧的“死要面子活受罪”的处事方式迟早总会被彻底抛弃。只愿我们不要真的打扰别人太多才好。但他还是立即想起自己此行的一个、也可以称得上唯一自私的任务：他需要在后天，也是展览开幕的当天下午两点，去拜访他热爱的法国诗人雅克·恩斯特，不，事实上不是他本人，之前他在张路的协助下，几经周折只联系上了恩斯特的出版人萨琳娜女士，他拜访的只是这个出版人。本来他非常不愿意做这样的事（首先出国的原因是因为别人、因为老廖他们的展览，其次出来了却借机去办自己的事，尤其是去找另一个诗人，而且还是国际著名诗人，同时还完全是一个陌生人……这里面的每一个因素他都不喜欢），但是出发前他的写作朋友张路，决意让他不失去这次机会，“你没去法国也就算了，你都到他家门口了，你不去拜访一下也说不过去啊！”对这位来自东北的朋友来说，任何远在天边的人瞬间就能成为天天挂在嘴边的熟人，而且粗一听还没有任何反驳的理由。“你不为你自己考虑，你也得为咱们整个诗社考虑吧？再说了，就全球范围还在世的诗人来说，我们真正喜欢的有几个？我们又不是什么人都去搭对吧？！而况老爷子年龄也在这里了，今年八十二了，身体也不好，你这次不抓住机会，以后说不定就更见不上了……咱们不是有他法国出版社的邮箱吗，邮件翻译我这边来帮你解决……”一席话让本来这次行程无事一身轻的任晗不得不按照张路的要求在行李箱里加进了两本自己去年刚出版的诗集。

他来法国要去拜访恩斯特的事老廖也是知道的，十几年前任晗给老廖推荐了恩斯特之后，他从此也一直非常喜欢恩斯特的诗歌和诗论。所以在这样一个当口，任晗驱逐了自己的羞涩和慌张，把头伸向桌子斜对面的老廖“请示”：“老廖，我打听一下恩斯特的事？”他低声说着的同时用手微微指着在面前收拾桌面的萱萱，老廖愣了一下，很快点了一下头，甚至抬头看萱萱，嘴张了张，一副想亲自出面帮任晗打听的样子，不过他并没有发出声音，任晗立即从包里掏出自己的小本子，指着他早先依葫芦画瓢写下的萨琳娜出版社的巴黎地址，竭力平静地问萱萱："萱萱（这是他第一次喊她的名字，他尽可能叫得亲切但又没有熟到那个份上），去这个地方，方便吗？"萱萱停下手上的活计，接过本子看了一眼，迅速地发了一个声音，任晗很快就明白那是地址上写的那个路名的法语音，任晗在脑子里过了一遍才隐约记起之前看过多次的那个单词并结合起来，听出她刚刚发出的大概是"洛必诺"的音，但是任何字到了法语里好像声音都沉闷了一点，这是任晗的一个感觉。另一个感觉是，只要是一个女生说起法语，他都觉得好像是朱丽叶·比诺什在发音，这是因为他最初认真看电影的时候几部朱丽叶·比诺什演的片子给他留下了深刻的印象，相当于打下他在世界电影方面最初扎实的基础。……萱萱已经把本子还给了他，继续收拾桌面，一边问："你这是？……"任晗又尽量简单地说了他要去拜访一位法国诗人，但他还是没有控制好，激动地使用了"著名"这个词，他随即从萱萱、其实还有其他人对这个词完全没有反应注意到了自己的激动，所以他立即停止了自己的声音。但萱萱眉头仍旧微微皱着，不知道她是对这件事感到厌烦还是对公司的事有所厌烦。他连忙补充说："不过约的是后天。只是先问一下路方不方便。"

"路么，总归方便的。第六区……"萱萱突然问到了重点也是任晗试图获得的可能性帮助："你怎么和她对话呢？你们有翻译吗？"

"就是啊！"任晗像抓住了救命稻草，"我正为这事犯愁呢……"

然而萱萱完全没有接他的茬，只锁着眉头继续拿餐巾纸擦着桌上的汤汁，额前的头发随着擦拭的动作一晃一晃的，一开始任晗以为她在帮他思索，她自己去不了的话或许能找个谁来帮忙，如果是那样那她真是大恩人了。然而她把餐巾纸团一点一点地塞进盘子的空隙，停了两秒，她还是端起餐盘，然后用一种极符合她的职业口吻对任晗说："最近巴黎交通不是很顺利哦，你要去的话要提前做规划。"

这是一个什么答复呢？不过这个追索的念头刚一升起任晗就立即放弃了，一方面他知道自己当然没有资格追索别人可能给予自己的帮助，另一方面，更重要的，对他而言事情有了这一步他似乎已经满足了，他似乎只满足于把这件事往前推动一下，而不在乎是否有实质性的进展。毕竟，他自己到现在都不能确定自己是否果真那么地想去见这个自己崇拜的诗人的很可能趾高气扬的女出版人一面。这个"趾高气扬"的猜测不是无中生有，早先在张路代任晗发出第一封邮件之后，萨琳娜来信以"当天已有安排"而婉拒了，后来张路又去了一封信补充说明了他们（其实是张路和另一位朋友）翻译过恩斯特的一些诗之后，她才回信答应了这次访问。

八

老廖离开座位，信步在大厅里溜达，偶或在某个搁架或摆设前停步，观察一番。他起身没多久，其他人大部分也都逐渐站起来，按自己的兴趣走向大厅的各处，或像老廖一样去了解这间法国人的大厅，或欣赏窗外的风景。任晗走到进门左侧的顶头（足有三四十米之远），这边确实如最初所估计的那样也是落地窗，他看着窗外远处的巴黎城。每一个“凭栏远眺”的姿势都显得意义重大，虽然在某种意义上，眼前的风光和别的城市并没有本质性的区别。然而眼前的实景并不重要，甚至这些实景虽然历历在目其实有点空空如也，而与此同时充塞脑海、覆盖视线的是这个城市曾经活过的人物和灵魂。巴黎是一个足以让人懒得去列举这些灵魂的城市。

大厅里除了他们八个中国人分散在各处之外，其他都是职员型的外国人偶尔穿行而过，仍旧不能从任何人和物看出萱萱所在的这个公司、也就是整个这个顶层是做什么生意的。落地窗这排长长的餐桌，似乎也只是专门为了招待公司来客的，肯定不是专门做餐馆的生意。

燕青和唐思远走来，看见任晗之后燕青既算是打招呼又算是自言自语：“上个厕所。”任晗觉得不妨同去。卫生间并不难找，凭着对空间格局的本能嗅觉，他们一次性就在大厅东侧隔栏后面与办公区相连的角落找到了它。侧墙上卫生间的LOGO虽然线条纤细、色调接近墙面的灰色，整体并不那么抢眼，但它还是有点设计过头了，不仅特别大（差不多有一米高），而且这么一个常见的、估计全球设计界已经不再有兴趣为它殚精竭虑的形象，他们还是从中彰显了夸张、膨胀的设计欲和表现欲，与整个大楼从外到里的风格也不协调，就像一个大师的败笔，颇让人费解。走进公共洗手间时突然看见一个穿着西装的、高大肥胖的黑女人从男厕所里弯腰退出来，手里拿着一块干净的白抹布，原来这里也跟中国一样，女保洁员也在男厕所里进进出出，不同的只是黑女人西装革履，中国的保洁员穿的是保洁工作服。同样有点小奇怪的是这个黑女人并不走远，仍站在男厕的门口看着燕青任晗唐思远他们走进厕所。这使得任晗一气走到了隔板转弯之后的最里面，不过一直到他拉下拉链的时候他仍能感到那位黑女人还在门口发出声响。洗手间里面并不像LOGO那样夸张，恢复了既精致奢华又低调的美观，从夹层里射出的温和光条也让人心情安逸，利于排便。白瓷小便池右下角印着一只小苍蝇，之前任晗在哪里看到过这条关于欧洲男小便池的设计信息，因此现在看到了也不惊奇，但就在这时在“嘶嘶”的尿声中还是听到了唐思远的默默念叨：“还画了一只苍蝇。”那声音本来想提醒同伴们注意，但出口时大概立即意识到别人也早已注意这一细节并理解它的意图，因此逐渐地变成了自言自语。

出门时没想到那个高大肥胖的黑女人还站在门口，并且在大家走出来时，她有点凶恶地对唐思远说着什么。三人都有点慌张地朝她看，唐思远更是看看燕青又看看任晗，并且困惑地问：“什么意思？”只见黑女人不停嘀咕着然后间或出现一句稍微带点呵斥的短句，慌乱中燕青似乎听懂了她的某一句，然后连忙推着唐思远往前走：“她说不要抽烟……”听燕青这么说任晗似乎也听懂了黑女人最后开始重复着英语：“No smoking! No smoking!……”可是唐思远确实是一个有点不（愿意）开窍的人，他虽然被燕青推着往前走，但还是一个劲地摊着双手既对身边两位同胞又对那位已经又走进男厕所的黑女人低声嚷道：“我抽烟了吗？我没抽烟啊！……我没抽烟她为什么要跟我说别抽烟？我根本、我连烟都没掏啊！……”任晗和燕青都沉默地昂着头，亦步亦趋地用气息推着唐思远走出了洗手间、重新来到大厅，发现大伙正围着萱萱、或者说萱萱领着大家，在大厅靠窗的中央，听着萱萱正在说的话，可以看出萱萱正在给大家介绍这里的情况。三人赶紧走进人群。

“大家可能也知道了，我们这座大楼是根据埃菲尔铁塔一层和两层的比例放大一倍建造的，也就是去掉了铁塔的尖顶，但仍旧让人一眼就能认出来。这是一座非常创新的建筑。大家也看到了，它的中间，就是现在我们的脚下，是空的，上下两座横梁是使用空间的主体，整个建筑大部分地方都是空着的，这看起来有点浪费，但也因此形成大胆的造型，这是法国人喜欢的创新和冒险。最重要的是，我们这座‘新埃菲尔中心’它正对着埃菲尔铁塔，相信你们中午也看到了（但是任晗并没有看到），从这里就可以看到远处的铁塔（这时大家顺着萱萱的指示，确实看到了远处朦胧的埃菲尔铁塔），新埃菲尔中心和埃菲尔铁塔所连接的是巴黎一条新的中轴线，这条中轴线从老城区延伸出一个新城区，是巴黎新的生命力的象征，这条新中轴线一路都是名胜景点，因为我们这个位置是巴黎城区的最西边，因此站在我们新埃菲尔中心的顶层，从那边，也就是东边的长达 50 米的落地窗可以完整地俯瞰巴黎，也能看到巴黎最著名的那些建筑，包括卢浮宫、巴黎圣母院、凯旋门等等。……我们下面的这个广场就是著名的特拉海德广场，这里是巴黎最现代的商务区，广场有很多现代雕塑，建筑也都是世界各地著名设计师的作品，这里就是现代巴黎的象征，而新埃菲尔中心就是特拉海德广场最中心的地标……”萱萱早已不自觉地成了一名导游，而这种没有赢利目的的导游更具有一种内敛的权威感，其内容和语调都让人更深地信服和景仰。

大家跟着萱萱重新往门口移动。在这种群体性移动时，任晗总是习惯性地保持一份懒散和掉队，他假装对搁架上一个类似于非洲面具的小雕塑感兴趣，停在那里端详。实际上这种面具以前在毕加索的画幅里、甚至在国内某个朋友那里都看到过，在法国见到这种饰品最正常不过，任晗自己也对它并没有特殊的兴趣。等他再回过神来听到前面议论纷纷，仿佛涉及展墙、展示的空间位置。随后老廖顺着萱萱的指示往前方走，并跨着步子，有点量尺寸的意思，不过只量了三四步，又放弃了，恢复了正常的走步。任晗不禁有点困惑：老廖他们的展览，也就是作为他们此行的唯一目的的这个展览，就在眼前的空间展示？先不管适合不适合，首先这是任晗完全没有料到的，他一直以为展览的空间应该在今天中午以来一直待着的这个“商务”大厅以外、可能离得不远（也可能离得很远、但这也不重要）的一个“更专业、哪怕只是稍微更专业一点”的空间。这里不是不好，更不是条件差，问题可能正是“条件”是不是太好了？这完全不是一个可以放作品的地方啊……根本就没有展示作品的展线，另外，也没有射灯啊……不过，任晗马上就反驳了自己：当然这也完全不是问题，这两年艺术界不接二连三地探讨当代艺术本身已经在拓展着所谓的“专业的展示空间”（老朱他们已经快速地使用了从西方传过来的专有名词：“白盒子”），老廖他们也早就在各种意想不到的地方比如商场、公园、广场或者私宅做过展览并且也都因此掀起过巨大的效应……所以，这其实并不是问题。问题可能还是这里有点过于“商务”，而且身在国外，应该很难在这商务的氛围里有所跳脱或者对冲、以便造出一个展览所需要的对抗的力量……最重要的是现在这个大厅虽大，但被各种家具和摆设分隔得零零散散，几乎没有一块完整的大于 100 平米的空间……不过，老廖他们已经在萱萱的引领下去看移动展墙，原来它们都紧靠着大门两边的长墙边上，不仔细看不会留意。正在燕青和唐思远准备把展墙搬移出来让老廖仔细过目的当口，一个把西装搭在手臂上的法国中年男人从大门进来，萱萱立马“哦”了一声迎上去打招呼，随后就向众人介绍：“这是我们老板……”一伙人立即停止了原先的行动，恭敬地聚过来。老板个子不高，瘦瘦的，脸年轻而英俊，不过任晗觉得他至少已有四十多岁，他是那种看着很年轻、但仍能从这年轻中看出年纪的中年人。他长相有点像伯努瓦·雅克《单身女郎》一开始出现的那个女孩的男友，不过完全不像他那么晦气，而是阳光、刚毅。他身上是挺括的白衬衫外面罩着一件黑色的羊毛（或许是其他毛）背心，系着藏蓝、深红、米白色斜条相间的领带。他站在那里就是一个楷模，挺拔，但又放松而自然，他面带微笑，但眼睛极其明亮、有力，似乎只要轻轻扫视就能洞穿他看着的所有人和物。一看到眼前这么多中国人，他就已经知道是怎么回事，他伸出手，此时萱萱在用法语向他一一介绍。他和刘总、老廖握了手，他握手时身体并不弯曲，但在点头，不断地重复着一句法语，萱萱及时地向中方翻译：“欢迎你们。”老板跟老廖握过手之后，极有可能是因为萱萱对他说了一句（她手轻轻地对中方其他人摆出一条弧线）“这些都是参展艺术家”之类概括性的话，老板最后握过抢着伸过去的燕青的手之后就不再向别人伸手，只是朝他们微笑点头，然后歪着头听萱萱继续的介绍，她应该已经在向他介绍中方这些人抵达巴黎之后、直到现在、尤其是刚才的动态，一开始老板都是听、点头，随后问了两三个问题，萱萱也都一一回答，最后老板又对萱萱说了一些，然后突然重新握住刘总的手，以更大的笑容说着。萱萱也笑了，一边笑一边用中文说："阿姨您辛苦了，招待不周的地方请一定要谅解。"接着老板又跟萱萱说了几句，随后再次向大家点头致意，然后侧身走向通道里面，最后还给大家招了一下手。他的翩翩风度和有礼有节让任晗想到自己在高东美术馆上班时完全不注意礼仪而自惭形秽。大家目送他消失在最里面的办公室，回身目光聚在一起，缓了一下神，才续上之前的主题。唐思远和燕青又去搬移动墙。萱萱说："雅克让我们全力配合你们，你们尽管按照自己的想法来做就是了。"任晗仿佛听见大家内心一阵轻微的欢呼。过了一会儿，萱萱可能感到仅有上面的表示还不够，又继续说道："刚刚雅克还说，他之前已经看过展览的画册，他相信这是一个无与伦比的、杰出的展览。他非常高兴见到中国的艺术在我们公司发生。"老廖眼睛看着展墙，脸上乐呵呵地笑着点头、流露出致谢的意思，又有点被夸得不好意思、但也必须先接受下来的感觉。

九

移动墙只是搬出来看一下，又恢复到原位。从他们接下来的讨论任晗得知目前只是看一下移动墙的尺寸和质地，今天不能布展，因为明天还有西班牙的客人要来公司，所以公司要仍旧保持原样。说好的“全力配合”的呢？说好的“尽管按照我们自己的想法来做”的呢？这才屁股一转，就有了这么大的限制，连布展时间也不宽裕。不过任晗只在心里轻微嘀咕着这阵疑惑，要说有多大的情绪也谈不上，而况就算有什么情绪，也轮不到自己来表达，老廖、燕青他们自有分寸，而他们得知这一信息之后虽然稍有停顿，但很快就继续查看可以用来布展的区域和展墙，这说明只留有明天一天布展他们是能够接受的。让任晗感到一丝不愉快的更重要的原因，可能是刚才以为的对方的“热情”和“真诚”瞬间滑向了冠冕堂皇的套话，有种熟悉的国内那种“打太极”的意味，这感觉势必增加了接下来的交往中的猜度，累。看来走到哪里这种“官方交际”的手段都是普遍适用，心无挂碍仍旧是太天真。

让任晗不舒服的还有现在已经毫无疑问地确定展览的空间就在这个大厅，这应该是越来越确定的事。就像刚才想到的，这并没有什么严重的不好，只是，既然萱萱刚才提到画册，他也想起之前他看到画册上写的地址是“新埃菲尔艺术中心”，首先，从中午到现在的接触和了解来看，这个公司并没有做着和艺术、纯粹的艺术特别有关的事；其次，这顶层大厅也肯定不是一个常设的、专业的展示空间，既没有专门用于当代艺术展览所需要的各种空间，也没有固定的展墙，更没有射灯或其他采光上的配合。这“新埃菲尔”不假，但这“艺术中心”的后缀很像是中方临时的虚构。当然这也不是什么重要的事。就像刚才想的那样，只要作品有意思，照样能把这“不适合”的空间弄出奇异的效果。只是，空间决定了简陋、单调、一览无余的展线，另外虽然还没有全部了解展出作品的样式，就算作品的大部分程序都已经在家里完成、带过来的都是半成品，但仅仅一天的布展时间，能布置出什么样的作品呢？

老廖和燕青在落地窗前的小餐桌边坐下，大概是刚才跟萱萱的讨论已经明确了展览区域和展墙的数量，现在准备仔细商量一下布展方案，为此老廖问萱萱要来了纸笔，老廖用他圆润的笔触和具有书法弹性的线条画着一个个方框。他们只讨论了十几分钟，看起来就解决了问题。随后老廖和刘总一起去了后面办公室，想来还有些事要跟公司商量。

一时间闲了下来，任晗、燕青、唐思远和三个舞者女孩分坐在两张并列的桌子边闲聊。三个女孩中那个大家都叫她“Yue Yue”（可能是“玥玥”）的最漂亮，不过也就是正常的漂亮，没有到那种吸引人的地步。她主要是掌握并强化了自己的特色，她用看起来就能感到非常柔顺的披肩发配衬她圆润的脸庞，大眼睛上是浓密整齐的刘海，很有东方女孩的可爱。小菲则剃着板寸，从相貌到性格都显得有点假小子，不过也因此而显得开朗，是她们三人中说话最多的人，虽然没有人明说过，但能看出她应该就是她们这支现代舞小组的领头人。另一位一直不知道叫什么，长得比较一般，性格也比较内敛，几乎没说过话，不过在某些必需的时刻也能看见她慌忙递来谦和的笑。任晗突然认识到自己的一个习惯：一旦对眼前的女孩不感兴趣或者说不能感兴趣，或者对方提前表现出真实的、不希望有人对她感兴趣的状态，他自己也就变得很坦然也很木然，就有点像老熟人甚至像家里人一样，很松弛，完全没有特别表现自己的需求。所以跟她们说话的主要是唐思远和燕青。燕青因为他说话时谨小慎微、迟钝的习惯，跟她们说话也像亲切的拉家常，倒是唐思远经常会显出用力攀谈的样子，不过和他朴实木讷、乡音浓厚的形象结合起来，他的攀谈也不会让人感到不喜欢乃至讨厌。任晗既然注意到自己“提前扫兴”的特性，也就不再过于自私，而是在恰当的时刻跟她们中的某一位说上一两句，不让别人感到自己是一个自私孤傲的人，也不让她们感到自己不受男人关心，不管她们实际上到底需不需要。

刘总、老廖还有萱萱三人从后面办公区边说着话边走出来，然而他们并没有朝燕青他们这边走来，而是在墙边就朝大门拐去，临要出大门时刘总停下来回头看向燕青他们，仿佛这才想起他们似的，这时老廖也回过头来，然后他带着有点小小的歉意的感觉对大家说：“你们弄弄自己回旅馆吧。”随后三人重新往大门走，刚走一两步，萱萱又回过头，边朝任晗他们走回来边说：“对了，这两天法国正在大罢工，你们在外面小心一点。坐车什么的要特别小心，因为罢工的主要就是公交公司和铁路系统的工人……”

十

对萱萱最后“恐怖的”提醒，剩下的六个人并没有互相表示惊讶。三个女孩见“大人们”一走，立即欢快地对燕青他们说要去见一个朋友，迅速离去，似乎她们一直等着这个能够独自行动的时刻。看着她们对这个初来乍到的国度似乎一点也没有陌生感，任晗不禁升起一丝羡慕，不知道自己为什么没有这种轻松快乐的能力。

女孩们一走，三个男人因为还没能及时地从刚才“男女搭配”的聊天氛围中摆脱出来而有点尴尬，无聊地干坐了半分钟，才摸摸索索地站起来，准备回旅馆。可能是因为三个大男人，又或者更直接地因为萱萱最后的提醒，在面对“怎么回去”（因为并没有人提及有车把他们送回去）在理论上这么严重的问题时，三个人快速地达成了一致意见：他们听从了燕青的建议：走回去。燕青这么一提议，首先愿意表现豪爽的唐思远就叫好，随后任晗也感到这是了解巴黎至少这段短距离的风土人情、接触巴黎的泥土的最好形式，所以也欣然同意。只有脚步才是丈量土地的最好工具啊。而况萱萱最后的提醒暗示着公交车和出租车都是麻烦之物，能避则避。实际上埋在他心里的还有另一个隐忧，他这次来法国，老朱安排会计给他兑了一张钱，就一张，面额500，欧元。按老朱对任晗的了解，以及他丰富的出国经验，“五六天，五千块应该够了。吃住机票他们都包了，除非你自己想买点东西。”不过说实话身上只有五千元让他感到捉襟见肘，几乎不怎么敢动弹。此外，对这张钱感到惊异之余，他了解到这是欧元的最大面额，因此他还有一个担忧：不知道这张钱在坐公交车或打车这样的消费上是否方便。

看得出来燕青是做了很多准备的，他竟然准备了一张看起来不小的巴黎地图。尤其重要的是，他非常清楚他们现在所在的地点和旅馆所在的地点，并且还能用手指顺着这两点之间找出他们接下来需要移动的路线。这简直令任晗惊叹，因为看地图正是他的死穴。不过，在骨子里他也不是很喜欢以看得懂地图为荣的人，所以虽然燕青本质上仍是一个低调的人，并没有因为什么而表现得很骄傲，但任晗也只是冷静地夸赞了一句：“你好厉害啊……我对地图真的是一窍不通。”

他们在高档、时髦的特拉海德广场上穿行，辽阔的广场，喷泉，鸽群，随处可见的现代风格的雕塑，他们真切地体验着“巴黎”的感觉，虽然天阴着，风很大，并且明显比上海冷，但这好歹也是巴黎的春风。任晗在脑海里竭力搜索着“法国现代风格”的雕塑家及其作品，唯一冒出来的只是亨利·摩尔，但广场上看不到一个他那个感觉的作品。但他很快有点疑惑，他问了出来：“亨利·摩尔是法国的还是……德国？”燕青和唐思远虽然对他这个突然冒出来的问题很感兴趣，但接下来两个人都发现自己也并不清楚，因此嗫嚅着不置可否，逐渐表现得对这个问题其实没有兴趣。三人尽量在开阔但和自己没什么关系的广场上悠闲地走着，在来到巴黎接近一天的时刻，终于开始享受此前曾经在想象中出现过的“巴黎街头的潇洒”。兴许是受此感觉的影响，唐思远发话了，他用他那似乎总想传达出一点“别忘了我也有奇思妙想的能力”、既弱又尖的声音笃悠悠地提议：“要不然，”他停住不说，以吸引另外两位更大的重视，“我们也出去逛逛？”

燕青歪过头看了他一眼又转回脑袋，没说话，似乎在思考他的提议。任晗更是未置一词。在来巴黎之前，任晗曾经担心自己的一些想法很难提出来、当然也就更不能实现——这也就是跟一群并不亲近的人一起出门的不舒服之处。比如“是否要出去逛一逛？”“是否要留个影？”这些愿望本来就是他不喜欢的。他对旅游不感兴趣，更不愿自己表现出一个观光客的样子，像个没见过世面的乡巴佬一样。然而，“这是巴黎。”就像张路声称的那样，“毕竟不是经常有这样的机会。”好吧，是这样的。偶然、稀有的机会来到一座著名的城市，留下点印记当然无可厚非，好歹回去之后也能让别人至少粱卉看看自己确实“来过巴黎”。而况，要说想看一看这个城市的什么景点，那些看起来与自己“专业”之一最贴近的卢浮宫、蓬皮杜他反而没什么兴趣，他最想去看一下、了解一下的是这里的色情场所。不知道这一行业在“资本主义国家”是否果真如传闻和想象中那样姹紫嫣红花团锦簇。然而这样的行动既需要钱，又需要向导，缺了老廖的携带，任晗自己几乎完全没有兴致和能力移步。所以，所有这些与“观光”有关的念头他早就做好了被动的准备，如果别人不提出、没有外在的机会，那自己权当白来一次巴黎，如果有别人提出，那自己就随行沾光。幸亏同行中有唐思远这样的人（或者说任何一次出行，一定有至少一位唐思远这样的人），现在由他率先提出来，并且显然燕青已经同意（因为他已经再一次拿出了地图），对此任晗颇感满意，甚至不禁在心里吁了一口气，但在表面上仍旧没有显出任何的兴奋，只是未置可否地盯着他俩，等他们再一次夯实地确定。

“去哪呢？”燕青手指在地图上漫无目的地游走着。任晗对那布满密密麻麻法语的地图毫无兴趣。

唐思远感到自己的提议被采纳（很明显这样的机会在他的生命中很少出现），声音变得更加神采飞扬了，但同时又抑制着这份飞扬，更像一个颐指气使但同时又素养极高的领导那样继续提议：“什么埃菲尔铁塔什么的，巴黎圣母院？卢浮宫？”随后声音开始变得恍惚，最终觉得还是把决定权交给掌管地图的燕青：“都靠得近吗？路顺吗？”

燕青在研究地图，没有说话。显然这就像问一个第一次到上海的法国乡下人“外滩、浦东、东方明珠是否顺路”一样。

“要不然我们就去埃菲尔铁塔吧？既然我们的展览在新埃菲尔中心，我们总应该去看看那个真正的埃菲尔铁塔吧？”唐思远在这个傍晚确实展现出超群的智力，他的提议一次次都命中靶心、切中大家的心思，极其合理，旁人无法反对，只有赞同的份。

说走就走。尽管已经是六点钟，但巴黎除了比上海冷之外，天黑得比上海也晚，现在的亮光好像只有下午四五点。并且，对于一伙旅游观光者来说，尤其是观光对象是巴黎这样一座城市，什么时间算早什么时间算晚呢？早有早的曼丽，晚有晚的玄妙，我们既然无缘在这里熟视无睹地长久地日常生活，那我们任何时候的采撷都只是它大海里的一滴。在这个瞬间，任晗立即再一次想到了上海。上海，自己不也曾在一天的任何时候、哪怕是凌晨三四点走在它的或著名地标或陌生弄堂吗？那样的时刻自己何曾有过一丝的惊慌或急切？啊，面对巴黎这个对象，真是太容易想起上海啦，似乎真该为自己生活在上海感到幸运啊，上海就是巴黎的实习课，就是巴黎的姐妹花。当然最现实的问题是似乎大家都意识到在巴黎的时间并不充裕，如果有什么想法，一旦想到最好立即去做，此刻就正好是一个无事可干的空当，未来的两天都是不可预期的。

尽管在即将走出特拉海德广场时，燕青在一张座椅上摊开巴黎地图又仔细研究了一番，但他们真正走起来之后似乎不需要向导，没有花太多时间犹豫，燕青也没有做出过多指示和安排，很明显，任晗觉得他也不能保证自己看明白了地图，不想无端地为一次原本轻松的旅途背负不必要的责任。根据刚才他和唐思远的聊天，他看地图还有一个动机是想看看怎么坐车，一直看不出个所以然的时候，唐思远重复了最初燕青的提议：“要不然，我们就走走吧？”一闻此言，燕青“哗”地收起了地图，似乎觉得唐思远这次的提议好到了他已经无法掩饰。于是三个人都凭本能走，而方向却是如此明朗，似乎他们只要沿着最大的这条街走下去就行。但是当街边的酒吧、橱窗越来越瑰丽，人群越来越密集、街市越来越繁华，也就是一切的征兆都越来越证明他们的方向是正确的时候，任晗还是不禁在内心再次惊叹他们共同的本能：要不然，当初从特拉海德广场走上这条大街的时候，我们是怎么毫不犹豫地知道向左转而不是向右的呢？

一座拱门出现在微微上扬的路的尽头，起初他们都没怎么在意，任晗更是没当回事，反正现在本来就身在巴黎，这种法式建筑就算铺天盖地也正常，但他一边迈步一边偶尔再次向前遥望，突然他随意地喃喃念叨：“凯旋门？”

燕青也以恍惚的口吻给予了肯定：“应该就是。”

实际上他毫不了解这座建筑的历史。它的所有价值眼下就是它这座建筑自身。它就那么孤独地兀立在那里，没有想象中的高大、雄伟——似乎所有传说中的建筑物、甚至包括人物，一旦走近，就会发现都没有最初听说的那么高大。它是这么平凡，它的四周并没有举头瞻仰惊叹不已的游客，汽车在它门洞底下轻快地穿行，倘若不是因为它四周空旷平坦，其他建筑物似乎都出于对它的敬重而退让到方圆数里之外，它不过就是巴黎街头随意的一栋建筑而已。不知道燕青和唐思远是否也是如此感受，或许更因为大家的目的地是埃菲尔铁塔、还需要赶路，或许他们俩也和任晗一样，出于那说不清道不明的尊严而不愿意在别人面前表现出那种傻傻的观光客的模样，三个人都没有提出走得更近些去观赏它，甚至抚摸它。他们站在离它差不多三百米远的人行道和行车道之间的隔离道上，盯着它凝视了一会，随后任晗又回过头来遥望刚才走过来的这条大路，不禁胡乱地猜测："这么说，刚才走的这条路就是著名的香榭丽舍大街？"

燕青和唐思远似乎也被这新冒出的如雷贯耳的名字吓了一跳，立即回头看刚才的这条路，但没有人能给出肯定的答案，只能重新转头看凯旋门。与此同时，唐思远往前面挪了几步返身对燕青吆喝："来来来，留个影吧！"在燕青整理相机的时候，站在那里右脚跨出一个箭步、昂首挺胸的唐思远继续自我解嘲地说："来到了凯旋门脚下，总得留个影吧，对不对？"

给唐思远拍完，燕青问任晗："你呢？"任晗有点尴尬，不拍有点傲娇，拍的话，像刚才唐思远那样站在那里真的太傻了，急切中他看着旁边的玻璃圆弧形公交车候车亭，他连忙说："我就坐那里吧。"他坐在靠近镜头的这一边，特别注意与那一头坐着的两个外国女人保持最远的距离，希望燕青的镜头没有对她们构成侵扰。

十一

天气并不好，时间又不可阻挡地滑向傍晚，天空显得阴沉，天色逐渐黯淡、灰蓝，这倒反而使渐次亮起的路灯和店牌、建筑物上的灯光显得越发的鲜亮、温馨。尽管不激动，但任晗由衷地感到这些灯光的色彩配得上“巴黎”二字所彰显的气质。而且很奇妙的是，它们的温暖并不让走在寒风中的他们感到寒酸，也没有身处异乡的畸零，它们孤立地闪耀，只用它们的美妙吸引路人欣赏的目光。他们走上了一座桥，底下是一条河，这话的意思是，应该不是一条江，但作为一条河来说确实算比较宽。任晗想象着老家的京杭大运河，嗯，眼下的这条河应该比运河还要宽一些。两岸与河床砌着漫长严整、坡度松缓的防波堤，对面的岸边，停泊着一长溜两层高的白色客轮，船身看起来算得上豪华。防波堤直接连着上面深青色的马路，路边是占地面积宽阔的建筑，虽然楼层不高，但显得浑厚雄壮。这些看起来仍旧不可轻视但又不知名的建筑使任晗再次想到这座城市可能存在的娱乐场所，比如说，他就听老廖提起过“红磨坊”，不知道它到底是怎样的一个所在，是否夜夜笙歌香槟美女纸醉金迷通宵达旦。他在心里还是为自己这次行程不能光临这样的场所而微微遗憾。不过这些游轮拉回他的思绪，他脑子里极其有限的信息突然跳了出来：“这不会就是塞纳河吧？”燕青和唐思远被任晗爆出的新名词又一次吸引得朝河的两边张望，不置可否。随后，燕青又掏出了地图，不过也许他立即发现很难一边走路一边查看这张本就难以解读的地图，所以只把地图拿在手里，重新瞭望宽广、看起来浑浊（宽广的河流不可能不浑浊）的河面。

唐思远自知不确定，嗫嚅着说：“不是……莱茵河吗？”

任晗想表示质疑但忍住了没出声，燕青却及时地否定：“不是，莱茵河应该是德国的。”任晗看见唐思远也并没有因为燕青的否定而感到羞愧，他觉得这感觉不错，随着身在巴黎的时间的增长，大家已经逐渐地松懈以至于崩溃，默认“大家都是一知半解的泥腿子”的共识，能平心静气地接受别人的指正。事实是唐思远也根本不关心眼前的这条河到底是莱茵河还是塞纳河或者别的河，他在转头之间又发现了另一件更重要的事：“那个尖顶不就是埃菲尔铁塔吗？”

大家立即又看向前方远处被层层建筑和树木遮挡、露出来的黑色尖顶，虽是第一次看到实物，但毫无疑问这是可以确定的。虽然没有人发出激动的鼓噪，但大家的步子似乎不自觉地快了一分。燕青再次把地图塞进包里，确实，现在我们再也用不着它了，我们的目的地在半空中向我们招手呢。

走过桥身之后，随即又进入了一条绿荫密布的不宽的街道。因路道狭窄树木相拥，两边的建筑物的颜色随着夜幕降临而逐渐变黑，而这时灯光更加多起来，这样一来这条狭窄的路就显得更加的富丽尊贵。树木并没有遮挡两边商铺鲜亮、精美的橱窗，它们安静地在这富贵的城市展示着它们的奢侈品：这也正是这次展览的名字，奢侈品，自从知道这个题目开始，任晗一直觉得这真是一个非常不错的展览题目。他们路过一座绿植披拂的宽阔矮小的门墩，门墩两边各站着一个身着军装、戴着军帽、挂着黄色绶带、背着长枪的士兵，这奇特甚至让人微微吃惊的景象不禁使他们稍稍避开士兵，同时目光迅速地伸向门廊。浓厚的夜幕下，花园里有十几个记者举着闪光灯向里拍照，有三四台摄像机也在拍，还有几只毛茸茸的长杆防喷话筒伸向里面。在十几级台阶之上的门廊平台上，也就是那些镜头面对的中心，在廊顶投射下来的橘黄色的灯光下，一个高大的男人正微笑着和一位贵妇人握手、交谈，随后他们转过脸来正对台阶下的花园，保持大方的笑容，让那些镜头自由地拍摄他们。这无比熟悉的官方仪态使任晗惊异，随后立即感到那个男人非常面熟，特别是当他笑起来两颊深深的法令纹外显出的长长的酒窝……突然，他立即意识到三十米开外的那个法国男人是谁了，正当他想说出来的时候燕青发话了："那个不会是希拉克吧？""对，没错！我也刚刚想说！"任晗小声叫道，同时看向刚刚路过的门口的警卫，只见他们神色安然，只是保持该有的肃穆挺立，但并不盛气凌人，也不威严吓人，目光盯着他们的前方，完全没有跟随从他们身边走过的人、也包括任晗他们多看一眼。"什么？谁？"大踏步奔向目的地——埃菲尔铁塔的唐思远像是突然被燕青和任晗两个人的谈话吓醒，立即停下脚步朝花园门廊里张望。“希拉克？”任晗和燕青也随之停下来，继续看希拉克和来宾站在温暖灯光下轻松自然地交谈，不过只停着看了几秒，燕青就推着唐思远走起来。唐思远没有掩饰他的惊异：“希拉克？总统？人家的总统就……就这么随时出现？！”唐思远反复地左右摇晃盯着燕青和任晗的脸，似乎一定要激起他们共同的激动，“这真的是平等啊！昂？”在他的激励下，燕青没有克制，不过他更多的是面对着任晗说，意思是想更多地得到任晗的赞同：“而且你看人家老百姓根本不惊奇，并没有人围着看。”唐思远更激动了：“就门口两个警卫！就两个……而且也没有让路过的人不许靠近……”他最后也比画着手势面向着任晗，仿佛在这事上不来个三人一致惊呼天理难容。任晗抿着嘴摇着头，只能也表现出一副无以言表的赞叹。

十二

突然，前方夜空中，繁茂枝叶的空隙里亮起了黄色的灯光，根据那些被枝叶遮挡的星星点点的灯光所形成的线条一眼就能看出，那正是埃菲尔铁塔的尖顶部分。唐思远不禁惊呼一声，大家也不由自主地重新加快步伐。但任晗心里觉得：虽然那闪耀在半空的塔尖似乎近在眼前，但它离我们的实际距离并不像感觉到的那么近。不过他没有把这想法说出来。现在困扰他们的问题是又累又饿，特别是任晗，他的脚已经疼了很久了。从新埃菲尔中心一直走过来，他觉得都快有十公里了，他的脚一向不适于步行太久，否则足弓就疼，这次又为了某种气派穿的是一双高帮大头皮鞋，短程走走还有点艺术家的派头，走长了逐渐地就像戴着一副镣铐。而唐思远和燕青更大的问题是饿，在他们的强调下，任晗也逐渐感到饿已经上升到跟脚疼一样严重的地步，再加上寒风呼呼不断，真有点饥寒交迫的感觉。所以，虽然表面上目的地更近了，大家的步子更快了，但这步子其实有点混乱，既想快速地走到终点，又像是急切慌乱地寻找饭馆，唯一不明确的就是“走到那灿烂的埃菲尔铁塔脚底下”，因为，正如现在任晗说出的一句大家都默认的话：“其实现在赶过去，埃菲尔铁塔肯定也关门了，最多也就是隔着老远看看它。”

随着急乱的脚步，黑色枝叶后面蓝色天空中黄色灯光的埃菲尔铁塔变换移动，身边街景灯火辉煌，人车穿行，偶尔的乐声飘过，此情此景，让任晗想到阿金《勇往直前》里西贝尔在感到卡伊的真爱之后满怀喜悦地在游乐场旋转飞椅上慢镜头摇晃的画面。以及那首特别好听的 Wendy Rene 的 After Laughter 那摇晃的前奏。但是大家越来越饿，虽然到处灯光璀璨，但寒风吹过，他们不断抖抖索索地喊饿。三个人饥肠辘辘，迈着慌乱的大步，眼睛迅速地搜寻着沿途的店铺，然而没有一家显示出那种既诱人又让人放心的锅碗翻滚、油烟腾腾的景象，而全是装潢考究、玻璃透明、优雅高档的西餐馆或酒吧，从它们的外观实在不能知道进去之后该吃什么能吃什么，尤其是那满是法语的菜单，法国的服务生又根本没法交流，这种出洋相的大概率使他们一致地没有对路过的任何一家西餐馆表示可以进去看一看，包括唐思远也只是不停地拿畏怯的眼神巡视着它们，没有发话。更为重要的，任晗想，还有钱。从早上得知的旅馆的价格就可以知道，巴黎这边物价的“数字”基本跟我们中国差不多，也就是说，假如三个人在上海吃顿便饭是两百元，那么进了他们的西餐馆，就算也是那如同中国低廉的数字“200”吧，后面添上“欧元”这个币种之后那对他们三个人的一顿饭来说绝对是让人心疼的数字。任晗感知着那张夹在自己钱包中层在幽暗中微微闪着蓝光的500欧，他仍旧不知道在法国，在巴黎，这张钞票到底是大还是正常，但不管怎么说，它值5000人民币总是千真万确，倘若用它的2/5来吃一顿饭，他觉得这种把这张大钱破开的方式不是很值得，尤其是还不知道能不能吃饱、吃舒服。

他们穿过一个四边都是椭圆形建筑相交的小十字路口，迎面那座建筑从三层到二层外墙竖着的灯箱上亮着大大的“HOTEL”，没想到终于出现了一个自己认识的单词。也是因为它和英语是一样的，说不定这个词是从法语区流传到英语区也不一定。同时他记得好像没有在自己入住的旅馆楼面看到这个单词的招牌。他们沿着这条小街继续往前走，因为铁塔的灯光轮廓就在这条小街后面不远处，相应地，现在铁塔也显得更高了，这也表明他们离它越来越近。两边商铺的灯光辉煌璀璨，任晗发现法国人特别擅于用灯光照亮自己建筑的墙面包括底墙，使得这些建筑都被灯光轻轻托着，在夜色中腾空而立。这时，一个同样明亮的招牌和它上面的文字迅速撞进他的眼帘，因为它是汉字！四个大字：中华快餐。这一发现令任晗激动无比，因为他本来对这次巴黎之行早已抱着逆来顺受、有啥吃啥的心态，就算巴黎的中餐馆一定也价格不菲，而此刻中餐馆却以价格可控的“快餐”的形式出现，这太让人激动了。而且店招的字体是品质和美观度都不错的“金梅毛楷”，白底红字，材质也惹人喜爱，是加厚亚克力，字是以浮雕形式直接连在底板上，盈盈的灯光使它们看起来就像一大块奶油蛋糕，仅从装潢外观就能判断其内在品质不差。他的激动显露出他日常不容置疑的自信和强悍，令燕青和唐思远毫不迟疑瞬间成为他的跟班，老老实实地跟着他大步流星地往对面走。

店内比想象中还要精美。而且他们一进门，就听见门口收银台旁一位雅致的中国少妇用中文温软地对他们招呼：“欢迎光临！”

“啊，太好了！”任晗毫不掩饰自己的欣喜，“跑这么远，终于见到一家中国菜，太不容易了。”他说到“中餐”时快速地把它变成“中国菜”，以显出更加的亲切和专业。

少妇莞尔一笑，虽然温和之中显示出她已经对任晗刚才这番表达见得太多，但她的笑容和神情没有丝毫的敷衍或轻蔑。她的仪容和神情进一步保证了菜品的质量。一个多小时以来他们一直在找一家心仪的中餐馆，除了饭菜适宜之外，盼的就是语言相通。不仅想吃的熟悉、看得见，而且瞬间就能表达，这是多么重要而迫切的需求！任晗快速地扫视着圆弧形玻璃长罩下被小灯光照亮的菜品，连连惊呼：“我的天，还有狮子头！盐水鸭！竟然连南京盐水鸭都有！糖醋排骨……茭白！茭白！我的天，这完全回到家啦！”在这样一个语言、饮食完全不通的异国他乡、又饿极累极的情况下进了这家小而美的中华快餐，任晗一扫他此行不断自我要求的谨慎顺服，完全不受控制地暴露了他的老到、天真、幽默以及挥斥方遒。他对菜品的评价，他与老板的对谈，他对菜肴的选择，以及等食的坐姿、饭菜来了之后的吃相，都轻松自如地恢复了他在他自己朋友圈里那个颇具魅力的领袖形象，这一突然而自然的改变简直令燕青吃惊，而唐思远则因为五六年前就和任晗有过近一个月的相处，以及见到老廖各种场合对任晗的态度，所以对他的这一切特点是了解的，因此对他此时的表现反倒习焉不察。他们点好菜后，尽管老板并没有要求收钱，但他们还是主动提前结账，任晗这份点的菜最多，也只要 28，他爽朗地拿出那张 500 大钞，为这顿饭他十二分愿意破开这张钱，尽管他知道它已经达到了 280 元人民币，但品相这么好的饭菜他宁愿记住的数字是去掉那个 0。它就是 28。然而站在收银机前的老板娘非常有涵养地笑了：“哦！这……是 500？这么大，没有小钱吗？”

为了迅速消除两位同伴的担忧，任晗向老板娘坦白：“我真的只有这一张钱，出来前会计就给我换了这一张，我还没有机会破开……”

“可是……我也破不开呢……××（好像是‘树人’的音），”她转向里间温柔地叫她先生，老板走出来，老板娘简洁而低柔地跟他说明了情况，老板也慢慢地面露难色，然后朝燕青和唐思远看，“哎哟真对不起，这确实是一张大钱，要不然您朋友们先垫一垫？”

任晗只能让燕青先垫付，答应回去破开钱还他。燕青在这种场合是勇于承担责任的，他让唐思远也先别掏了，回去再一起算。

吃起来之后任晗询问老板夫妇老家哪里，根据他们的菜肴和他们的长相气色以及他们的口音，他本来希望他们说出江浙沪的籍贯，这将可以继续加深话题和乡情的推进，然而他们来自潮州，并且很早就离开了中国，离开中国之后最初来的也不是法国，而是泰国和新加坡。他们虽然也表现出同胞的热情，但似乎很快就感到某些家常关涉到个人隐私，因此谈话也只浅尝辄止。任晗清楚其中的分寸，接下来的应答也让他们感到舒畅惬意。老板夫妇四十左右，但气色已然明显带着“华侨”特色的富贵、圆润、亮丽，在此反衬下，身边的唐思远和燕青、然后一定也包括自己，灰头土脸神色憔悴，真是从外到里挣都挣不脱的大陆客，虽然已经竭尽全力维护一个高品位的、有质量的艺术形象，但在这饥寒交迫的异国他乡终究还是挣扎在生存线上，终究还是定格在为“吃”而“疲于奔命”的形象。想到此，对这对夫妇没有丝毫的羡慕是不可能的。任晗只是以尽力投入到身边两位同伴的饕餮之中以便把这隐隐的羡慕掩饰得荡然无存。

在他们狼吞虎咽的间隙，老板夫妇在里间左边的房间（看起来像他们自己的餐厅）陪他们的一对孩子聊天、玩耍，房间和外面客人用餐的餐厅相连的门开着，任晗他们能看到他们一家子幸福的生活。在他们将要吃完的时候，老板娘端了两大盘切开的橙子给他们，任晗和燕青、唐思远被他们的客气感动得连连道谢，因为这盘子和盘子里的橙子都超大，完全不是小意思的饭后水果，尤其这橙子，仅仅从超大的个头和鲜黄的色泽就能看出是极品、珍品，老板娘走回去的时候竟然说："你们吃，不够的话还有。"大家拿起一瓣吃起来，其味鲜美无比，确实在国内从没吃过这么好吃的橙子。其色泽、水分、颗粒的排列、甜酸的比例就像是得到了科学的安排，全都长到了最好的极致。这橙子就像老板夫妇，还有他们的两个孩子，幸福、饱满、圆润、安闲。

十三

都知道酒足饭饱会改变人的状态，但任晗没想到大家的状态这么快就变得跟自己一样：当他们从"中华快餐"走出来，仰望着黑空中近在眼前亮着黄灯的埃菲尔铁塔，大家的兴致都不再那么热烈，似乎谁也不愿意再为了更近地走近它而多走一步。想来饱胀反衬出疲乏，现在大家更想歇息。不过这也是因为大家都知道现在这个时间估计埃菲尔铁塔也已经关门了（假如它有门的话）。唐思远也只是在“中华快餐”所在的街口挺身一站，翘着大拇指指着后面的铁塔对燕青说：“来一张来一张。”燕青正拨弄相机，突然手伸进裤兜里掏出手机，他应该把手机开成了震动。唐思远还昂首叉腰挺立着等着燕青，燕青看了一会，神色有点凝重：“老廖让我们赶紧回去。”

“怎么了？”唐思远稍稍松懈，但没有移动他的 pose。

“说现在就准备布展……”

唐思远立即放下手准备走过来，但燕青抬起相机：“别动别动，赶紧拍完我们走。”给唐思远拍完之后又叫任晗，在此急乱的情况下任晗真是推辞又不好不推辞又不好，情急之下反而随意地对燕青说：“行，那就这样，拍一下就好。”

大家简短地商量了一下，坐公交、地铁的话还要找车站、要弄清楚往哪个方向坐、以及坐到哪一站，等把这些问题搞明白估计半小时没了，而况萱萱说巴黎公交系统在罢工，现在到底有没有地铁都还不知道，因此大家迅速地决定打车。就像在上海一样，与“急事”相连的交通工具只能是出租车。任晗在心里做着预算：就算它开出和上海有时出现的数字一样的“100”，三个人平分的话每个人就是 300 人民币左右。此时他对数字、价格已经有点麻木，仿佛那张 500 大钞既然已经破开，接下来再像落地的水银一样哗哗分散也都无所谓了。

出租车比他们想象得顺利地拦到了，等它开近任晗发现它看起来不大，却是一辆奔驰，心中不禁叫苦不迭，一面为这巴黎的出租车都这么高档而赞叹，一面为这高档车可能提升的价格而心疼。但车是你们自己招的，苦也只能你们自己背了。任晗和燕青主动选择了后座，唐思远见状当仁不让地选择了前座。上车之后才发现司机是一个高大壮硕的、戴着棒球帽的黑人小伙子，有那么两秒钟任晗感觉进了好莱坞黑帮电影里的出租车，不过那司机对上来三个亚洲人似乎毫不在意，他完全沉浸在他自己的日常状态里，甚至带着一丝这个钟点该有的厌倦和困乏，在此状态下他厚得出奇的嘴唇倒显得憨直淳朴，看着挺安全的。在司机没有问话之前，燕青急忙把地图伸给他，并用手指死死按着新埃菲尔中心所在的点，在他仔细看的时候，燕青还急得发出了英语："New Eiffel, New Eiffel！"黑司机很快就知道了目的地，但他既没有点头也没有朝他们任何人看一眼，只顾拨动挡把，一踩油门，轰一声，出发。任晗觉得司机已经知道这帮亚洲佬不会说法语乃至英语，而他这个黑鬼也更他妈不会说中文或日语或越南语或泰语，他的眼神似乎有意在回避他们，任晗感到他这是在回避一种尴尬，因为他已经知道彼此无法用语言沟通，还不如尽量不沟通。油门踩下之后，任晗感到车的后坐力既猛又柔韧，发动机也只是宽厚地哼了一声，这，或许就是好车的感觉？

黑司机开得就像赛车，加速时很猛，拐弯也超级流畅，他真的就像美国电影留在任晗概念里的黑人，轻松灵活同时又苦大仇深，眼下似乎非常清楚自己的职责，就像驾着一艘快艇带着三个华人游览巴黎夜景。然而好景不长，突然之间，堵车了。任晗觉得刚才的飞速浏览变成此刻停下来仔细欣赏，也是不错的节奏变换。但是逐渐地，这看起来不是一个红灯或一个小小的障碍，这车已经等了将近十分钟，中间黑司机曾经拉着方向盘时而左打时而右打，最终终于变道塞进隔壁的车道，但随即同样继续堵塞。看着前面和身边拥挤的车辆，任晗突然想起之前不时关心过的罢工，这么严重的堵塞，不是这百闻不如一见的工人运动所致又会是因为什么呢？！与此同时，任晗随即关心起另一件事，他微微探头，找到了隐在中控台下方的计价器，上面的数字已经是“52.8”……也就是说，现在已经528元人民币了？并且更为重要的是，他看到了他想看到的信息：在车停着等待时，计价器的数字仍在跳动……也就是说，就和上海的出租车一样，它一定也是计程计时同步的。巨大的焦躁和心疼反倒使他突然松懈下来，他甚至靠在椅背上半躺着，看着外面各种无声闪动的灯光。作为一个需要为钱担心的人坐在巴黎的出租车里，看着窗外另一辆汽车玻璃上流动的灯光，不免想起电影《情人》里小女孩和贵妇人各怀鬼胎的相遇。不过事已至此，只能死猪不怕开水烫了。至少他的500欧一定足够支付此次在巴黎的所有开销。他觉得。正当他准备凝视右边一面高墙上的涂鸦以便分散任人宰割的绝望，突然听见司机咂了一下嘴，然后迅猛地右拐、挤出堵塞的车流，开上了隔离带，随着车身老气横秋地颠簸了几下，车子终于平稳地进入了人行道或非机动车道，这条道上基本空旷，如此一来，黑司机终于重获自由神龙出海，这下子他终于可以大展手脚了，接下来的车速完全可以称得上飙车，遇到路边的小障碍时也不减速，而是快速地左拐右弯，流畅地避让急速地往前飞驰。黑司机以他的神态和动作证明着他超一流的车技。在这流畅迅疾的车速下，大家的心情似乎也都好起来，仿佛都能理解黑司机完全跟他们站在一起，他为他们着想，此刻走在这条道上，以这样的速度，任晗甚至不知道他是否为了照顾三位外国友人的利益而不惜违章。不过这当然不是我们所能考虑和担忧的事了。黑人的本事我们又不是不知道。在发动机充满磁性的旋律和节奏下，黑人早已显示出他朋克的本质，尽管道路如此狭窄、速度如此之快，但他已经左手搁在车窗下的扶手上，右手单手扶把，再一看，不知何时他已经把帽檐转到脑后……看他那副吊儿郎当的样子，任晗觉得他心里一定已经随着车速摇头晃脑地哼着 rap，并且这 rap 吸引着全车人都去想象它的节奏，哪怕完全跟不上趟，也情不自禁地跟着他摇头晃脑横冲直撞呢喃呻吟……然而，唐思远毫不掩饰的声音打破了这场好梦，他回头先是看了看任晗，又正眼瞧着燕青："这是……76……欧吗？"他转过头来问燕青，又拿眼瞧了一下任晗。燕青弓着背低着眼睛盯着前方，就像一个为庄稼收成担忧的老农，神色凝重而悠远，没有回应唐思远，任晗更是没有出声。好在唐思远说话时没有拿手指着计价器，否则咱们中国人的脸又一次被他丢尽！唐思远在没有得到任何回应之后倒也知趣地转回头，无声地看着车前方。任晗能感到他心里无声的痛。

在黑司机为外国友人着想疯狂地开上人行道之后，任晗一直觉得他这么做一定也因为前路不再遥远，应该很快就能到达，但最终下车时的车费仍然达到了94。……自己早先的预计不幸料中。他就等着支付那属于自己那份280+320=600吧。600，似乎还好。你出个国，600块钱不要花吗？

十四

在出租车上担心的另外一件事并没有发生：新埃菲尔中心的那座火箭式电梯晚间仍旧开放。这次乘坐电梯因为有了经验，任晗做了更多防备，也不知道是不是夜景降低了对高度的恐惧，他的反应要小很多。三个人一出电梯门就看见大厅近门的这部分灯火通明，老廖正一个人屁股抵着落地窗前的餐桌面对着大门站着，让任晗又惊又喜的是，他手上竟然夹着点燃的烟。因为老廖面对着大门，所以在电梯门打开时他也第一时间看到了任晗他们。顺着老廖的视线任晗注意到他的对面已经摆正了四排大移动墙。也不知道这是老廖一个人干的还是有其他人协助。这两种可能都有。如果是他一个人干的，那他多少还是吃苦了，咱们这三个小伙子跑出去玩，却让唯一的“老”艺术家独自辛苦地布展，这很说不过去啊，于情于理何忍？！不过任晗了解老廖，在威望上老廖是一个索取的人，但在工作上他同样不是一个推却的人，也不是一个计较自己干得多干得少的人。尤其是当工作已经发生，他不会把自己已做的工作当作对后面的工作者的某种筹码和压力，他还真不是这种人。他宁愿大家像他现在这样，背靠着某个固定物，离自己已经干完的活一段稍远的距离，欣赏它、总结它、分析它。总结、分析说到底也是欣赏。

很快大家都关注到老廖在抽烟，这个白天高贵豪华的资本主义殿堂，现在由于员工全部下班、只剩下老廖一个人，他终于把它变成了艺术家的殿堂。大伙儿一阵窃喜，每个人都点上了一支深吸一口，虽然刚刚在楼下上电梯前每个人都刚抽过一支。窃喜完成，大家立即投入了对老廖已完成的工作的欣赏之中。烟火的开禁是个意外的美好过渡。燕青瞬间以老友温和的声音问老廖："这些移动墙你一个人弄的？"老廖沉吟着看着墙面还没回话，唐思远却问："明天他们不是有客人要来吗？"老廖淡淡地冷笑了一下："他们西班牙的客人要到明天下午才来，如果我们明天下午、晚上才布展，那太仓促了！所以傍晚我和刘总又跟他们老板一起商量，争取到了今天晚上就布展。"……然而一旦涉及工作，或者更确切地说应该是与工作有关的"名义"，任晗却感到自己兴趣锐减，为此他顺着弹烟灰的动作离开了几步。

最近这面、也是刚才老廖一个人现在则是大家共同面对的这面展墙上已经挂上了一排尺寸不小的摄影图片，是经过马赛克处理过的马克思、恩格斯、列宁等人的头像，任晗早在画册里就知道这是老廖的最新作品，不过现在见到实物，才发现它们的尺寸是如此之大，足有一人高。这就是典型的任晗不喜欢的作品，说实话他到现在都不能理解老廖为什么会做这样的作品。当然，在另一个意义上他又完全能够理解。当年老廖在擅长的综合材料领域将要裂变的痛苦时期，任晗几乎每天都和他在一起，他骨子里当然支持一个艺术家的创作思路有所改变或推进，但是正因为他见证了老廖的痛苦裂变，因此他知道老廖当时“变法”的动机，当时南方这批讲究语言的艺术没有北方的“观念艺术”来得明确，批评家在面对这种讲究语言的作品往往处于难以言说的境地，由此这种作品也很难得到国际大展和市场的认可。经过一两年的痛苦裂变，老廖终于摇身一变焕然一新，完全成为一个直白的、对现实“批判”的“观念艺术家”。那也直接导致了任晗和老廖的逐渐疏远。此次拿到巴黎来的这批作品，他一定也有他的考量，环境的松弛使他希望这批更加直白的含有意识形态思考的作品能够得到自由展出，并在巴黎引起注意。只是，任晗一直没有看明白这个系列的作品到底是怎么回事、到底想表达什么。最初在画册上刊印的尺寸很小，也看不出个所以然。现在他走近，发现组成这些头像的每一个小马赛克也都是一幅小图片，好像是各个历史时期的照片，通过这些小图片的深浅渐变形成每个大头像的形象。工作量委实不小。但似乎意图也相当浅白。

“我先挂几幅看看感觉。”老廖对大家说。任晗知道他是在解释他首先只挂了他自己的作品，而且这面展墙很明显面对的观众最多，展线最开阔，也就是说，在一定程度上是整个展览的视觉中心。“这几幅不能挂在这面墙上。”对老廖后面这句决定，燕青和唐思远都没说话，似乎在布展方案上当然由老廖说了算。燕青随着香烟从鼻孔里的喷出发出轻微的“吭吭”声，然后由衷地说：“挂起来看还是挺有杀伤力的。”一语说得大家都重新认真地盯着画幅，仔细地品味。

燕青突然走近两步：“还是用图钉了？”

老廖无所谓地冷笑一声，把烟头放进纸杯，走向后面的展墙，一边说：“不打钉子怎么挂？一大半的作品都没有框，不可能只用挂钩。我下午已经跟萱萱说了一嘴了，她明天再跟他们老板商量吧。”

这一细节之前任晗并不知道，似乎是下午萱萱、法方跟老廖、燕青他们私下交流时所提出的。看来这个法方公司在“艺术”上不专业，却很重视保护他们的哪怕是展墙这样的设施。而现在老廖的表达看起来根本不是明天商量，分明已是先斩后奏。这既符合老廖的性格，也符合在布展过程中出现的各种小问题的应对。没办法，几乎每次布展都会遇到这样那样的问题。

大家随老廖走到后面的展墙，这一面在长展墙的中间又竖立了一面短展墙，形成一个“T”形，这既丰富了展示路线，也增加了展示面积。老廖面对地上三五个扁纸箱和长画筒，对燕青说：“我的意思，今天晚上我们先把张志清、高原他们的作品先挂起来，先拍个照。”燕青立即点头赞成：“对对，先把他们的解决了。”

接下来的工作虽然密集，但中间几乎没有停顿，可见中午（甚至可能早在到达巴黎之前）老廖和燕青商定的布展计划是完善而周密的，当然，随着作品布置的推进，也能看出这份顺利也与整个布展工作的简单容易更直接有关。而况大家、包括任晗在内，都是布展老手，这种全是墙面作品的布置，实在是最简单的。虽然任晗腿脚酸疼，但整个布展也没什么重活，所有的作品都只需张贴，给图片四角插上图钉，或者在两个挂钩上挂上镜框。虽然任晗知道自己协助挂上去的每一幅作品都接近于屎，但埋头劳作天然地抵制着评价，就算是为一个县文化馆布置一个业绩汇报展，大家也总能根据自己的布置能力和审美把展墙布置得整洁、有序并且达到客观条件下最大程度的美观。

按老廖和燕青决定的一批作品（包括它们的标签）全部挂好之后，燕青开始给这些作品一一拍照，并且几乎做到了从左中右、远近各个角度拍摄，拍完之后老廖和燕青用行动指示大家把它们一一取下来。任晗心中困惑，但没有问，但在接下来收卷作品的时候，听着燕青和老廖断断续续的对话终于知道了答案：原来，展墙不够挂上所有艺术家的作品，不是一般的不够，是至少八个人的作品无法展出，但这一情况肯定不能让这次没来巴黎的艺术家们知道，所以老廖他们只能忍痛艰难地做出选择，把那八位艺术家的作品先挂一下、拍个照，事后把照片发给他们，让他们看到自己的作品在巴黎展出的情况。

任晗一边帮着把作品搬上搬下，一边思忖：这好歹是需要这次来巴黎的同行们合谋隐瞒，而老廖也没有对自己特地关照一句“要保密”，或者哪怕为此假装对大伙儿说上这么一句……这是否意味着，老廖骨子里对他仍旧持有不容置疑的信任、还是把他当作自己人？确实。在任晗心里，他也是仍旧认他这个老师的。他纵有这样那样的缺点，但他确实还是全身心地为艺术而殚精竭虑，并且在各个时期都重视挖掘自己的问题，打开它们，剖析它们，哪怕这些工作给自己带来无数的烦恼和痛苦。就算这些年有一些让任晗感到有所疏远的观念转变，也只是他向往成功心念所致，而一个人向往成功总是可以被理解。谁不向往成功呢？谁不渴望得到更多的关注呢？……想到这些，任晗又想起自己带出来的自己的两本书……自己不也在为“成功”而东奔西跑吗？……不过，随后，他又想到，或者，更为重要的是，这种“共谋”也是每个“在社会上混的人”都应该懂的道理，谁在这方面拎不清也就没法相处。面对一个本质上和自己无关的事情，他有必要这么敏感这么多管闲事吗？没有必要。

这些挂上的作品全部收好之后，燕青让唐思远协助他把它们全部搬回后面的办公区。任晗一直没有走进后面那个办公区，不过从面积规划来看能够感到那是一个不小的区域。随后不久，燕青和唐思远两人又肩上挎着、手上拎着长短不一的箱子或画筒走出来，任晗见状立即迎上去从他们每人手上各接过一个箱子。

“今天准备全部布好？”燕青见老廖这样问，立即停住，嘴里却说："我是想着不如今天全部布好吧。"

老廖停在那里，没出声，随即按了按手示意大家先把东西放下，"也行。"

等重新干起活来之后，老廖有点推心置腹地对大家、主要是对燕青说："我本来的意思，如果今天全部干好，明天他们公司的人看了会觉得我们这个展览的工作量很小，我们一晚上就全干好了，这样显得我们这个展览好像轻飘飘的。"燕青和唐思远顿时觉得有道理，但老廖手上的活没有停，话也继续着："但我刚才一想，觉得你说得对，事情是我们自己的，我们提前把所有作品都挂好，放心。事情还是应该朝着对我们自己有利的方向去做，别人怎么看也不是那么重要。"众人又全都点头称是，接下来的活也干得更卖力了，这也因为大家都知道现在正在布的作品，可是真正在开幕时展出的作品，它们是固定的、永恒的、在展期内是不会被摘下来的。当然，这里面也有他们三位特别是燕青和唐思远的作品，面对包含自己作品的工作其认真更是不需要其他鞭策。

等作品全部上墙，任晗逐渐意识到眼前实际展出的作品与画册上显示的有很大的出入。这一情况本身并不罕见，不过他看出了这所有调整的原因：现在，整个展览都是挂在墙面的平面作品。结合刚才搬过来的包装，任晗想明白了其中的道理：出国远途参展，出于运输成本、布展工程的考虑，只能全部展出平面作品，而不能有装置、影像等其他样式。这个名曰"奢侈品"的展览，现在本质上就成了一个“摄影展”。这当然也没什么问题，只是它决定了这是一个形式单调的展览，更重要的，这是一个气质温和、一团和气、没什么冲击力的展览，而与此相关的，大部分图像洋溢着讨好、献媚的商业味。另一种则是直白的试图刺激欧洲观众的意识形态化，或者东方脸谱化作品。展出的十个人的作品，竟然有三个都动用了上海外滩标志性的建筑，当然各自的角度和形式有所不同，但整体上就像是上海城市旅游的介绍。还有一个是中国的园林。最让人受不了的是那个在外滩万国建筑群上挂满红灯笼的图像，张艺谋《大红灯笼高高挂》已经过去这么多年了，为什么还有人在做这个元素并继续向西方输出、以期西方人能认为它们代表中国？这真的让人非常不能理解。……但是，当自己心里一次次升起对眼前这个展览的苛刻，任晗不禁在心里问自己这是因为什么，自己真的是这么在乎“艺术”吗？最后他发现，自己更多的担心其实是生怕这个不管怎么说好歹自己也参与工作的展览被法国友人嘲笑，继而被扩大成对“整个中国艺术”的鄙视。……但这分明是自己过敏且多虑了，担待更多责任的老廖、燕青，甚至刘总、唐思远们对这件事更有决定权，他不用操太多的心。为此，在最后纵览全场的时候，他积极地展现出欣赏的神情，因为他知道，对眼下的四个人来说，他可是唯一真正的观众，他必须在第一时间给主角们信心。

十五

第二天的早饭出了点事。

昨晚因为不想弄得太晚，也因为剩下的工作虽小但也需要谨慎细致，所以把所有的作品都挂好之后，剩下的标签、海报没贴，准备留到明天做。不过大家在临走前还是把空箱子和空画筒都收回办公区的储藏室，把地面也打扫干净，不给明天早上来上班的法方公司留下脏乱的印象。这样第二天早上大家睡得也会比较踏实。昨晚多多少少也算熬了夜，第二天大家也都没有早起，老廖起来后任晗也准备起床，但老廖说他等会要去找个谁（他报了个名字，但任晗没听说过）要先出去，临走前关照任晗："展厅那边，你们上午不去也没事。但下午总归要去一下。"任晗连忙说："肯定的。肯定会过去。"

任晗刚洗漱完毕，燕青和唐思远就穿戴整齐地走过来，唐思远丝毫没有掩饰他的激动和兴奋："走啊，去吃早饭啊！"他的呼唤明白地表示他牢牢记着昨天早上看到的那菜品丰盛并且任意免费的早餐。只是昨天说好的本来要下来吃早饭，后来也忘了，直接补觉了。

下电梯时，燕青在眼镜上方盯着唐思远："你这么激动，你知道这种早餐叫什么吗？”

唐思远一愣，没说话。燕青继续冷冷地教导他：“这叫‘自助早餐’。”

唐思远恍然大悟：“原来这就是自助早餐啊！”他夸张地搓着手：“原来‘自助’是这么个意思！”

不过真正走进餐厅之后，唐思远却放慢了速度，显出笃笃悠悠的样子。他首先各种菜品糕点水果装了满满两大盘，把它们全部消灭之后，他更加悠闲了，他满意地朝还在进食的任晗和燕青扫视了一番，随后站起身，甚至轻轻地哼起了小调，双手插在裤兜里，有那么一点一步三晃的感觉，朝墙边那些排成L形的摆着食品的长桌走去。他沿着长桌走走停停，对那些五颜六色形色诱人的食品欣赏几秒，然后取出一些装盘。任晗认为他这次只是挑一些特别中意的继续过过嘴瘾，没想到他又端来满满两大盘，引得任晗和燕青都惊异地盯着他：“你吃得下吗？”唐思远满满地咬了一大口奶油泡芙，腮帮子塞得鼓鼓的，一边慢悠悠地嚼着、品尝着，一边稳妥地反问：“怎么吃不下。”

好吧，只要吃得下你吃就是了，反正跟我们也没什么关系。大家继续进餐。没多久任晗和燕青吃完了，因为任晗传达了老廖临走前的嘱咐，上午没什么事，同时他们也需要等唐思远继续吃，他们俩就续了点饮料坐着闲聊等待。少顷，唐思远把盘中的所有食物一扫而光。在这瞬间，燕青并没有立即站起来出发，因为说实在的上午并没有工作，没有什么急迫的计划，或许还有一点是唐思远刚一吃完、他们俩就立即起身的话，会让唐思远感到他们俩一直在等他已经等得不耐烦的感觉，所以燕青并没有起身，心想大家吃完早餐也可以继续在餐厅坐一会，看着外面巴黎的人车流动。任晗本是跟这次行程、工作都脱离的人，在行动安排上他更是默默地以燕青、老廖他们的行动为指示方向。所以此刻燕青继续坐着，他也跟着坐着，悠闲地啜饮着杯子里的橙汁，看着街对面建筑廊柱上的旗帜被大风吹得绕在旗杆上。就在这个瞬间，唐思远又一次站起来，点头晃脑、颇显愉快地朝长餐桌走去。看着他的背影，任晗和燕青不禁对视了一眼并发出宽厚、感到可爱的一笑，随后，任晗的目光继续追随唐思远的背影而去，与此同时，他看见餐厅与里间相连的玻璃墙门边站着一个瘦小的外国中年男人，从他不停巡视餐厅里就餐的客人时眉头紧锁稍带忧虑的表情，以及他不管怎样还是穿着一套体现出一点职业感的西装，任晗判断他就是旅馆兼餐厅的老板本人。在任晗做出这一判断之后，那个老板兼职员着手收拾长桌上的餐具，依次弯腰收拾过去，从那边依次挑选食品的唐思远与他相遇而过，两个人继续各干各的渐行渐远。

不久唐思远端着食品回到他们的餐桌，又是满满两大盘。不知道为什么竟然能够如此心有灵犀，燕青和任晗两个人竟然同时表情淡然，全然的若无其事，仿佛唐思远只是端着两盘空气而来。不过任晗甚至觉得燕青和他自己的心里一模一样地吼出一句：“你疯了！”两个人的表情越平静，这吼声越宏大，而这吼声越大，他们俩的表情又越若无其事。等唐思远坐下来又开始吃起来之后，任晗和燕青又都转头看着外面晨光下色彩明暗对比强烈的街景。许是因为他们俩都没作声，唐思远感到自己作为某种意义上的“主角”需要为这沉静担负应有的责任，他继续一边鼓着满满的腮帮，一边诚心诚意地对旁边的两位说：“这自助餐，真是挺先进的。”

燕青和任晗朝他看了一眼，没说话，视线又先后慢慢地转回到街上。

“其实这餐厅，”唐思远说着，老练地抬头环视餐厅的环境、装饰，“严格来说，在法国应该也只能算一般吧。”他继续没话找话地说着这些早就一目了然的事实。他的意思显然是：法国如此一般的餐厅，都有这么好的自助早餐，这是多么了不起的事。

燕青和任晗仍旧没有理他，这次甚至没有回头。唐思远也不介意，他起身又给自己续了两种饮料。

“这自助早餐真的不错啊。”

唐思远可能就属于那种人：他本身并不让人讨厌，因为他本质上是一个和善的人，尤其是一开始相处，出于各种照顾情绪，大家都会把最大的尊重赠送给他，但随着时间的推移，他的低庸逐渐暴露，别人也就开始对他爱理不理，一旦到了这个局面，他似乎知道大家已经看到了他的本质，于是往往会不断增加更多的“本属于他这种人”的行径，也就是有点轻微的破罐破摔的意味。但事实上即便到了破罐破摔的地步，他抛出来的言行也达不到让人果真厌恨的地步，人人都看得出来他的“自讨没趣”是有有意的成分，或者说他是有意地以自己的低鄙显示某种实际并不存在的幽默，在自己毫无价值的本质暴露无遗之后，以自己最后的底线哪怕因此显示出自己在人群充当一份笑料也算是自有其笑料价值的挣扎。以自贬的形式体现自己最后的那一点的价值。出于这些貌似复杂实际浅显的轨迹，对他最后的这些自我价值的呈现，别人最后回赠的其实仍旧只能是视而不见听而不闻，权当身边没有他的动作和话语而已。

这不，他已经把三次、六大盘东西吃下肚，现在，他趔趄着站起来，甚至提了一下裤腰，再一次走向 L 形长桌。在这个当口，任晗和燕青都回头看他；他们俩已经到了只能在他露出背影的时候才能、才敢看他的地步了。与此同时任晗看见那个老板兼职员还在那里弯腰埋首擦着不锈钢桌面，唐思远再次在长长的 L 形长桌边徘徊，在这堆也许丰富、但更因为是免费的各种食材面前，他似乎已经着了魔，就他现在的处境来看，这些食材其实已经失去了它们最大的功能即食用功能，唐思远瞪着他那双又小又亮如鼠目般的眼睛盯视它们，更多流露的不如说是一种欣赏的眼神。他是想以自己的选择和食用来表达他对这种免费、按需随取的用餐形式至高的崇敬。最终，兴许是实在吃不下了，也兴许是他的慧眼确实散发出新的真实的辨别力，他直接用手捏了一只小牛角包，为自己此行再一次终有收获而满足地走回餐桌。他一口咬掉了小牛角包的一半，缓慢而扎实地咀嚼着、品尝着，很快他就再一次老练地点着头：“嗯？这面包很好吃啊，刚才都没发现……”他现在也并不等候燕青和任晗的表态，自己站起来，移动前又端起了自己刚才喝空的一只饮料杯，转身重新走向长桌。

就在这时，这一次，悲剧发生了。并且就发生在燕青和任晗敢于正视唐思远背影的眼皮底下。唐思远还没走近长桌，刚才那个一直“劳动”着的老板模样的人，立即伸手制止了他，并用急促的话语呵斥着他，虽然听不懂他说什么，但他的意思分明是不允许唐思远，不允许这个矮矮胖胖的中国人，再摄取桌上的食物，不许这个人再吃。唐思远先是被他吓坏了，随后恍惚迟疑地转动着脑袋，回头寻找燕青和任晗，然而老板的制止声一直不断，唐思远及时地拎着空杯子退回桌前，回到自己的同胞身边，一时恢复了一点胆气，同时出于试图迅速驱除自尊被伤的尴尬，他困惑地看看燕青又看看任晗，嘴里喃喃自语：“不是自助吗？……自助，……不是随便吃的吗？”坐下后他感觉自己更加地理直气壮：“我又没有浪费，对不对？我全吃到肚子里去了，对不对？……他……这样……”随后他把头歪向一边，“切”了一声，然后骂道：“神经。”

任晗注意到那个老板，在呵斥唐思远的时候，虽然声音能听出是呵斥和制止，但他的声音并不高，而是一种竭力压着怒火的低吼，这似乎反过来更能说明他更大的愤怒、更大的忍无可忍。就像他只是在最初为了强烈地表示出他的愤怒和制止他才向前走近了唐思远一步，随后，当唐思远惊呆在那里的时候他已经立即退回到他的工作阵地——继续在擦拭他的桌子，虽然他的嘴里仍旧嘀嘀咕咕不停地宣泄着愤怒。这也同样反证着一种他对唐思远——这个又矮又胖也许在他看来也很丑的中国人——更大的厌恶：厌恶到了即便在暴怒之中也不愿接近这个人……为此，由于这些感触，眼前又看到唐思远那或自知或不自知的天真的困惑，一瞬间任晗心里有点难过，这难过非常复杂，首先没有任何责怪，与此并驾齐驱的是对唐思远的怜悯，这怜悯自然不是上对下、大对小的的垂怜，而是兄弟般的、同胞之间的同情。他觉得自己似乎应该伸出手拍拍唐思远此刻僵硬地搁在桌上的厚实肥圆的手背，送上两句低声的安慰："没事没事。"然而，他什么也没做，什么也没说，甚至没有流露出任何同情、安慰的表情，他甚至觉得自己脸上的表情跟之前唐思远开始猛吃以来一样地保持淡漠、若无其事。更吊诡的是，他发现比自己更宽厚更通人情世故的燕青的神情几乎也跟自己的一模一样，一瞬间他都怀疑自己的表情是临摹了燕青，自己是把燕青的若无其事的存在本能且懒惰地照搬了过来。他们一直保持着各自的若无其事坐了很久，一个足够久的时间，但又没有久得让人生厌的时间，直到唐思远终于能够用正常的、仿佛完全没有发生过刚才那一幕的声音说："走？"大家都突然站起来，像没事似的站起来，朝餐厅通向里间的门走去。在此过程中，任晗认识到唐思远有极好的复原能力。昨天在新埃菲尔中心厕所被黑女人保洁员不经意地伤害，今天又被餐厅老板伤害，这种事如果发生在自己身上，任晗觉得自己难以平复。

但唐思远就能做到屡战屡败屡败屡战。任晗觉得这种“我是一颗蒸不烂煮不熟捶不扁炒不爆的铜豌豆”的韧劲，自己相当缺乏，日后似乎大有修炼的必要。在他们走进电梯的过程中，他们没有再和老板打过照面，不知是因为他先知先觉还是原本就是那样，他正好背对着他们，用竖着的右手掌不停地把长桌上的面包屑扫到等在桌边的左手掌上，以保持桌面永久的光洁。

十六

他们本来全都沉默无声地回房间，但是人在遭受创伤之后也许更容易想到工作，到了楼上走出电梯口，唐思远打破沉默，他提议要不要现在就去新埃菲尔中心，“反正待在宿舍也没什么意义，提前去展厅把事情做好我们不是更放心吗？剩下的时间总是越多越好哦？”几句话燕青和任晗都觉得非常在理，尤其结合唐思远刚刚受到创伤不久，却仍能不顾个人伤痛一心挂念工作，任晗不禁为之阵阵感动。不过二人分明更为他能够快速地从刚才的事件中摆脱出来而高兴，因此立即赞同他的想法。唐思远见两个平时更有主见的同仁如此迅速地接受自己的建议，不禁在返回楼下的电梯里继续发表他的高见：“提前总是好事，时间总归越多越好，对不对？时间多出来也能发现更多漏洞。”

燕青低着头，对这些老生常谈默默地说：“没错。”

但唐思远很快又疑惑起来："我们怎么去呢？还是打车吗？"

这也是任晗担心的问题。昨晚的打车经历想必在大家心里都留下了阴影，费用肯定让他们两个也都感到心疼。更重要的是，自己那张五百欧还没破开来，昨天的钱还欠着燕青。这时燕青冷静地说："他们酒店好像有去特拉海德广场的免费班车。"

"是么？"唐思远又兴奋起来，但随即眼神一抖，看向电梯楼层的按钮。估计"免费"二字又让他想到了刚刚那可怕的早餐。

"还有这样的好事？在哪里上车？"任晗为了给唐思远岔开话题，继续对燕青说道："我钱还没破开，等会空了我会尽快找机会破开……"

"哦……"燕青听明白之后立即说道，"不着急的。"

燕青再一次掏出地图，但他随即发现根本用不着地图。他们重新走回酒店的前台，好在前台、乃至整个前厅都没见到老板，餐厅的早饭已结束，那里也空无一人。前台只有一位看起来还朴实的女招待，关键时刻燕青懂得的极少的英语单词和他憨厚、大智若愚的性格还是起到了作用。当她明白了燕青的意图、并且知道这三个亚洲人听不懂她的话之后，她从前台出来，把大家领出了旅馆大门，指着左手边街角的一个圆形的公交车牌。

上午的特拉海德广场人烟稀少，新埃菲尔中心也很清静，仿佛整个广场还在半睡半醒之中，还没开始一天的工作。这个作息倒是挺符合艺术家的生活。新埃菲尔中心大厅一个人也没有，整个大厅也没开任何灯光，今天天色比昨天更加阴郁，落地窗前的餐桌那里还算亮堂，大门这一大半空间、包括他们昨天辛辛苦苦布好的十面展墙，都被灰暗笼罩。不过这感觉反倒让他们感到安心，它们的静谧说明一切正常，没有人对它们有什么不满。他们三个人进去之后先在展墙之间穿梭了一下，随后就在窗前的餐桌边坐着。偶尔也有职员在大厅里穿行，这说明公司也在正常上班，这让任晗他们感到另一份安妥，有种互不打扰的感觉。坐了近半小时，始终没有看到萱萱，更没有看到法国老板，老廖和刘总也不知道在哪里，总之一个熟人也看不见。燕青有点坐不住了，去办公区拿了标签出来，说萱萱要十点半才来（也快了，还有二十分钟），另外他们大厅的灯也要到十点半才开。总之似乎十点半才正式上班似的。这顿时又印证了任晗早先听闻的信息：法国人真悠闲！

但是萱萱十点半还是没来，不过灯提前十分钟就亮了。不管三七二十一，三人就着灯光默默地贴标签。主要是燕青在贴，看得出来他还是愿意为这些专业性的工作担负更大的责任，唐思远协助，任晗只时不时做些无用的动作。也没有激光水平仪，好在燕青带着皮卷尺，一个个地用尺子从地面往上量出距离。看着一个个被贴上的标签，任晗想到昨天那些挂上拍了一下照片又收起来的作品，想到昨天拍照时这些作品并没有贴标签，这样的照片是否会被那些此刻远在上海的艺术家们看出来是假的？……不过他知道这分明又是自己多操心了。那些没有亲临巴黎的艺术家们对整个这次展览的方方面面早已充满感激，这些鸡毛蒜皮的小细节已经不重要了。其实就算没有在现场展出，作为这个展览的“参展艺术家”的事实还是成立的，因为展览的画册——文献才是最重要的。

本来以为这是小工作，但是一直做到萱萱出现的十二点，还有三分之一没做完。萱萱得知他们都还没吃午饭，连忙又招呼着职员给他们安排午饭。三个人虽然都感到过意不去，但似乎也没有更好的想法，只能从命。萱萱今天换了一身衣服，但那只电话还是插在她裤子后面的口袋里，露出它的圆脑袋和小天线，突然之间，任晗似乎觉得机会难得，他觉得不如一了百了，他向萱萱出示了萨琳娜办公室的电话，请她给那边打个电话，帮他推掉明天的约会。“主要还是因为罢工什么的，交通不方便。”萱萱这次倒没多说什么，立即就拨通了这个号码。任晗看着她对对方公事公办地发出官方辞令，并且从她的声音和表情知道她很快就解决了此事，顿时一身轻松。

吃过饭，他们正准备工作，老廖和刘总来了，大家围着展墙慢慢地看了一圈，主要是陪刘总参观，老廖和燕青不断地给刘总讲解每个作品的含义，看得出来刘总是满意的，不停地轻声细语地重复：“蛮好，蛮好。”

在这之后大家又坐回到窗前的餐桌边，老廖、燕青陪刘总说话，话题在明天开幕、法方公司，还有上海一个即将启动的美术馆以及一些艺术家、美术馆馆长、策展人的名字之间跳来跳去。

快两点的时候小菲她们也来了。她们对昨晚到现在的布展工作完全无知，所以对眼前已经形成的一个展览惊讶不已，也对燕青和唐思远他们连连称赞。

叽叽喳喳声中刘总把她刚刚在接听的电话递给老廖："廖老师，找你的。"

老廖感到惊异："找我？"大概是刘总递送电话的动作也不急切，他也保持着迟疑慢慢地去接电话，任晗看到他们如此不在乎地对待国际长途，真是既心疼又羡慕。刘总这一举手一投足，似乎她柔软的臂弯每时每刻都流泻着五百欧。

老廖听了电话立即"哦哦哦、好好好"地点头晃脑，脸上的神色也热情洋溢。放下电话之后他马上进入半兴奋半喜乐的工作状态，他看看燕青又看看唐思远，然后说："燕青你们等会继续把剩下的标签贴一下……"

燕青和唐思远立即点头答应，一副这事用不着担心的样子，倒是更想听老廖的下文。随后老廖看了看任晗："任晗等会跟我下去一下，"然后他又看着刘总，换了一个更温和的声音汇报："××（他说了一个名字，最后一个字好像是'光'）正好从上海回巴黎，又带来五十本画册。他本来说好三点送来的，因为有事情提前了。"

刘总再一次嘉许："蛮好，蛮好。"

老廖继续解释："广场没法停车，他有事急着走，我们去拿一下。"

下楼前燕青说他中午问过萱萱，萱萱说没有贴海报的支架，老廖眨巴着眼快速地思考着，“要不然海报就算了吧，这里没有展览的名字也没什么事。”然后征求刘总的意见，刘总嗫嚅着，最后说：“根据现有的条件来吧，反正只要展览成立就行了，咱们的展览、作品都在，就可以了，对伐。”

新埃菲尔位于特拉海德广场的中心，无论走向哪个出口，都要穿越一条斜线。和昨天一样，风很大，巴黎明显比上海要冷很多，感觉完全没有入春，特别是这大风，完全是冬天凛冽的寒风。不过下午广场上的人明显多了很多，并且大多仍很悠闲、雅致，每个人、特别是女性走过去都是一个时装模特。×光是一个瘦高个，大概四五十岁，跟老廖差不多大，看得出来他是比较急，一看到老廖就急忙下车，向他们挥手，随后从后座上把画册捧下来，任晗和老廖各接了一包。×光没有停留，直言这里停久了会被交警处罚，急急忙忙上车走了，临走前说“明天见！”也就是说明天开幕式他要来？应该是。

回去的路上，刚走过地面人造瀑布，突然听见有人叫老廖的名字：“廖凯？！”中文的，老廖和任晗都异常惊喜，连忙循着叫声向右前方望去，这一望把老廖激动坏了：“哎呀！××（根据老廖的声音任晗感觉是‘天朴’）！”大家走近，老廖慌忙中想把手上的画册转给任晗但更快地把它放到地上，两位老友的双手紧紧握在一起，这可是真正的他乡遇故知，大家都连呼“太巧了太巧了！”随后进入正题，老廖问天朴怎么在巴黎，“我搬到巴黎来啦！才来几个月，就去年年底搬来的！”“那柏林呢？”于是天朴又说了一些柏林的情况，然后，“你，们呢？”天朴又笑着朝任晗点了一下头，于是老廖也立即介绍任晗：“这是我，学生，任晗。”任晗听到老廖在说他的身份时有个小停顿，他把可能的“朋友”说成“学生”，既在疏远多年之后重述了一个事实，也有某种严肃的意味，但不管怎样，任晗反倒感到另一份亲近，因此在老廖介绍时他朝天朴投去更大的笑意，也不易察觉地把肩膀竖得更正一些，果然，老廖又补了一句：“是个诗人，写诗的。”随即他还关切地对任晗说：“你也放地上吧。”天朴立即说：“咱们找个咖啡馆坐坐吧，”随后朝两边的店铺查看，老廖顿时有点小尴尬：“不，天朴，你听我说，今天就不坐了，现在见到你正好，明天你过来，我们就在这里有个展览，”他指着新埃菲尔中心的位置，“就是新埃菲尔中心，那个空心的建筑，（天朴立即答道：“哦，知道知道。”）在顶层，明天晚上六点开幕，所以我们马上还要过去布展。”

“是吗？我的天，太好了！”天朴再次兴奋起来。

但老廖显得有点坦荡地说：“展览也就是一个很一般的展览。主要是一起过来玩玩。”

老廖此时的真话令任晗感佩，同时也感到他说自己短处时用的这种坦荡的口吻富含技巧，值得学习，不过天朴很明显只把老廖的话当作客气话，理都没理，相反他对老廖马上就要离开有点不能接受:“真的不坐坐了吗?”谁知一句话又勾起了老廖的真意,他有点为难地看看地上的画册:“主要现在任晗一个人没法把这两包画册送上去,两包摞在一起还是有点重,要不然我先把画册送上去……诶,要不然你跟我们先一起上去,顺便也认一下路,然后我们再下来找地方坐坐?”

“好啊好啊!怎样都好,”天朴甚至弯下腰,“我来帮你捧……”老廖赶紧拨开他的手:“不用不用,并不重……”

重新走起来之后任晗说:“要不然,老廖你们找个咖啡馆坐着就是了,我等会再来搬一趟,或者两包一起给我,我最多歇个一两次吧,总能搬上去。”

在任晗说着的时候,老廖就一边“嗯嗯”地应答一边思考着,任晗的话分明让他感到贴心和宽慰,特别是让他在偶遇的老友面前感到脸上有光,但在老廖还没决定时,天朴就说:“不用了任晗,那样太麻烦了,我跟你们一起上去,我也想上去看看,正好新埃菲尔中心我还没上去过。”

十七

上去的时候刘总和三个女孩都已经不在,燕青和唐思远在正常地工作,任晗立即加入了他们。老廖领着天朴转了一圈,果然按照他们刚才说的那样又下去找地方喝东西聊天去了。

三个人干完了活，把地上的纸屑捡干净，又远远近近重复看了两遍，检查整个展览有没有什么漏洞。随后他们在餐桌边坐着歇息，眼睛还时不时返回到展墙上，试图发现什么新问题，或者久久地不看展墙，只聊天，指望一段时间不看展墙之后重新再看时有一个新的视角发现问题。他们一直坐到六点多钟，其间刘总、三个女孩和老廖也都没再出现，他们只能准备回旅馆。

不知道是因为昨天去埃菲尔铁塔的经验在起作用，还是罢工的影响还在脑子里盘旋，又或者还是因为钱，三个人再一次决定走回去。和昨天去埃菲尔铁塔比起来，回旅馆这段路程已经是小菜一碟。不过燕青还是拿出地图研究了一番，不久他就确定了路线，事实上昨天去铁塔前他已经确定过回旅馆的这条路线，现在不过是温习一遍。

他们从广场西出口出来，走进了一片街区，虽然看上去那些建筑、街景、人毫无疑问仍是外国景象，但一旦走进两边建筑相拥的街道，任晗却有点感到它们的“巴黎风味”不再那么强烈，他似乎也不感到自己是走在外国的街上，而是随随便便走在国内任何一个城市、当然是稍微好一点的大城市的街上。他想到踏上巴黎的土地不过才两天时间，但是自己感觉对这里已经非常熟悉、熟悉到了没什么新奇感。也不知道老廖此刻和天朴在这个城市的哪个灯红酒绿的角落欢歌笑语饮酒作乐。

这片街区路程不短，他们穿过好几个路口，往它的边缘走。每次转弯都听从燕青对照地图的指示。事实上任晗也并不在乎走错了路。在这异国他乡迷个路也不是什么坏事。走出街区，他们走上一条时不时转着大弯的、两边都是高大的树相拥的公路，任晗有点不确定这是昨天中午的商务车和今天上午的中巴车带他们来的时候走的那段弯路和路两边的树林，路和两边的景物不像，但树林有点像，那些树后面也不能确定是田野还是……隐约看见那些旷野上还长着高高的植物，极目远眺，也不能看到树林后面有昨天中午在车上看到的白色的栏杆。偶尔一两座欧式小建筑隐没在树林里，看着有点像小别墅，又像是传说中的欧洲小磨坊。从这空旷荒寂的感觉来看，新埃菲尔中心特拉海德广场虽然那么繁华，但它确实如萱萱介绍时所说的处在城市的边上，跟郊外接壤。不过路上还是有车穿梭。那些车，任晗发现，那些车大部分都比国内的小，似乎法国人更喜欢开很小的车。不过车身都洁净鲜亮，车速飞快。公路接近尽头的时候与另一条横着的公路形成一个十字路口，按照燕青的地图显示，他们要穿过双向两条路面和中间种植着矮小植物的绿化带，走到对面去。唐思远突然提醒大家："红灯。"那个红灯竖在路口中央的小绿岛上，而且灯的直径好像也比国内的小，有点不起眼。三人都停住，在路边等候。然而这时从左边横着的公路上行驶过来的一辆小轿车在开到路口时缓缓停下，而任晗注意到自己这边仍旧是红灯。但那辆车一直停着。没多久它后面又来了一辆车，也在它后面停了下来。横着的路上的车和燕青、任晗、唐思远他们都停在那里不动。他们不知道这两辆车特别是第一辆怎么了，尤其是第一辆，离斑马线起码还有四五米，就算是等红灯也不必这样，令人费解。不过外国人自有外国人的想法，跟我们也没关系，反正我们这边还是红灯。他们木木地看着第一辆车干净的挡风玻璃里面的两个年轻男人，这么冷的天，驾驶员只穿着黄色的T恤，戴着黑亮的墨镜，副驾上的人穿着白色的上衣，虽然他们的车身是银灰色，但他们整体的颜色就像眼前清亮的夕阳下的风景一样明丽。车上的人和他们对视着，忽然，那个驾驶员朝他们伸手做了一个手势，一开始他们不明其意，而驾驶员继续朝他们摆着手并把他们指向他们对面的方向也就是他自己的左边，这是……要让我们过去吗？他那手势是“请”的意思？可是我们这边的红灯还没变成绿灯啊……但那驾驶员还是微笑着朝他们不停摆手，与此同时，副驾也从窗子里伸出头手，用更明确的挥摆的手势请他们过马路，并在摆手的同时含笑点头。原来是这样的？！三人一个激灵，同时“哦”了一声，立即相互簇拥推搡着快步走过马路，等他们完全走到了对面，小车才缓缓地、谨小慎微地启动，一直等开过了路口才加速，扬长而去。

“哇——”三人不约而同地摇头赞叹。

“老外的素质果然名不虚传啊！”唐思远叫道。对这过于直白的赞扬，任晗和燕青都没吭声。但唐思远还不过瘾：“对他们来说，人的生命永远第一！行人永远第一！……而且离得那么远，”他伸出手比画着，“离斑马线那么远就停住了。”

十八

直到走进房间，他才突然感到现在和接下来的一段时间，他一个人独自“霸占”着这个房间是多么美好，他才发现老廖另有行动、没有同时回来所带来的好处。由此他认识到自己在路上、或者说自己在巴黎的整个思绪还是有点魂不守舍的，只有屋门的关闭才重新使思绪集中起来。这种同住者不在的情况比本来一个人住唤出了更大的孤独的自由，一瞬间他甚至有那么一点小激动，激动得想做点什么。他想到昨天早上刚到的时候给梁卉发短信，这样的事应该现在做，当时做多么像一个任务，现在才符合心情的需求，尽管他知道一旦通信变得正常之后，他也不知道跟梁卉有什么可说的。他甚至把自己的行李箱打开，在多带出来的薄毛衣和一条裤子上面，就是自己那两本崭新的诗集。看来它们要原封不动地再带回去了。但这样未必不好。他觉得自己最终还是不愿意去做自己不喜欢的事情。左边夹层里显出他带出来的笔记本电脑的轮廓，因为不能上网，既没时间也不想写什么，它也可能和书一样，怎样带出来的还是怎样带回去。为此他再一次提醒自己：以后出门，必须一切从简。连书都不需要带一本。

虽然他爱这房间里的独处，但外面呼呼的风声又让他感到自己似乎更应该像昨晚一样，徜徉在繁华的巴黎夜景之中。昨晚当然还谈不上徜徉。其实更应该一个人瞎逛。钻进这城市里最深层的皱褶里。他并不拒绝观光，他只是厌恶走马观花、短暂的流连。这么一想，他突然意识到自己之前一直以来的一个时间概念上的错觉：原来在巴黎只待四个白天三个晚上，根本不是五天或一周，一周的概念是加上来回飞机上的时间。本质上其实只有三天。怪不得自己对什么都提不起兴趣。是这朝生暮死的仓促让自己提前扫兴。这短短的三天，能够挤出的空闲时光还要更少，这么短的时间，能够体会什么呢？他不喜欢观光，他向往生活。

想着这些，他的心与他真实心思不符地像一团小火一样时不时地想象窗外夜空下的巴黎。但是他并没有为此做任何行动。他脱下上衣，挂在衣架上，洗手，然后靠着床架躺下，随后又站起，给电水壶装了一壶水摁下开关之后重新躺下。

排除了寻求其他活物、但又渴盼与活物互动的心思之后，他立即对那块躺下来就面对着的黑灰色荧屏有了兴趣。昨天一进房间他就留意到电视机是“飞利浦”牌，之前他就对这个牌子的家电很有好感，但一直因为它稍稍昂贵的价格还没有买过它的产品，此刻经过巴黎旅馆里电视机品牌的夯实，他更加认为这不仅是一个质量可以保证的品牌，而且还一定是一个有品位的品牌，是一个“法国人看上、信赖”的品牌。单看它的 LOGO“PHILIPS”的字体就显得厚实稳重。而且之前他就了解过这是荷兰的品牌，虽然他不知道荷兰在什么方位，但他知道它和法国是邻居。当初是因为得知荷兰的色情业特别发达而专门去了解了荷兰。同时，根据旅馆的级别，他也认为对于法国人来说，买一台飞利浦电视可能就像我们在国内买一个康佳电视一样普通、实惠。可见别人用的普通东西，还都是我们觉得的奢侈品。虽然在家已经很少看电视，但现在在巴黎，并且在这北风呼啸、懒得动弹的夜晚，这个玻璃荧屏不正是更好更多地了解一下巴黎、法国乃至欧洲甚至全球的窗口吗？也正好可以看看所谓的资本主义国家的电视台都在播什么节目，用怎样的视角看世界。甚至，这台电视机品牌的诞生地那特别发达的声色场所，是否会在这个开放的玻璃屏幕里面直通车般地展现呢？这就是“独占房间”的好处。为此他先把电视关成静音，急切地把所有频道翻了个遍，也很快得到了答案：竟然没有任何更开放的节目。甚至所有节目比中国的电视台还要清心寡欲似的。特别是那些新闻节目，它们显得更严肃，主持人或嘉宾煞有介事地像讨论哲学问题那样讨论着新闻。不过两三个频道确实看到了街头罢工的场面，播音员用一种足球解说的激动语速不停地说。偶尔也有“环宇探索”那样的大自然，还有动物。唉，真是走遍全球都一样，他差点在那组北极熊的画面背后听到了赵忠祥的声音。一个亚洲的场景也没看到……不过反过来一想这似乎也不是他想看到的。真是几家欢乐几家愁、家家都有一本难念的经、各人自扫门前雪。想到这些本来相距遥远偏居一隅的欧洲简寒家庭此刻也窝在被窝里看电视，真是说不出的温暖舒适，就像大家伙儿都挤到了一起……后来终于翻到了一个剧情节目，看起来应该是一个电影，因为它是古装、法国的古装，虽然语言同样不通，但他竟然傻傻地看了十几分钟——他不知道这是否也正是虚构、叙事的魅力？令他稍稍激动的是，不久他竟然看出了它是《包法利夫人》，并且随后在屏幕右下角的节目标题上得到了验证，虽然不认识法语，但是“Bovary”很快就与“包法利”的拼音对应上。这本书他看过两个中译本，但根据它拍摄的电影并没有看过。这可能也是因为他一直没有觉得这个小说能拍出什么好电影。就比如现在这个，虽然听不懂对白，但他还是能够感到拍得真是一般。首先他就不能理解包法利夫人这个演员为什么这么丑、老。他又重新翻动频道，现在时间更晚了一点，更开放的节目在逐渐夜深的时候播放也不一定，他一个个地翻，仍旧没有看到。突然一个新闻画面吸引了他的注意，那长长的瘪嘴让他一眼就看出画面中的人是希拉克，随后画面切成一个中景，他立即看出这是昨天他们路过花园时所看到的角度，一瞬间虽然他知道有点可笑，但还是兴奋地开门奔向隔壁，让燕青和唐思远打开电视，三人盯着画面，目不转睛，生怕漏掉某个细节，似乎画面上会出现当时镜头后面、站在黑暗围墙后面的自己。

“这就是昨天那个女的。”唐思远指着那个贵妇人或者可能也是哪国的政要，继续确定昨天的他们见证了这一幕的事实。

这时燕青指着桌上对任晗说：“来一桶？”任晗这才发现他手上握着筷子，同时也看到桌上已经泡着两桶方便面，他不能控制地惊呼：“你真是准备得超级充分啊！”

不仅有方便面，燕青还带着榨菜。

任晗不禁问燕青之前是否出过国，他说没有，这也是他第一次出国。“那你肯定得到谁的指点，肯定在谁那里取了经。你看看，方便面、榨菜。”

燕青得意地笑着，在腾腾热气里捞起一挂面条呼噜噜吸着，随即“嗯”了一声，歪头摘下被热气遮糊的眼镜。任晗顺势抬头看着燕青面前开着的笔记本电脑，发现页面上是一个硕大的新埃菲尔中心的图片，图片下面写着：“展览地点：著名的巴黎新埃菲尔艺术中心”。……燕青竟然能上网？他的全球通也包括上网功能？……页面左上方有几个比较大的、弯笔有锯齿的字：“燕青·青空间的博客”，原来身边这些同龄人已经都如此时髦地掌握了最新锐的工具，这一认识不禁让任晗陷入沉静，只顾埋头猛吃几口面。他对博客这种网站只有一个大概的了解，知道大家在这个网站上写日记，这一点让他没法喜欢。但越来越多的人、包括身边的朋友都在使用，自己是过于守旧了吗？其实自己是否保守落后他还不是太在乎，让他感到沉重的是时代，他感觉自己需要更多地思考一下这个时代接下来会变成什么样。不过此刻他首先把视线从燕青的电脑屏幕上移开，担心自己窥视别人的隐私。谁知燕青酣畅地喝了两口面汤之后，慨叹着说：“很可惜昨天希拉克那里没有拍照，不然博客上也可以用一下。”

十九

他醒来的时候立即就知道这是那种虽然很少、但令人印象深刻的醒来：醒得特别早并且还是自然醒。他看到窗帘空隙外边的天色是一种脆弱的清亮，他看了一下时间，才5点47分。可能是因为前面两天走了太多的路身体特别累，并且时差的紊乱还在起作用，再加上昨天老廖不在，任晗只一个人在房间，才使自己有了这么好的睡眠以及这么新奇的醒来。清醒灵敏的大脑丝毫没有赖床的欲望，他渴盼立即起床，这是生命中少有的床外的魅力大于床的魅力的时刻。他对着卫生间窗外的风景刷牙，从现在淡蓝色的天空可以看出，今天终于是一个晴天，北边不远处的绿草地、湖泊和群树像被冰水洗过，那小湖泊真的碧蓝，激励他想去那里看看。是啊，到现在为止还没有一个人在巴黎的土地上走一走，还没有在巴黎的街上真正拥有过独自一个人的时刻。

他下楼，下楼后是街，街左边，也就是楼上窗口的右边是十字路口和大楼，他虽然方向感很差，而且从高处落到地面更容易晕头转向，但现在顺着这几幢大楼作为参照物，能够清楚地知道他在窗口看到的那片绿地只需继续向左。

让他满意的是，街上人车稀少，看来巴黎、至少这个片区的市民都认为此刻虽然天已明亮但仍是绝对的清晨甚至是凌晨，没有像上海或另一些热闹的片区那样，二十四小时没有栖息的时候。他对准了方向，穿过地面上一条小街，清晨的光亮照在路面光滑的大卵石上，发出一朵朵蓝光。这片街果然很快到头，到头之后他就看到了成群的树林，以及覆盖着大片时而平坦时而缓坡地上的青草，在看见这一幕时他很快感到这是一座公园。随即他在想公园这么早是否还没开门，或者开门了如果要买门票，那他只能在公园外面逛逛了。但是他发现并没有围墙，更没有门，这似乎就是一个敞开的公园。树叶和青草都绿得发亮，他蹲下来仔细看，发现草叶上真的还披着细密的露珠。巴黎的早晨明显比上海清冷，他面对晨曦呼气，看到呼出来的都是淡淡的白气。

公园里一个人也没有，只有一些鸟在看不见的寒冷枝头鸣叫。身边就有两片小小的、被一条小路分割的湖，水面映着天空的碧蓝。草地各处还飘散着淡淡的白雾，似乎自己正身处一个仙境。但是，这些树木、草坪和小径是这么真实，他清楚地知道这里是一块务实的欧洲土地，所以这个敞开式的小公园怎么也没法让人真正地感到仙乐飘飘。

来了这么多天，他没有感到巴黎的空气特别新鲜，但是他想，新鲜的空气不这么容易感到，但是巴黎所有景物的色彩是这样明丽，色彩的纯度非常高，这一点非常明显，蓝的特别蓝，白的特别白，绿的特别绿，红的也特别红，哪怕是那些大楼外立面陈旧的马赛克，也仍旧保持着它们鲜明的颜色，明度这么高的色彩，只可能是非常干净非常清新的空气才能显现。

晨光、草地、公园、湖水、群树、鸟鸣，倘若我会打几把太极，那我就真成了老头了。不过自己怎么也不会去学太极吧，只是这异国的环境令他非常热衷于反差极大的想象：清晨时分，在这空无一人的巴黎公园里，一个中国青年在打太极……

他一边大踏步地走上缓坡，一边做着扩胸运动。每当他这么做的时候他都想到电影《饮食男女》里郎雄的动作，也就很快想到“老当益壮”这个词。寒冷的早晨和锻炼似乎是绝配。要不怎么冬练三九……呢。只是自己长年晚睡晚起，没有太多的福分享受早晨。他其实设想过自己过上早睡早起的生活，但一直希望自己早上四点起床。他最不愿的就是和整个城市的大多数人一起起床，挤在嘈杂的街巷。

他在公园里走走停停，活动活动，看看草木湖水，呼吸呼吸新鲜空气，听听鸟鸣，待了一个小时，临了他也不清楚自己是对公园的魅力已经足够了解而逐渐兴趣减淡，还是知道迟早要离开，或者至少自己今天白天还有工作、任务，他从那排树林走出公园，但还是滥情地站定，回过头来朝公园里张望，感受是否有什么能把自己拉回去。

他走回城市，在边缘稀疏的大建筑群里竟然很快发现了一家大型超市，仅凭建筑上的LOGO、字母他当然不能认出它是超市，他是从广场上排列着的购物车发现的，那是一幢不高但宽广的建筑，这种形状的建筑除了超市，估计只有停车场了。在这样一个时刻在巴黎第一次发现一个和自己息息相关的超市绝对是一件美妙的事，一向晚睡晚起、很少吃早饭的他想到即便此刻并不妄想能够遇到一个小摊买到油条豆腐花，但至少可以去超市买点早饭。最重要的是，可以破开那500欧，这样可以在离开巴黎前就把燕青垫付的钱还掉。

和国内的超市一样，这个超市也很大，或者说，空间很宽广，但它给人第一不同的感觉就是它不拥挤，这不仅可能因为现在时间还早人不多，更重要的是货架排得比较开，货架和货架之间的距离很宽松，同时他注意到货架也普遍没有国内超市的货架高，反而显得矮矮墩墩的，既扎实也有点小笨。而这时，他看到货架上的货品也不像中国超市那样排得那么拥挤，当然也都摆满了，但不拥挤。与此同时，他发现，整个超市虽然也开着灯，但灯光并不亮丽炫目，而与此相配的，货架上那些商品包装的颜色更加贴心、诱人。不过再陌生的环境和商品也不会让他生起准备在超市里从头逛到尾的闲心，他还是记得自己的目的和需求，很快他在左边墙边看到一长串冰柜，那上面商品的形状、包装的色泽使他很快就知道它们是牛奶面包之类的即食品，这真的和国内一样啊，虽然这里的产品看起来稍微高级一点、或许更卫生或者更冷静一些……随后他立即在心里教导自己：这用不着大惊小怪啊，国内那些超市本来就是从国外照搬过来的，最初那些家乐福、沃尔玛、欧尚什么的本来就是国外直接进来的。这是不是就是所谓的“全球一体化”呢？如果是的话，这个“一体化”确实还是很方便啊，至少能让我们在全球任何一个地方走进任何一家超市很快就能找到自己需要的东西。

他带着心里对那些商品价格的预设走近它们，拿起一个三明治，“2.99”，三块钱？三块钱？这感觉比中国还便宜？没想到资本主义国家就是因为这样才过上富得流油的生活？！三块钱，就算折成人民币也不过三十块钱，不过在这里为什么要折成人民币呢？2.99 就是他们要付的数字，因为他们工资的数字应该也跟我们的工资至少一样甚至大部分还要高很多，也就是说，假如我拿八千人民币一个月，他们就是八千欧，八千块吃一个三块钱的三明治……八千块可以吃近三千个三明治……当然还有牛奶，牛奶，“1.11”……他又拿起一个很大的牛角面包，“1.99”……这价格几乎使他激动起来，他恨不得把眼前看中的几个东西全都买下，就眼前看中的这几样，全部买下也不过二三十块钱啊！不过他当然不会这么干，他只是感到自己此时的激动。最关键的是买那么多自己也根本不可能吃得下啊，他来超市只是想博个新奇吃个法国超市里买的早饭，实际上等会回到旅馆，旅馆的自助早餐只会更丰富，只是没有现在这样的包装而已。这么说来，他其实只是想来看看超市里商品的价格并顺便买那么一两个东西……哦不对，自己最主要的任务是破开那 500 大钞……如果是这样的话，只买十块及十块以内的东西有点太不像话吧，收银员会觉得我是专门为了来破钱——虽然这确实就是我的本意……

他拿了一小盒1.11欧的牛奶和一个2.99欧的三明治，临了把牛奶换成了一杯1.99欧的咖啡，然后走向右边第一排货架。那些零食也看不懂，但从包装上的图案大体能够知道无非是薯片之类，这种零食自己实在是没有兴趣。他走到另一边，一边往前走一边看，突然看到一些透明小罐子装着干果，这不错，可以看看有没有瓜子，如果今天晚上还是那么早就回到旅馆并看电视的话，嗑嗑瓜子也不错。而且瓜子也可以分点给老廖、燕青他们，这是人人都可以享用的东西，还能让他们看到自己的大方，就像昨晚燕青大度地分给自己的方便面一样……但是他这排货架走到头也没看到国内那种瓜子，这里只有两个透明小罐子里有和瓜子有关的东西，并且那都是剥了壳的瓜子仁！他不喜欢瓜子仁。瓜子没了壳、没了用门牙嗑开壳取出肉的过程、仅一把把纯肉塞进嘴里，那还有什么意思？几乎与他失去这个选择的同时，他突然兴奋地想到：哎呀，可以买一盒巧克力带回去送给梁卉，好歹也是在法国买的礼物！而且再买一盒巧克力的话，这样凑齐了应该有四五十欧，这样去破钱也很说得过去，这样加上昨天的开支一共一千人民币之内，挺好，真是一举几得啊。一边根据包装上的图案一边读着包装上的单词，他发现自己那近乎为零的外语在关键时刻也都能起到作用，看到“Choco……”也基本上就知道是巧克力了，就像刚才看到“Café”这么简单得激动人心的单词时才发现在国内看到的这些外语全都是真的，不是仅仅印出来假冒洋气骗骗我们中国人的。……可是，这么一大盒巧克力，只要22.99？另一种更便宜，14.49……这可咋整……想买到50欧还是挺困难的。当然理论上可以把这两种巧克力都买上，这样就差不多了，但这两个价格放在眼前突然又使他萌生吝啬之心，感觉有贵的这盒巧克力已经足够好看了，梁卉也不会因为我多带一盒回去就多出一倍的高兴，少带一盒回去她也不知道、也会同样的高兴，并且就算知道了也一定赞同我不要买两盒……所以……他把巧克力捧在胸前，右手拿着咖啡，左手拿着三明治，直接走到靠近自己的这个收银台，收银员又是一个黑人中年妇女……他来之前完全没想到法国这么多黑人。他假装老练地放下商品，从钱包里掏出了那张唯一的外币：500欧，嘴上竟然不自觉地打着招呼："I'm sorry……"他声音说得很低，并且最后戛然而止，因为他重又意识到法国人并不喜欢别人对他们说英语……但怎么办呢，他完全不知道法语"对不起"怎么说。好在这位收银员并没理他，只顾着给商品扫码，他担心她没有看见自己的这张钱，又假装无意地在收银机旁边抖动了一下，他所能做的只有这么多了。收银员把那四样东西累积到靠近他的柜角，麻利地接过大钞，显然，就像昨天那个黑司机一样，这些法国人似乎智商普遍地都很高？她显然早就看到了这张大钞，同时又显然知道这个人不会说法语、完全无法沟通，所以她不会也不想做出任何为难这个人的言行，为此她必须动作麻利，一切都很顺畅，但即便如此，她拿到这张钱之后还是停了两秒，眼睛盯着收银机发呆，似乎一瞬间竟然忘了接下来所要做的动作，她甚至用拿着这张钱的右手轻轻敲了一下脑壳，然后仍旧看着收银机害羞地笑了一下，这才麻利地打开收银机，在钱屉里抽出几张大钱，任晗看出那是四张一百，然后又拿了一些小钱，最后拨拉着拣出几枚大小不等的硬币，在交给任晗之前，和国内的收银员一模一样：她又把手上的散钱细细点了一遍，才交给眼前这个才来到这块土地两天、并且一天后又要离开的陌生人。

他现在很清楚自己走的是另一条陌生的路，但他一点也不担心，因为他很清楚方向，旅馆的方位就像现在清晨的空气一样透明、清晰。而况在这片陌生的土地上，其实几乎全部的路都是第一次走、都是陌生的，整天处在陌生之中，也就像整天处在熟悉之中一样，没什么可担心的。他顺着小路走进一片居民区里的树林，这些树相距遥远，但都非常高大，看起来就像周边三四幢高层公寓一样有着很高的年岁。那几幢公寓楼外表用蓝白二色的马赛克贴着巨幅绘有跑步的女孩、山丘、树木、太阳、飞鸟的剪影图案，整个风格有着二十年前的质朴纯洁。就像刚才超市里显现的那样，现在路上开始有零零散散的人影走动。现在还是很早的早晨，阳光既清亮又金黄，树林里似乎还是飘流着淡淡的薄雾。他拎着装有食品的塑料袋，这些食品家常、贴身，此刻又走在一个社区里，一瞬间他调整了走姿，使自己走得更放松更悠闲，更像这片土地、这个社区的主人之一，他这是走在自己的土地上。

这时他听到身后有一个轻盈又沉实的脚步声，他微微转头，看到一个法国女孩正双手插在上衣口袋里埋着头快速地行走，并且即将从他身边超过他。女孩应该比他还高出几公分，谈不上壮实但至少也是丰满，身姿和脸蛋就像雷诺阿画里的那样，非常典型的法国女孩，扎着一个马尾辫，随着她大步流星的动作张扬地左一甩右一甩，真像马尾巴一样繁茂、飘洒。从任晗回头看她到她从他身边走过，她始终没有抬头、转眼，没有看过他一眼也没有朝任何别处看过一眼，只低着眼睛盯着自己脚下的路，凝神专注，似乎沉浸在自己的满腹心事之中。她的脸饱满圆润，肤色极其健康，真正的白里透红，眼睫毛长得可以挡雨。她深蓝色的灯芯绒夹克衬得她的脖子雪白。她走过去走到前面之后，任晗看到她的裤子虽然并不紧身，但她丰满的臀部和大腿还是把裤子上半段撑得紧紧的，随着她毫不迟疑的步伐，她屁股和大腿上的线条有节奏地抖动着。虽然她个头比自己高大，但任晗坚定地认为她不会超过十八岁，像个高中生的模样。不知道她现在是去上学还是也像他刚才那样去买早餐，但是超市在后面，或者她刚刚出去吃了早饭回来？但她的脸色好像还经受着早晨清冷空气的封冻，不像刚刚吃过早饭之后的温暖富足。她是刚刚从男朋友家里度过一夜现在急着赶回家向父母报到吗？由于命运的微风轻吹，自己这一生是否注定没有可能与这样一个美妙丰满的法国女孩认识、说话乃至相恋相爱？这么想想似乎还真有点不幸。然而他们，法国人、欧洲人，是否也有过很难得到一个中国人的爱的遗憾呢？似乎他们从来不会有这样的遗憾？……如果自己是一个流浪汉，一个孤儿，流落在巴黎、法国、欧洲的土地上，没有姓名，没有身份，没有地位，但也因为这些落魄浑噩，这些陌生人却逐渐接受自己，自己在这异国他乡也逐渐熟悉地生活起来……

二十

前面那么多天（虽然只有两天）的来来回回忙忙碌碌辗转反侧，无疑都是为了此刻、为了今天、为了这一次赶到新埃菲尔中心。虽然没有一个人体现出该有的摩拳擦掌踌躇满志，但任晗仿佛看到大家心里其实是想这样的，只是整个前面两天下来所有的生活和布展工作，以及他们自己最清楚的参展作品的质量，都使他们越发清楚这个展览属于怎样低端的情况，因此实在没什么好摩拳擦掌踌躇满志的。考虑到不管展览质量怎样（现在就是再差也无能为力，也不是他个人所能解决的），开幕式总是一个相对正式的场面，而况这是在法国、在欧洲的一个开幕式呢。任晗本来一直在犹豫要不要换一件外衣，以此配合这种该有的正式，但是他发现这个展览真正的主角们，燕青、唐思远完全没有任何变化，赶到新埃菲尔中心看到已经在那里的老廖也是这样，衣服没有任何变化，精神也没有任何亢奋或积极，特别是老廖，这丝毫不像他之前任何一次开幕。唯独燕青，他的衣服也没有变化，但是任晗发现他多了一条暗红色的围巾，但是这条围巾由于色调沉稳并不刺眼，他有点想不起来前两天燕青是否也戴着它。顺着这条围巾任晗又注意了燕青的皮鞋，他觉得燕青刚才下楼前特地把皮鞋擦了一下，现在它们也躲在裤管下面暗暗地发着亮，但任晗仍旧不能确定昨天、前天燕青是否也是把鞋擦得锃亮，就像《肖申克的救赎》里阿瑞所说的："没什么事谁会注意别人的鞋子呢？"……总之，既然主角们都如此若无其事，他更用不着去操什么闲心了，他什么也没换。在路上他感到自己保持前两天的样子是对的，这样能够更好地反衬那些展墙和作品，也可以使自己消隐在人群之中。

大厅的局面让他们、至少让任晗吃了一惊，昨天还散落在各处的橱柜、桌椅、小雕塑小摆设全都一扫而光，展厅部分确实如老廖他们所愿地只剩下干干净净的展墙。地面明显认真擦洗过，光可鉴人。更让任晗吃惊的是，现在法方安排的工作人员在已经移到中央靠窗台这边的长桌的西边、也就是一进门的这边摆满了高脚酒杯，让人吃惊的不是酒杯本身，而是其数量，任晗初步估计，大概有几百只，至少三四百只以上，同时，他也为它们的造型深深震惊：它们不是口朝上一排铺放，而是摞了三层，全都口朝下，形成一排玻璃墙体在明亮的窗前闪闪发亮……这，就是传说中法国人的浪漫吗？这个展览弄到现在，布展过程中各种工作似乎都没有得到他们的关注、重视乃至有效的支持，我们都以为他们跟我们担心的那样，准备把这个展览敷衍过去算了，没想到他们展览不重视，最重视的却是摆酒杯。而且，三四百只酒杯，会有这么多人吗？就算是为了有充足的酒杯让来宾更换，也用不着这么多啊，就比如说，这个展览会来三十个人吗？……真是难以理解的法国人啊。这么浪漫，还这么奇怪地自信……不可理喻。正惊叹间，那些前两天没见过、仿佛专门为开幕雇请的女工抬着装满酒瓶的篮子走过来，走到桌边，把酒篮子放在桌上酒杯造型旁，那些酒从酒瓶子的形状看起来可能是香槟……正欣赏着她们的动作，后面又两个女孩抬着酒篮子走过来，再往后看……后面一长队酒篮子正源源不断地涌来……不仅任晗，燕青、老廖、唐思远也都看呆了。燕青没有掩饰他的好奇，有点自我解嘲地对老廖说："会有这么多人来吗？"老廖本来笑盈盈地看着那些工作人员出神，听到燕青的话更是从鼻子里喷出一声笑，大概的意思估计跟任晗心里想的一样："真是不能理解这些法国人。"

他们不能乱走，一方面这十几个女工在工作，杯杯盘盘瓶瓶罐罐的，别碰了她们摔碎个什么。更重要的，最初他们几个刚一进门想往展厅深处走，只见桌前正在收拾的几个女工不约而同地朝他们的脚看，看得他们慢慢地止住了脚步，并回头看自己的鞋底是否在擦洗得光可鉴人的地板上留下脚印。这些女工可不管眼前这几个亚洲人、中国人是谁，在她们工作的时候，她们觉得自己就是主人。现在，女工们大概工作告一个段落，围坐在落地窗前的餐桌边歇息、喝水、聊天。老廖转了两下身体，随后往西边的小餐桌走，大家也都跟着他走过去坐下来。老廖跷着二郎腿，顺便再一次勾起脚尖看了一下鞋底，然后踮着脚尖去大桌上拿了一瓶矿泉水，又返回来坐下，从桌上的纸巾盒里抽出两张餐巾纸，然后沾上矿泉水擦拭鞋底。每个人见状也都把自己的鞋底擦了一遍。大家也不说话，觉得这样做既合理也应该，对所有人都好，既尊重别人的劳动，也显出自己的懂事明理，不丢份。擦完了鞋底，老廖才重新走起来。这一次，那些女工果真也不朝他们脚底看了。甚至她们就没怎么朝他们看，她们继续她们自己的聊天，声音也不高，主要在听其中一个瘦瘦的、满脸雀斑的中年妇女严肃地在谈着什么，仿佛工会在开一场圆桌会议，任晗甚至觉得她们此刻的讨论是否又将发起一场新的罢工。老廖他们又沿着展墙四周巡视着展品。这一动作在任晗心里激起较强的感佩。因为倘若在国内，按老廖平常的习惯他是不会做这些工作的，现在他作为这次来法最年长的艺术家，此刻担负起自己的职责，这是值得称道的，虽然眼下再多的工作在任晗眼里都改变不了这些作品的平庸、无趣和媚俗，但事已至此，安全已经比质量更重要。

实在没什么可以看的、实在没什么可以做的、实在没什么问题可以发现，这伙人站在这里完全显得多余，还碍手碍脚，这个自己的展览现在自己却成了无关的人、多余的人，这恐怕是在场的所有人、所有中国人头一次遇到。大伙只能重新下楼，并且很快各分东西：老廖含糊地说去一个地方（他手一指，应该是不远的一个地方）；燕青和唐思远说去广场上的商场转转，而任晗正在抽烟，严格地说他不知道为什么在这一瞬间突然想自己一个人待着，或者说他从燕青和唐思远的表情中也模糊地捕捉了这一点：他感到他们似乎也是想各自待一段时间；于是，他举着手里的烟，含糊地说了一句：“你们先去。”但是当他这样做的时候，燕青又表示纳闷和不解了，他本来已经转身走进商城，看任晗举烟就又回过身来，撇了撇嘴，有点“好吧，那就等你吧”的意思，这样一来，任晗只能把烟在旁边的垃圾桶上熄灭、扔了，手一摆，三人一起走进商厦，在各种小射灯照着的琳琅满目的柜台之间闲逛。

二十一

早在四点钟的时候唐思远问过一次时间，燕青没有表态，但在他的催问下脸色也犹豫不决。实际上现在犹豫的内容仍然是显而易见的：早去了怕又跟刚才一样显得多余，晚去了毕竟自己是主角、主人，可是眼下的情况大家都是第一次遇到，没有人能给出一个具体恰当的到场时间，一切都需要自己猜度和把握。再深入下去，里面还有一层非常微妙的心思：对法方主办方也就是新埃菲尔中心那边来说，以及按照我们中国人的礼节来看，老廖、燕青、唐思远这些参展艺术家早点到场总归是好事，但从另一个角度来说，这些参展艺术家好歹也是“腕儿”，好歹也是有身份的人，过早的到场是否也有点觍着脸、低三下四、急迫的感觉？

尤其是，似乎法方也表现出对这个展览的定位，它似乎就是为了照顾刘安琪女士和外甥女萱萱的情面的产物，或者是刘总斡旋的结果，几天来他们包括萱萱逐渐消淡的热情说明了一切，由此今天的开幕能来几个人是可以想象的，而如果自己这几个人过早去了，也是给法方压力，大家一起搞得像一个服务员比客人多的饭店，主客之间大眼瞪小眼，那该多尴尬！

任晗自己心里也在估摸一个时间，比如五点钟，提前一个小时到场，应该也没问题。或者最早四点半。其实这事放在自己身上，表面上看貌似都是一件小事，谁都可以装得无所谓，但假如这是自己参与的一个展览或者策划的一个展览，自己也只可能巴不得一大早就赶到现场。并且无论经验多少次累积，每一次展览随着开幕时间的临近内心都充斥着一种，那种类似于“守门员面对罚点球时的焦虑”。就在这时，燕青接到了刘总的短信，他突然像一支憋了整整一下午的炮弹一样既兴奋又严肃地命令：“走！赶紧回去，老廖和刘总都已经上去了！”终于有一个外部力量帮大家决定了时间，这瞬间驱散了先前所有的犹豫不决交融成的慵懒。任晗看了一下时间，4 : 22。

有一个穿着打扮可以称得上珠光宝气的法国中年女性（也就是可以称得上是贵妇人）和他们一起搭乘火箭电梯。她的存在无疑使电梯里的气氛稍稍有点怪异，但所有人都尽可能地保持自然、若无其事。为了掩饰自己脸上可能出现的不自然，几乎所有人、包括那位女士都假装深情地盯着电梯高速飞升过程中地面广场上的某个点。到达顶层，电梯门打开，任晗他们似乎在短短的三天里都拥有了足够的绅士风度：他们站着不动，等贵妇先走。没有想到的是，她走出电梯，竟然没有朝两边走，而是直奔正对着电梯口的新埃菲尔中心的大门。三人距她十米走进大门，看到老廖正端着一杯酒跟刘总说话，三个现代舞女孩围坐在他们旁边的小餐桌边。几个女工正推着一架架餐车走近大餐桌，与餐桌保持一条通道的距离整齐地排成一条线。餐桌上原先空着的那块大面积上，也整齐地摆放了堆满各种面包的餐盘，那些面包表面油亮，看起来就非常高档，非常诱人。那些闪着银光（不知道是不是真银）的西餐餐具上几束高光在摇晃。法国人到底是要做什么？为什么要弄这么多吃的喝的，仅仅为这么一个又小又……劣质的展览，难道真的有这么多人来吗？他们会不会太高估了中国人的艺术影响力？我们可是什么宣传都没做啊！任晗心里翻腾着复杂的感受，既担心又焦虑也有点亢奋。刚刚和他们一起搭乘电梯的贵妇人走到大厅东侧，在那边协助布置另一个更长的餐桌的萱萱看到了她，两个人同时热切地尖叫起来，然后拥抱、还熟练地吻着对方的双颊，接着就叽叽喳喳地聊开了。随后萱萱急切而又英姿飒爽地往办公区走，视线掠过燕青任晗唐思远他们时微微地朝他们含笑点了一下头。没多久，萱萱领着老板从办公区出来，老板顺手理了理西装的衣角，老板见到了那位贵妇人，那边再次发出热烈的欢呼，随后拥抱、亲脸……原来这位贵妇人是他们公司的贵宾啊，不知道今天这样一个时刻到来是否对他们双方都不太方便。任晗这样想是在担心今天的展览会耽搁老板接待他的贵宾，总觉得因为自己的事影响了别人而不安。或者说，因为别人在这两天里已经多多少少不自觉地显示出了不耐烦。

他们刚在老廖、刘总那边的小餐桌旁坐下来，大门口又进来一对男女。也是风度翩翩的样子，女生挽着男人的胳膊，款款而入。他们先是路过任晗他们这边，带着凝固的礼节性微笑，随后转头的瞬间看到了老板，双方又一次欢呼着。任晗重新站起来，又一阵想抽烟的欲望，但他知道这是不现实的，然后又坐下。好在刘总和老廖这里的谈话也有深入的主题，大家投入的程度与那边法国人旗鼓相当，这氛围让任晗感到一阵轻微的温暖。

二十二

不久，随着门口不断有穿着精美的绅士贵妇进来，任晗才突然认识到，这源源不断涌进来的“客户”，并不是如他最初感到的那样是新埃菲尔中心老板的私友，而似乎都是为他们这个展览而来的。不仅是他，当他这样感到的时候，他看到燕青、唐思远甚至包括老廖和刘总他们也突然这样发现。最主要是时间做出了提示：现在已经是5∶45，展览开幕时间已经在即，老板不可能在这个时间点邀请这么多私友光临。并且这些客人来了之后也不再往别处转移，一心一意地驻扎在这里，他们这不是因为展览而来是因为什么呢？

现实不仅扭转了他们最初的猜想，并且不容太久的过渡，这时从后面大门进来的人几乎完全可以用得上“涌”这个字，一瞬间展厅里已经聚集了一百多个人……这突如其来的转变令大家既兴奋又惊慌，刘总急忙对三个现代舞女孩说：“玥玥赶紧换衣服啊！”三个女孩像巨网突然笼罩下来的百灵鸟穿过人群奔向里间。老廖、燕青、唐思远也很自觉地走向展墙作品旁，虽然没有人专门看作品，但因为展墙之间的空间不断有或走动或持着酒杯站着说话的宾客，艺术家们站在自己或战友的作品旁总是有备无患。因为来宾都很欢快兴奋，见谁都很高兴的样子，也没有因为身边出现几个黄种人感到惊异，所以大家在展墙旁溜达也很自然放松，甚至很快融进这鼎沸欢快的人声之中。

唯一没有明确任务的任晗为自己的无事可干感到一丝莫名的紧张。他不是客人，他没有权利闲坐在那里。他只能假装轻松地走进老廖、燕青他们的圈子，好在没有人感到他的不自然，想想也是，不管怎么说，自己也是这个展览的工作人员，为它而工作是自己的责任也是自己的权利。这时，大厅原本已被喧腾的人声淹没的轻音乐现在突然消失了，人群似乎也稍稍静了一秒，但任晗觉得也有可能是自己的错觉。与此同时，任晗看见三个女孩从里间蹿出来，后面跟着萱萱和刘总，一瞬间任晗简直认不出三个女孩，她们不仅换上了色彩各异的表演服，而且化了浓妆，特别是玥玥换上了红色的薄纱长裙，浓妆使她的眼睛更圆更大，很明显地她现在成为一个表演者。任晗拿出手机看时间：5 ： 58。这很可能是他接触上百次展览当中第一次开幕这么准时、甚至提前的展览了，只可惜它发生在国外。而大门口还是源源不断地进来各种穿着打扮入时的宾客，看起来全都是贵宾。任晗总是有点走神，不能完全相信这么多外国贵宾正是因为这个与自己也多少有关的展览而来。然而密密麻麻的人群和浩大的欢声笑语也让他感到安全，他想就算自己过于冷静、没有完全投入的神色、穿着和整个状态，以及还有可能出现的不协调的尴尬，也不会有人看见。这时小菲、玥玥她们走近了他们，他惊奇地发现她们尤其是小菲脸上露出焦急的神情，老廖已经开始发问："怎么了？"小菲马上镇定下来："现在我们需要一个拍摄的人，"与此同时任晗注意到她手上拿着的一台小 DV，"我们原先的计划是一个个跳，但现在人一下子来了这么多，我们感觉在开始阶段一个人镇不住场子，我们要调整一下计划，我们准备一开始就三个人一起上场，这样一来没人……"老廖刚才绷紧的脸顿时松缓下来，甚至恢复了欢快，而燕青则不自觉地朝任晗看了一眼。任晗立即感到责无旁贷，而这时小菲也把热切的眼神投向他，他迟疑着上前一步，表达着自己的心慌："可是我……可能不会用这个机器呢……"买一台 DV 曾是他和梁卉十多年来的梦想，但一直因为拮据没有实现，以至于这两年这个梦想已经逐渐消减，而十多年里他只是偶尔一两次把朋友的某台 DV 拿在手里把玩一下，对怎么拍摄毫无把握。"很简单的……"小菲把机器伸到他面前，随意地摆弄着，以便让这个初学者瞬间建立信心。小菲还在示范讲解最基本的操作技术的时候，任晗表达更深一步的担忧："我就主要拍你们……记录你们是吧？我需要拍一些环境，比如这些来宾吗？"小菲立即更加激动，似乎这个也才开始认真接触的同伴的悟性打动了她："非常对非常对！要的要的，都可以拍，就是要记录整个开幕情况……"任晗看到她最后戛然而止似乎咽下了什么话，立即补道："当然首先还是以你们为主，其他的是场景交代……"小菲不禁激动地朝他响亮地伸了一个大拇指，随后离开他走回玥玥她们那里。

当机器落在任晗一个人手里的瞬间，他立即感到了尴尬，因为他实际上很不喜欢拍摄者这一角色，特别是这种"记录性"的拍摄，本质上就是一个助手做的事。理论上这本来是件好事，让他更具体地感到自己参与了展览的工作，让他也为展览出了力，而不再是游手好闲专门来吃白饭的。但他更情愿在幕后出力。现在这个拍摄的工作让他在展厅也成为一个表演者，不，根本算不上有任何创造性的表演者，只是一个很土很卑微的整理舞台的打杂儿，一个捡拾表演艺术家在舞台不慎落下的鞋袜、擦拭表演艺术家在舞台上留下的脚印的打杂儿……但这毫无疑问是你想多了，并且就算是这样又如何，我们本来就应该需要做到能够上得厅堂下得厨房，万金油涂到哪里哪里亮，大丈夫能屈能伸，而最重要的，此次行程大家作为一群中国人来到异国他乡，本来就需要随时根据团队的需求调整自己的角色以便互相帮助，这些打杂儿、助手等等只是临时的感觉，同行者不会这么来看待你，因此自己也不必想得太多，或者就算他们就是这样来看待你，又如何……他低头盯着小屏幕，把镜头对着地面，假装继续熟悉拍摄的操作，其实是在心里快速地经历新角色的过渡。随后他抬起DV，把镜头对准前面的展墙和展墙上的作品晃了一下，然后转身，镜头随之滑向东头密集的来宾，当他在屏幕里看到正在说笑的客人有两个也正好看他的镜头，他吓得连忙把镜头转向小菲她们，似乎刚才侵犯了那些贵客的隐私、或者说肖像权……眼下一切还都这么生硬，他确实不知道哪些该拍哪些不可以拍，别人愿不愿意、可不可以被他拍进镜头。至少面对小菲她们是安全的，也是应该的。

只见那个不知名字的舞者女孩从里间办公室跑出来，走近小菲和玥玥，她们互相说着什么、点着头，嘈杂的声音下听不见她们说什么，与此同时，大厅突然响起与刚才的轻音乐节奏迥异的乐声，声音明显比刚才高亢很多。随着乐声的跳动，人群似乎又稍稍静了一秒，随即爆发出更响的声音，而小菲她们在乐声中摆出了一个静止的舞姿。任晗用余光留意，发现她们静止的姿势并没有吸引什么人的注意，不过她们毫不在意。在静止了十几秒之后，三人突然舞起来。以她们为核心，人群逐渐开始发现这里的“开幕现代舞表演”，先是逐渐安静下来，移动位置，轻声惊叹，随后有人鼓了几下掌。这掌声带动了另一些掌声，但并没有刮起全场的掌声，想必很多人手里拿着酒杯不方便鼓掌，更多人可能也在疑惑此时该不该鼓掌，一个时机错过，共同凝聚的愿望也就不再聚集。随后，当人们彻底了解这里的情况之后、也就是彻底了解在他们的欢天喜地之中此刻新冒出来的项目仍旧只是为了增加他们的欢愉之后，整个展厅爆发出更加高亢鼎沸的人声。这时小菲智慧地快速挪动脚步迈向了里间通道和东头大厅的连接处，瞬间扩大了舞蹈的地盘。当然她移动时仍旧大幅度地扭动着上半身和手臂，使整个身体扩展到最大限度。虽然任晗完全不懂舞蹈更不懂现代舞，对舞蹈和现代舞也没有兴趣，他大体知道任何行业前面只要加上“现代”两个字其实也就是增加自由发挥的空间，但不管怎么说，他心里还是感到小菲刚才这“一个箭步”自由发挥得非常妙。他的镜头及时地跟上她。如此，镜头也自然地拍进了一些外国嘉宾的脸，而他从镜头里发现，这些意识到自己被拍进去的客人仍在保持他们刚才的交谈、欢笑、或者对小菲舞姿的欣赏，没有任何反感，没有任何被冒犯的感觉。任晗认识到：当你的动作“言之有物”的时候，当自己“正式工作”的时候，这些充当背景的陌生人不仅不会感到被冒犯，而且会心甘情愿地被自己的创造所融入，怡然自得地献上自己作为配角的表演。

小菲进一步在客人欢聚、碰杯、拥抱、畅谈、爆笑的腹地穿行，而她的“侵略”以舞蹈、表演、创作的名义而极其自然，人们总是及时地给她、也给作为摄影师的任晗让出他们所需要的空间，越来越多的人停下来专门欣赏她、以及稍远处玥玥和另一个女孩的舞蹈，为此任晗也谨慎而快速地移动镜头，去详细记录玥玥她们那边的动静。当镜头对准玥玥她们时，似乎她们跳得更认真更卖力了。但任晗又觉得这仅是DV镜头带给自己的错觉，并且责备自己不该有这样的错觉：她们无论动作和神情都自始至终这么认真、投入，同时又随时具有创造力；她们不会也不需要因为镜头或任何外部的因素而受影响并改变自己。在他跟随镜头移动视线的时候，他注意到仍有一批批客人从大门口涌进来。那里的光线现在显得幽暗，但这幽暗的光线似乎更能体现刚进门的宾客们西装的挺括和晚礼服的明丽。当然任晗注意自己目不旁顾，他的双眼永远只炯炯有神地盯着这巴掌大的屏幕。他要让所有新进来的客人进门不久就迅速地意识到在这摩肩接踵嘈杂鼎沸的新埃菲尔中心的一个已然不算小的角落早已开始着一场真正而绝对的艺术创作，要让他们进门不久就震慑于这艺术创作“过程中”辉煌而庄严的氛围。为此他有时左手也伸上去扶着摄像机，虽然那并不必须，但他要竭尽可能地端稳这台他的创作工具，这可来不得半点疏忽。他要使这台小小的机器和自己的身体连为一体，成为自己身体的一部分，成为自己的眼睛、手和大脑的延伸物，必须让它在自己的眼睛和意识需要顾及哪里的时候没有丝毫延迟地跟上。而直到目前至少90%他都做到了这份精准。他对自己是满意的。而且应该说越来越满意。他之前还不知道自己是如此善于摄像，现在他认为之前看了无数的电影并经常发现、谈论其中的画面、镜头原来早已默默地修炼了自己的摄像才能。此刻他发现自己右手把DV握得太用力了，手心已经汗湿，他稍稍松弛，但随即担心汗水更有可能带来湿滑，就不由自主地更紧地握住机器。这时他听到身后右侧细碎急促的脚步声，随后余光看到小菲从那边舞着移近他的影像视觉中心，他这才意识到自己可能已有多时没有顾及小菲在那边的独舞，在轻微的自责中他顺滑地一个右移追上小菲的身姿并跟随她重新移回她们三个人合在一起的阵地。小菲全身心投入自己每个动作的严肃表情使任晗迅速将包括自责在内的任何杂念抛弃，重新屏息凝神沉浸在集体创作之中。在镜头精准照顾到她们三人或每个个人或全部整体之后，突然，小菲纵身一跃，随即一个劈叉立地，同时上身歪倒伏地，任晗立即蹲下、把镜头贴近地面，以便精准地拍到她俯伏地面冷峻深沉的舞姿。与此同时他听到人群因为她刚才的劈叉而发出的惊叹声，他的余光能够意识到现在在他们四周已经围满了人，他余光能够看见那些成群的酒杯闪亮的高光。

小菲在地上翻滚着，之前不久玥玥她们也已匍匐在地，三个人都在地面翻滚、伸展，任晗始终蹲着、扭曲着自己的身体，时而静止、时而移动着镜头，这地面的舞蹈持续了十几分钟，不可避免地，任晗腿脚麻了、手臂酸了、满头大汗，但他丝毫不在意，他不能在意，他不想在意，这汗水、酸麻正是创造力的证明，是创造的一部分，它们的出现是一种安全是一种慰藉。突然，音乐高亢，与此同时三个舞者一跃而起，任晗也灵敏地立起、抬高DV，他分明感到酸麻的右脚棉絮般柔软，他立即再次伸出左手稳稳地扶着DV，并跟随舞者的移动而移动。这时他感到自己内衣已经完全汗湿了，黏在他肩膀上的衣服牵扯着他的胳膊，他脑子里激烈地斗争了几秒，决定艰难地脱下外衣，他先用左手拉下夹克的拉链，然后扯下左边的衣袖，他在做这一系列动作时眼睛丝毫不离屏幕也就是镜头，他知道现在自己的左袖已经挂在身后，随后他左手稳稳地托住 DV，腾出右手来脱下右边的袖子，这时他身后一位法国贵妇走上前来帮他完成了这最后的动作，在她帮他拉下右边袖管的时候，他仍旧目不转睛一丝不苟地盯着屏幕、注视着舞者们的动静，他甚至感到自己咬紧牙关，感到自己脸上的神色坚毅冷酷，像一尊希腊神像，一条晶莹的汗水正挂在颧骨上，他对自己非常满意，做作品时就该这么冷酷无情。他知道自己的外套已经离开自己的身体，也知道帮自己脱衣服的白衣贵妇也已经离开了自己身边，他们把我的衣服放哪里？我等会到哪里找到我的衣服？今晚人多手杂，毕竟衣服内袋里还有那五百欧大钞哦不对现在只有四百多但四百多也不算少……不，现在完全不必考虑这些。就算这件衣服以及那四百多欧元全部丢失又怎样？而这正说明我们的艺术更加重要……他继续使自己的眼睛像狼一样注视着屏幕里、也就是屏幕前的舞者的一举一动，甚至不只是注视，还需要预测，预测她们接下来可能的动向。果不其然，突然，小菲，其实也包括后面的玥玥她们，三个人同时分开，奔向不同的方向，画面瞬间打散，没有丝毫差池地，他跟随小菲奔跑起来，现在，他已经脱得只剩下 T 恤，虽然汗流浃背满头大汗，但全身轻便灵活甚至英姿飒爽，他没有理由不更加奔放。他跟着小菲跑着、跳着，在他感到她一个系列动作渐见尾声时他转向玥玥或者另一位：人群自动地给他让路；随后他进入新一轮的奔跑、跳跃、摇晃、蹲伏、扭曲，他的身体和动作全部随着她们的动作其实也是音乐的节奏而律动，他手持着 DV 已经完全和她们也和音乐融为一体，他所有的力量都聚集在右手的这台机器上，他感到自己端着一柄机关枪，一柄无声的机关枪，在无止境地、饥渴地寻找自己中意的敌人或爱人。他跑着、跳着、蹲着、扭曲着、移动着，他这才发现，之前暗暗地、压抑地准备了两个月，前面在这里、在巴黎压制着焦躁等待的两三天，这么多个日日夜夜以来，原来都只是为了这一刻；他这才发现：等了这么久，所有人做了那么多无谓的工作，直到现在，这，才是艺术，这，才是真正的、真正的、绝对的艺术。

人群在舞者再次分开之后也更加欢畅，仿佛小菲她们这次的分开是一个命令或暗示，大家也逐渐和身边的人或奔向另一个方向寻找自己的熟人重新笑谈、畅饮。开幕式进入一个全新的高潮，说话声、欢笑声、杯盘碰撞声此起彼伏，奔跑拍摄中的任晗听到某个角落一个女人爆发出的绝对称得上狂笑的笑声时想到唐丹鸿的一句诗：“牙齿是汉白玉所在”。现在整个大厅里都挤满了人，估计有三四百个。人群散开之后的欢笑最初与舞者的表演仍旧融为一体，甚至在任晗跟随玥玥穿梭人群遇见一位端着酒杯的贵妇时这位贵妇立即站定、退让的同时还向他用力地伸出了大拇指。但不久之后，分散就显出了它的弊端，由于三个人不在一起，而宾客太多，三个人很快就淹没在人群之中，表演的气氛必然被冲淡了。不过任晗注意到，无论她们三个人在哪里，她们每个人身边都还是围着一小圈人。唯一的问题只是这种力量分散了。另外还有，从他现在跟着的小菲来看，她逐渐显出疲累，像最初那些大肆舒展、扭曲的动作越来越少，甚至最后整个跃动的身体看起来也越来越软了，不要说她，任晗觉得自己也已经腿脚发软，他再一看屏幕上录制的时间，已经50几分钟近一个小时……果然，正在这时，随着音乐突然一个隆重鼓点的敲击，小菲轻盈地一跃，随即向四周鞠躬，顺势把满头的热汗洒向四周的巴黎观众，任晗转身看到玥玥和另一位也停了下来。人群此起彼伏地传出掌声和欢呼声，但很快被更浩瀚的人声淹没。四个人，小菲、玥玥、另一位舞者和任晗，喘息着、摇晃着柔软的身体走向里间的过道口，刘总、老廖、燕青和唐思远他们从那里迎上来。刘总满面红光，欢呼着拍着手欢迎他们："太好了太好了！太厉害了小菲，玥玥……"大家看到等在这里的同伴尤其是刘总如此夸赞自己，都既开心又害羞，虽然每个人都面红耳赤汗如雨下，但心里真的感到荣耀而宽慰，都觉得自己终于为这次行程、这个展览贡献了荣誉而骄傲，小菲还假装忐忑地问同样满面红光的老廖和燕青："是真的还好吗？"燕青不容置疑地说："绝对！"唐思远也说："太棒了！"老廖、燕青还情不自禁地向他们举起了酒杯。

刘总掩饰不住她的激动和兴奋，但是周围的人声海潮般浩大，她感到自己喊出再高的声音也没法在这响彻寰宇的声音里表达出自己的激动和嘉奖，再加上虽然她很明显换了一件红色领口绣着金边的老式礼服，但她双手还握着她的坤包，她商务、老板的状态也使她放不开手脚来表达自己的激动，任晗看到她在这冲动和抑制的冲突之下甚至不停地颤抖，像有轻微的哮喘，在短暂的继而又因舞者取得的骄人效果扩大到整个展览的效果，脸上充满骄傲和喜悦地从大厅东头攒动的人头扫向仍断断续续从大门涌入的人流。燕青也正在做同一动作，他习惯性地抖动着伸前一步的右腿，胸有成竹地替刘总说出她心里的惊叹：“太出乎意料了！”老廖也笑盈盈地仰起头快速地瞄了一下似乎他早已知晓的人数，嘴角挂着一丝不可思议的小嘲讽。刘总把头探向他：“所以我一开始就跟你们说：不要小看法国人的公关能力……”老廖咧着嘴摸着下巴上的胡子，连连点头。刘总把小菲、玥玥她们往身边的椅子上拉：“你们歇息你们歇息。小姑娘你们今天立了大功了……”燕青顺手给她们递了一杯饮料，但是小菲勇猛地撒娇：“我要喝酒！”“没问题！”唐思远义不容辞地叫道，立即转身走向酒水桌。任晗也随他走过去给自己拿了一瓶矿泉水。

二十三

直到这一刻，任晗仍旧不能相信这么多人正是为这个展览而来的。当然他知道这些人确实是因为这个展览的名义来的，但他们很明显更把这次聚会当作一次狂欢，说实话，哪怕直到现在，也没见几个人认真参观整个展出的作品——但这并不值得反感，不仅不值得反感，甚至这同样值得骄傲，艺术圈早就希望把开幕式做成嘉年华会，并且这么多年来一直这样努力。没有一个展览会讨厌人多，不管他们的到来是否因为艺术。再说，他已经因为你展览的信息在开幕的时间来到展览空间，他不是因为展览不是因为艺术而来是因为什么呢？不能因为他们来了之后没有从头到尾一直站在每幅展品面前深深欣赏、仔细研究就认为他们不是因为展览和艺术而来。那样太吹毛求疵了，也太自恋了。

大厅东侧那张巨大的长桌边坐满了人，身后也站满了人。大家都在交头接耳侃侃而谈。几乎每个人都端着酒杯，有的甚至是之前没见过的鸡尾酒杯，坐在桌边的人面前是盛着食物的餐盘，也有站着的人手中端着餐盘，一边优雅地吃着一边跟人交谈。右侧，大厅正中，也就是面对大门的那个长餐桌上原先摆放齐整的酒杯已经全部被用上了，原先的位置只散乱地摆着一些被用过的酒杯和十几只高高的酒瓶。

这时小菲兴奋地尖叫（在现在这个环境里任何尖叫都不会让人吃惊，甚至除了身边之外没几个人能够听见），任晗转头看见她正和另一个身材苗条的中国女孩拥抱。老廖、刘总、燕青、唐思远他们已经离开，也许去接待客人或者和法方老板有什么事。看得出来这女孩和玥玥她们也认识，所以小菲在任晗转头时就向他介绍：“这是我好朋友，在巴黎学舞蹈的。王 qi。”“哇，”

任晗惊叹，脑海中在想那个“qi”可能是“琪”或者“琦”，同时他惊叹的原因是“巴黎”“舞蹈”两词的结合使他立即想到电影《苦月亮》里的“咪咪”，虽然眼前这位姑娘与咪咪长相完全不同，又瘦又小，不过脸蛋很漂亮。在他惊叹着继续走近她们时小菲又向这位姑娘介绍任晗：“这也是跟我们一起来的，任晗，诗人。”王琪听着前面的介绍本来带着随意的热切来和任晗握手，最后听到“诗人”二字突然惊异地赞赏：“哇！诗人！太厉害了！”“是的，”小菲可能是为了表示对任晗帮她们拍摄的感谢有意抬举一下他，“绝对厉害，他现在也是高东 MoMA 的副馆长……”可能这两个至少在此刻显得有点迥异的身份突然纠集在一起令王琪有点摸不着头脑，她因此表示出更加惊异叹服的表情，而小菲还在补充：“他去年刚刚出了一本诗集……”“哇，太厉害了，一定要送我一本！”任晗连连点头：“好的好的。一定。”他脑子里迅速地闪现着现在还在箱子里没派上用场的两本诗集，他知道跟眼前这位刚刚冒出来的王琪只是萍水相逢，以后不一定再见，所以如果对方是真心想要自己的诗集而自己也真心想送给她的话，是不是就在今晚、最迟明天上午？但是……那样就会让她们知道他竟然大老远地背着自己的两本诗集来到巴黎……这多么自恋多么土啊！他开不了这个口。……“我也要！”小菲不依不饶地请求，也算是打散了他此刻心里尴尬的思考，他答应着，同时笑吟吟地看后面的玥玥和另一位舞者，她们却没有在此刻凑热闹、也没有给任晗额外的面子，没有表示她们也对诗歌充满兴趣和敬意，只沉浸在整体欢乐的氛围中，满面红光，脸上洋溢着喜悦而平静并因此而生出一份神秘的微笑。

刘总、老廖他们回来了，看脸色持续着之前的喜悦，似乎刚才离开这么久没有发生过什么事，但任晗从展厅西侧人群中转回头，依稀听见刘总在跟小菲她们说："燕青卖掉了一幅作品……"小菲惊喜，但叫声却压得很低："真的？！"甚至弯下腰冲着燕青，冲到一半时才有所意识地控制自己本来有可能抓住燕青胳膊的动作，随后，和任晗也关注的问题一样，小菲继续低而谨慎地问："那廖老师呢？"沉默了两秒，任晗留意到老廖的表情还好，淡淡的，这时刘总说："肯定会卖的，廖老师的作品可能雅克老板会买的……"唐思远却冷不丁说："杨庆的一整套卖掉了……""什么？""嗯，就是那个十二幅摄影，红灯笼的。"小菲表情复杂地叫道："哇……谁买的啊？"又停了两秒，最后还是唐思远汇报："好像一个不认识的藏家，估计也是一个老板。已经付了订金了。"

"挺好，挺好，"刘总似乎想从这个话题里出来，回到更宏观的局面上来，"至少开门红了嘛，我们这次一定是满载而归……"重新抬头张望远处欢笑畅谈的客人，那边的灯光、人影在她镜片上闪动，唐思远没头没脑地说了一句："我们这次展览要是有装置、影像这些就更好了，效果会更……""这不是早就说过了嘛，"刘总稍稍有点不耐烦，但也仍旧保持着她董事长身份的轻声细语，不过接下来也不是很想就这个话题说下去，

“运输、安装都是问题……诶，小菲，玥玥，××（这次她终于也叫了另一个女孩的名字，好像是“妮子”），你们觉得要不要再来一段？再把气氛推向一个高潮？”

接下来她们为此讨论了一番。任晗转过身去，没有关心她们讨论的结果，就他自己来说他更愿意“重上战场”，重新投入工作让他感到安全甚至荣耀，而闲着反倒让他感到不安和歉疚。

二十四

然而仅仅是刚刚上场，任晗就感到再续表演是一个错误。几乎没有吸引到一个专注的目光。也有人投来他们的视线，他们转过来的脸也保持着微笑，但他们只是看清是怎么回事（“哦，那几个中国人又开始跳舞了”）之后立即转回头去继续他们原先的交谈。也有人在身边走动，但他们是为了他们自己的目的路过此地，并且更重要的，客人似乎比刚才少了很多，很明显一些人已经离开。但大厅仍有很多人。不过至少不再密集不再拥挤了。想必这份冷落小菲也感到了（这么明白不可能不感到），但她的动作和精气神没有受到丝毫的影响，这一点和任晗心里所想的一致：既已开始，哪怕就算是刀山火海，哪怕没有一个观众，我们也会把这条路走完。为此他对舞者们的拍摄没有丝毫松懈，并且由于前面经验的积累，他发现这次一上手自己就显得非常老到，内心也沉着夯实，镜头更加灵活，对她们动作的预期也上升到本能和直觉的层面。甚至他已经时不时地推拉景深，使全景和特写交错进行。他不仅在拍摄，也已经开始剪辑。仅仅前面一个多小时的突击，他已经从一个门外汉变成了摄像熟手、高手。然而小菲有时仍像上半场那样，会有意走进正在侃侃而谈的宾客身边，甚至从他们中间穿过去，试图体验“实验艺术”中作品与观众的“互动”理念。然而那些观众仅仅稍稍后仰、抬高酒杯让开小菲，整个过程甚至没有停止他们的谈话。没有微笑致意，没有反感厌恶，仅仅像避开一缕轻风。而且不是一个人不是一对人一群人这样，整个大厅的几乎所有宾客在这再次上场之后全都变成了这样。啊，法国人、欧洲人、西方人，太直接了。西方人太容易喜新厌旧了。外国人太直白也太残酷了。然而这很好，这就是我们身处的世界。我们身处的世界理当如此直白而残酷，不必虚情假意。我们必须在这残酷的世界里才能得到真正的成长。虽然你们不再像刚才那样对我们充满兴趣和敬意，但你们的冷淡也表明你们已经习惯了我们的存在，既如此，我们各行其是，你们谈你们的，你们开心你们的，我们会把这场舞跳完。

然而想不到的是小菲还真不是敷衍过场，在几乎没有观众、甚至大部分观众都背对着她欢笑聊天的情况下，她仍旧又跳了半个多小时还不罢休。任晗不知道这是早就编排好的固定舞段还是因为别的什么，但既然是“现代舞”，见机行事、临场改编本是“现代”的应有之意，她完全可以也应该见好就收（实际上已经是“不够好”了）。任晗跟着她走走停停，中间也适时地拍摄玥玥和妮子，其中有一次还差点撞上一位端着两杯新酒的夫人，任晗余光看见她正是先前向她伸大拇指的贵妇，同时看见她退让的同时脸上露出极其勉强的微笑，这勉强让人感到她流露出来的厌倦。这使任晗心里突然非常难过，但这难过让他生出更大的强硬，他没有回馈微笑，只假装更专注地盯着屏幕。与此同时他看见小菲摇晃舒展、动作变换的同时脸部表情也越发严肃，是否她也忍受不了这次上场以来宾客们的冷漠了？但是他在心里默默地祈求和安慰，希望小菲不要往心里去，千万不要太在意。也许人们并不像这段时间以来他们表现出来的这样冷漠，这也许仅仅是两个国家两个民族不同的交际性情所致。并且，就算他们对我们自作主张延续的表演果真冷漠而厌倦，也是我们做作品的人所必须承受的。他看见小菲紧身上衣脊梁骨和胸口部位都已汗湿，但她还在像小鹿一样弹跳并在半空劈叉，这动作是那么熟悉，有点像以前偶尔在电视上看到的一个芭蕾舞镜头，但愿她此时还蹦出如此卖力的动作确实出于她们的舞蹈对各种风格和流派哪怕是传统舞蹈海纳百川的包容性，而不是脑子气糊涂的表现。她胸口汗渍底端的尖尖比刚才更长了。她的胸不大，几乎没什么胸。她整个人看起来也不是以女性魅力见长的那种。这应该不只是因为她剃了板寸。有些女人会提前使自己在人前降低性别魅力。其实自己作为男人也属于这一类……突然，小菲停下跳动，正常地向他走来，他抬头看向她，她满脸轻松的笑，向他招呼：“行，就跳到这里了。”

他朝她会心而默契地点头，点了停止键，一边跟着她往里间过道口走的时候一边合上屏幕，然后把 DV 交给了她。

老廖他们仍旧窝在那个稍显幽暗的角落和刘总继续满面红光地窃窃私语，任晗听到后面有人叫唤，回头一看，就是那位小菲的朋友，在巴黎学舞蹈的，叫什么来着？王琪，对王琪。王琪先是叫小菲，看见任晗回头于是也招呼任晗："过来喝点东西啊。"

看到小菲在王琪的提醒下欣然去拿酒水，他也给自己拿来一杯橙汁。长桌边其实还坐满了人，任晗还是等旁边的贵妇向她的右边让了一点位置才在王琪旁边坐下。结果刚坐下，旁边的这位贵妇就跟任晗说话，看得出她之前就对艺术家们的表演很感兴趣，似乎一直在等着跟他们搭话的机会。王琪知道任晗不懂法语，很主动地来给任晗翻译。为此任晗在心里微微慨叹王琪为何不早两天出现，这样她就有可能帮他去拜访恩斯特的出版人萨琳娜。贵妇温文尔雅地介绍自己，说自己家里长年设有艺术沙龙……这个传奇的名词之前只在任晗脑海里想象过，并且他认为这早已是一个历史名词，没想到现在的巴黎还有这回事。随后贵妇还问任晗主要从事哪些艺术创作，任晗没有撒谎，他说自己其实主要是写诗歌的，同时在艺术跨界的今天也从事一些视觉艺术的工作。贵妇听了连连赞叹，特别是听任晗说到诗歌她更是激动不已，说她（其实好像也是很多法国人都）很重视波德莱尔，而她个人还特别喜欢马拉美，这个名字的提及让任晗对她更是肃然起敬，这简直就是法国贵妇的最高典型，她们一身的珠光宝气并不空泛浮华，而仍旧缀满无用却明媚的诗歌的光泽。这真的是只有在法国才会有的事啊！相谈甚欢，频频举杯，他在喝干了杯中的橙汁之后又换上了小菲刚刚给他端来的香槟。虽然现在什么心思也无法沉入心底，但他还是在心里轻轻感叹今天这场异国他乡的开幕式是何等的特殊、何等的神奇。毋庸置疑，尽管此次巴黎之行有过各种各样的小不愉快小压抑，但到此刻，到今晚的这个开幕式，可以毫无疑问地说：这次巴黎没有白来。任何一次远行本来就不该抱着太多的期望，只要有一点收获就不虚此行。为了把话题更加深入地推进一步，他试图谈起瓦莱里和他的“纯诗”概念，但王琪听完他的中文表达之后觉得有点复杂，特别是翻译上也比较困难，他只得作罢，不过他不得不提起他心里最重要的那件事：他最喜欢的当代诗人：雅克·恩斯特，为此他还在手边正好留有的一张纸上写下了这个名字，他请王琪给贵妇提出这个名字，并告诉她这位著名诗人还在世，就在巴黎（他差点急切地说出他直至此刻都还想去拜访他），但奇怪的是贵妇并不知道这位诗人。这使任晗颇感纳闷，但稍做细想也觉得合理，从贵妇刚才的表达来看，她可能喜欢的还是现代主义巅峰时期的那些诗人，对当代诗歌可能不是非常关心。不过这一稍稍“滞后”的审美继续加深任晗对她的好感。从某种意义上，那些持有最激进艺术观点的人大多都是骗子，在艺术上，只有稍稍带点“右”的“左”才是最值得信赖的、稳固的实验者。随后贵妇人还畅谈了目前的艺术倾向，她还着重谈到了“媒体”这个词，“一定要重视它。因为这是未来的趋势。”这一声明使任晗立即再次想到了张路，他在几个月前说过几乎一模一样的话，去年冬天他们俩一次桑拿的时候，张路颇具深思熟虑地说：“我有一个决定和计划：从现在开始，我不仅要写诗，我还要写评论。我要成为一个评论家。老任你知道吧，做了评论，就跟媒体发生了关系，媒体现在无比需要书评。拿住了媒体就拿住了人脉，拿住了人脉就拿住了宣传，拿住了宣传就拿住了运营。今天你不断为媒体提供书评稿子，以后他们就会推崇你的创作。这些，仅仅写诗是做不到的。”……但是任晗一直不喜欢媒体，媒体那假借“真实”“真理”、而背后仍是商业本质的虚伪劲儿始终让他反感……这时贵妇递给他一张她的名片，并对他说：“我随时欢迎你，年轻的中国诗人。如果你需要，我可以为你提供各种帮助，包括如果你想留在巴黎，以后长期地在巴黎生活，这对我来说也不是难事。”这一举动让任晗吃惊，不过他还是注意使自己的表情坦然优雅，只是内心确实浮想翻腾，这就是传说中的“改变命运的重要机会”吗？这位贵妇人到底是什么人？可是这张简朴的名片什么也看不出甚至也看不懂，不过就是一个名字和简单的地址、电话。倘若我留在了巴黎我做什么呢？我对她有什么用呢？未来我将用法语写诗？未来我还会不会写诗？我会不会就此成为一个混混、最后被她赶出家门，就像《我的男人》里的流浪汉弗兰西斯一样？……她看样子已经有五十岁了，她是单身吗？可是就算她是单身，我既不高大也不英俊甚至……性能力也一般我对她有什么用呢？更重要的是，如果走出这一步，梁卉该怎么办？他脑海里快速地想到了《一江春水向东流》的画面……这时王琪的一番话在某种意义上可以说更让他吃惊——她用一种自从刚才认识以来还没有用过的某种推心置腹的口吻、但同时脸上又保持着淡定的微笑低声对他说："不要相信这些。怎么说呢，法国，可能这种骗子也很多的……"任晗立即不停地点头，但也像她那样甚至比她露出更明显的笑容，因为他知道王琪和他自己都不想让旁边的贵妇感到他们正在说着对她不利的话，在这期间时而向贵妇继续传递笑意的时候，任晗甚至担心她脖子上那串项链，是否也像莫泊桑《项链》里所写的那样是假货……随后，他觉得有王琪这样一个刚刚认识的女学生在旁边反而助长了自己表现"副馆长"的城府的一面：他深深地对贵妇点头致意，然后诚恳地表达一个中国诗人的感激："非常感谢您热情的器重，我会认真考虑您的建议，如果有需要我一定会跟您联系。"

在旁边一直听着这边交谈的小菲也感到了此间微微的尴尬，借着酒劲，她随手抄来桌上一本展览的画册和签字笔，翻开封面，又用之前那种勇猛的撒娇口吻对任晗说："任晗，一定要记得送我诗集哦！要签名哦！现在我先给你签一本！"说着就在画册扉页上写道："任晗大哥！"然后在底下签了自己的名字，任晗看到她的签名才惊呼："啊，原来你是这个'非'啊？！"

"啊！又一个把我名字想错的人！你是不是以为我的'非'字有草字头？"

任晗只能满含歉意地哈哈大笑。

“我在你眼里就是这么娇弱的吗？！”小非继续撒娇道，但她的话语却让任晗感到一丝奇怪，为什么一个女孩会强调自己不娇弱呢？

而法国贵妇此前可能听不懂这几个中国人在说什么，但看到小非给任晗签名送画册，她提出她也想要一本大家签名的画册，她要让眼前的艺术家全部给她签名，于是王琪也因为懒得解释而签上了自己的名字。

二十五

他们回到了里间过道口，发现刘总老廖他们并不在原处，而是站在更幽暗的西侧靠墙的展墙后面，老廖和刘总似乎又在商量什么事，萱萱也在他们旁边，燕青则站在离过道近一些的地方正在拨弄手机，油油的脸上闪着蓝光，看到小非他们过来，不知是因为还处在长久的兴奋之中还是别的什么，他竟然没有隐瞒地汇报他的工作：“我给马承东他们发点现场的图片。”任晗记得马承东的作品也在没有展出的行列，这么说来燕青一定是把上次另外挂上他们作品的照片和此刻现场的照片结合起来，给这些没有挂上作品的人描绘出此番在巴黎极其成功的场景。随后听见那边萱萱低声说：“主要是法国人，你知道吧，他们没有这种开幕式之后一起吃饭的习惯……”刘总视线落在老廖和萱萱之间的空当处，默默地说：“你再去说一下吧，啊，好伐啦。”

玥玥和妮子走过来围在小非两边，小非跟她们简单一笑，还是忍不住自己的好奇，轻轻地拉了一下燕青，朝老廖他们那边点了一下头：“他们在做什么？”燕青从手机上抬起头，视线茫然地盯着大餐桌外宾的方向停了几秒，大概是觉得也没什么不好说的，所以没有停顿太久直接说道：“老廖想让法国老板请大家去一家比较好的中餐馆吃一顿饭。”小非她们既已知道这个信息也就不再有兴趣，反正一切都让“大人们”安排就是。任晗料想老廖的这个提议一定让很多人包括部分同行的中国人难以理解，可是对任晗来说他是太了解老廖这一禀性了。他的这些特点就像他的其他一些特点一样，他有时就是有些奇怪的“好面子”，或者有一点“江湖习气”，这些性格在某种意义上来说也并不讨厌，在一些场合甚至挺招人喜欢。

宾客们走得都差不多了，展厅零零散散的大概还有十几二十位客人。任晗去上了个厕所回来，老廖和刘总已经先走了，剩下的人也在收拾东西准备出发，原来法方老板雅克竟然同意请大家吃一顿“庆功宴”。萱萱重新恢复了麻利干练，可以看出这个结果来得还不算为难，或者就算为难他们自己也能够消化。

他们再次坐上了第一天接他们来新埃菲尔中心的奔驰商务车，司机还是那位大叔，但他此刻的气色没有第一天见到的那么好，眼袋有些浮肿，脸上的皮肤也很干燥，似乎也是忙了一整天而此刻还要继续工作。不过他只是有点忙累、没有像第一天那样对大家彬彬有礼，但这反而已经是把大家当自己人一样。他在车外跟另一组工作人员隔着一段距离来来回回说了一些话，回到车里跟大家打招呼的时候还是亲切自然的。

车子在黑夜的巴黎穿行。一瞬间，车里非常沉寂，似乎有种兴奋突然结束之后的感伤。任晗头抵着窗玻璃看着窗外，觉得今天晚上巴黎的夜景特别黑，既看不到什么闪亮的灯光，也没有太多的人和车，结合今天一天的工作量、视听接受的嘈杂以及体力的消耗，现在特别容易有一种夜已经很深的错觉，怎么也不能相信此刻其实才八点多钟。但等到下车、进了挂着红灯笼的中餐馆，情况就完全不同了，这里热闹得就像另一个世界。首先这是一个巨大的餐厅，底层大厅差不多有二三十桌并且全部坐满，鼎沸人声由此而来，从这热火朝天的声音似乎就能听出这全部或者绝大部分来自中国人的嗓门，这嗓门在此刻并不令人厌恶更不让人感到丢脸，相反，可爱得很，让人瞬间感到已经回到了家，回到了国内随随便便进了一家大饭馆。桌上的杯盘碗筷、菜肴品色，以及空气中飘出的菜的气味，乃至穿梭在各桌之间上菜的服务员，无不极具中国本土特色。在这样一个异国他乡还有一家这么大的中餐馆，这真是完全想不到的事。

在推杯换盏杯光觥影之间，任晗惊奇地发现老廖和刘总已经在他们正路过的这桌大圆桌上和客人们畅饮欢谈。并且老廖根本不像刚刚入座，仿佛早已进入深度宴席状态。他再一转头，发现

昨天送画册来的 × 光和后来在广场上遇到的天朴也都坐在老廖旁边。……任晗不禁更加理解老廖今天为什么一定要法方老板请吃这顿饭，他昨天邀请了这些朋友，他希望这里的局面能让他在这些国外的朋友面前有足够的面子。

他们被领班领到老廖他们里面一张大圆桌入座，桌上已经摆上了十几道菜，有冷盘有热菜，这一定是餐馆按提前订好的菜单给几桌同时上菜。不知道一共订了几桌，是两桌还是三桌或以上，看不出来。桌上的菜从成色来看就一般，量还可以但既不是专求精致以至于很小量那种，也不是农家菜那种淳朴憨厚的大量，眼前这个量有点无知无觉、思考不多、只求“大概合算”的实用心思。之所以瞬间就能看出菜的成色一般，首先任晗看到糖醋排骨上撒的白芝麻粒，这纯粹是对芝麻在中餐里作用的时髦误解，完全多余；而另一道菜里很明显冒着几片黄色的菠萝，很可能是咕咾肉，显出整个桌上的菜系很乱，除了因为任晗本人不喜欢菠萝入菜，还因为这菠萝块看起来是随意一切，厚薄不一；另一盘可能是京酱肉丝的菜还有一两条很粗的肉条已经从盘边挂到桌上……这种种迹象显出一种马虎的气质，果不其然，任晗抬头一看，正从他身边走过的穿着过大的黑红相间的马褂的中年男服务员一脸木然懒得理人的样子，任晗不知道这是他们一贯的服务态度，还是因为他已经忙了一天现在很累，或者更因为他现在是在招待一伙他似乎早就看厌了的中国人。

乍一看整个大厅有着毫无疑问的浓重的中国风味，人多，嘈杂，吃饭时欢腾，吆喝，灯光不均匀或不准确，导致整体不通明、一定程度的昏暗，甚至烟雾腾腾。几根一眼就能注意到的粗大老木圆柱和右侧的假层的木栏杆，柱子上已经略显破旧的红纸楹联（只看见一条并且只有三分之一面，不排斥只是用红纸写的菜名），假层栏杆上还垂着几缕红色丝线流苏，假层下的墙上还做了一个假窗，是为了镶嵌上那面木格窗扇，窗扇上还挂着几串看起来能够断定是假的红辣椒、玉米、大蒜头……这些都显现着强烈的中国风味，但与此同时任晗又总是觉得有一些同样重要甚至更重要的地方使它显得不像真正的中国餐馆，尽管这从理性上来说毋庸置疑（它开在异国他乡怎么也没法十足地“中国”）。但这家中餐馆这些不像中国的因素不同于前天在埃菲尔铁塔那里吃的中华快餐，中华快餐不掩饰它已经在异国他乡生根杂交的本性，也没有在任何地方刻意体现它的“中国味”，但它的菜反倒很好吃，而现在这家更宽广更奢华的中餐馆似乎一切都正好相反。

不过这些想法只是在心里一闪而过而已，真正吃起来大家还是吃得很欢。桌上总有两三道菜是可以吃吃的，特别是有一个砂锅鸡汤，对于今天跑动量很大的几个舞者和任晗都很受欢迎。任晗默默地喝了三碗。大家喝了一些啤酒，任晗不太会喝酒喝得不多，唐思远则不停地邀请桌上每个人干杯，后来主要跟燕青喝，再后来跑去老廖所在的邻桌喝。那边无疑也会时不时传出老廖和喝酒有关的声音。每次开幕晚宴，任晗都会想起差不多十年前，一次老廖、徐磊、赵庭佑三人展的开幕晚宴上南京和北京两地艺术家打起来的场景。并不是那打架现场多么让人记忆深刻，只是它由于最没有悬念地仅仅是因为两地艺术家互相看不上的可笑，才让人忘不掉。

这里的一大好处是可以抽烟，不知道是因为中餐馆携带了中国人的随便，还是餐馆更高档所具有的自由。这桌包括任晗、燕青、唐思远、舞者三姐妹、王琪，还有三位法国女性（一位中年，两位青年）。好在有王琪在场，还能和三位法国人简单聊聊，可是她们似乎很生分，并不主动和中方人员多聊。因此这一桌整个吃得有点拘谨，吃得也快，很快大家就都吃好了。最后唐思远和燕青大多时间都挤到了老廖他们那桌。任晗一直在考虑自己是否也需要过去敬敬酒什么的，但最终还是没去。他抽着烟，时而继续环视餐馆内饰。他扭头朝身后看，看到一张新贴上不久的红纸上写着：炒韭菜，14 €；以及它们的法语。一盘韭菜 14 欧，也就是 140 元人民币……那眼前这桌菜——不过似乎也还好，两三千一桌在国内很多酒席上也不算什么啊……

二十六

回到旅馆之后，虽然每个人的原因不同，大家都既不特别亢奋，也不消沉，就像舒舒服服泡了个温泉之后的微微疲乏的宁静。即便明天中午就要赶赴机场登上回国的航班，每个人还是异常轻松闲定，也都在短时间内随手收拾好今晚可以提前收拾的行李。在燕青的提议下，大家出去散个步。他们往旅馆后面走，这正是十几个小时之前的清晨任晗步行去过的公园的边缘，不过任晗当然没有公布这一“秘密”，大家也没有再往里走，因为这里已经有大如华盖的古树和柔缓起伏的草坪。

也正是在这里，任晗才得知舞者三姐妹明天并不跟他们一起回国，她们明天一大早还将继续去欧洲别的国家旅游。散言碎语中听她们说好像在不久之后她们还要在另一个国家某个活动上演出。对欧洲、对旅游任晗仍旧没有兴趣，但她们提到了挪威和奥地利。他想到了蒙克和埃贡·席勒，想到那些想象中的黑暗的森林、淙淙的山泉，他心里还是升起了一丝羡慕和慨叹，不禁又想起晚上那位声称能让他“永远留在巴黎”的贵妇……

在紧绷、抑制了短则三五天长则三五个月之后，在虽然谈不上艰辛但确实来回奔波、工作了三五天之后，在虽然谈不上最累但确实仍旧微妙复杂的人际猜度之后，此刻从里（工作、任务）到外（交际、吃饭）不仅完成，而且每个人都获得了不同内容和不同程度的满意，在这一切之后，在这悄悄滑向午夜、明天就将各奔东西的前半夜，所有人“相聚巴黎”的珍惜心情终于出奇地达到了一致，融合在这清香的空气里。大家神清气爽但又似乎各怀心思，在这透明的夜色里仿佛想对散发着芬芳的大树和草地吐露心声却欲言又止。大家激情满怀似乎想要拥抱一切但不是眼前的任何人，想要感慨抒情却又隐隐感到人生的巅峰还远远没有到来。在这无声的谣曲反复流淌之中，竟然是老廖发话提醒燕青：“我们合个影吧。”

于是燕青取出三脚架固定好相机，设置成自拍模式。七个人坐的坐、蹲的蹲，分成两排，任晗和大家一样在夜色中看着相机闪烁的红点，他怎么也没法把自己的表情调到自己满意的自然状态，他的余光能看到身边的燕青、老廖和唐思远，他能看到他们也处于各种歪斜的姿势，他知道，在这样一个永恒的时刻，固定的是一个无法永恒的影像。

二十七

最后实际上只有他们四个男人回程。坐在去往机场的大巴上，天气虽然有阳光，但并不足够晴朗。由于座位很空，四个人分散在各个角落，彼此没有言语，但看起来都很轻松，毫不消沉，可能也因为没有人送别，所以大家看起来没有强烈的“离开”的感觉。当大巴进入空港区，与市区迥异的大片空旷和低矮的建筑，使任晗感到又来到了一个新的地方，并且两三个小时之后就要确凿地离开这个陌生的地方，因此他想起自己带出来的那个卡片机还没有拍过一张照片，这太可笑了。他拿出相机，因为它第一次拿出来，它突兀得使任晗不想被燕青和老廖看到他“也带了相机”，于是他都没有把它举到眼前，只抵在胸口对着窗外随手一拍，留下了一张斜构图的照片，大面积是还算蔚蓝的天空，右下角是白色的低矮建筑的一角，左边就是地平线。他盯着这张照片，它没有任何迹象可以证明这是巴黎。他突然觉得这似乎并没什么不好，不需要更多的形象来纠正它，于是他把储存着这一张图片的相机收回包中。

时间平淡和祥的流逝本来让人觉得直通着登机、起飞，一切正常，没想到轮到他们这个航班的时候，他们排了两个多小时的队，逐渐过了登机时间和起飞时间，队伍还不见松动。让任晗吃惊的是，乘坐这班飞往中国、飞往上海、飞往浦东的航班的人竟然如此之多，队伍排得像一条长龙，顺着柜台、扶栏、座椅蜿蜒曲折，而队伍旁边的椅子上也坐满了随时准备排进队伍里的人。更重要的是，各个国家的人都有，有白人、黑人，还有一眼就能看出的印度人，更有头上扎着头巾的阿拉伯人。这样的景象让他感到一种莫名的怪异的温暖，仿佛自己一瞬间坠入了五大洲四大洋全人类的大家庭，成为那色彩厚重驳杂的肥肉堆里一个幼小孱弱的孩子，在那里，每天、每时每刻充斥着为自己各种生存权利和精神权利拼搏奋斗的人，他们的拼搏和奋斗也不经意地为孩子们筑起安全的堤坝。

其实不仅他们航班的人多，整个候机厅的人都多，这是最初坐大巴来机场的路上不能想象和理解的。他们排队的这个片区人特别多，排队的人歪歪斜斜地站着，队伍外边，因为椅子不够，各种肤色的人就席地而坐、而卧，即便因为身在机场这样一个算得上昂贵的地方，大家的衣物行李还算高档新鲜，但整体看起来也像一个难民营。这次出来的首要体会就是没想到印象中“高度发达”的欧洲，许多地方竟然不如中国、不如上海。尤其是机场。因为迟迟不登机，队伍已经多次涌动各种语言混杂着发出一种变声期男生那样脏浊粗厚的混响。这时，令任晗惊愕的事发生了，在色彩厚重的队伍之外，前列的窗口走来一个身着红色贴身空姐制服、戴着空姐帽的法国女郎，严格来说是一个少妇，至少三十三岁。她从队伍前列一路走来，同时在跟大家说话。让任晗吃惊的是，她说的是满口的汉语、普通话，不仅发音标准、语速流利，更重要的是她还操着一副拉家常、劝慰、教导的口吻！“不要急，不要闹，少安勿躁，每个人都能安安全全地回家，每个人都能平安准时地抵达上海！”这金发碧眼的脑袋和身体里发出如此老到的汉语，实在是非常怪异，她这汉语里流露出来的又爱又恨的语气，让人感觉她完全可以去中国做一个幼儿园园长。

飞机起飞后，前排椅背上的显示屏时不时地在蓝黑色的背景上显示着黄色的航线。任晗只能对这条缓慢移动的线条本身感着兴趣，其丰富并蕴藏秘密的细节对地理知识匮乏的他来说是完全无知的。实际上，飞机经过巴黎盆地东部，经过广袤齐整、绿绒般的葡萄园，飞过马恩河上空，经过阿登高原厄斯林区南部边缘，从中等山脉梯形地带进入平原，随后，也就是在一个小时之后离开陆地，飞越在波罗的海西部海域上空，不久之后它横穿盖瑟半岛的海滩，擦过默恩岛东南部短短的海岸线，然后在明媚的日光照耀中继续在蔚蓝的波罗的海上空飞行了十几分钟，再次压过一片不大的半岛形陆地，此后持续在海面上默默飞行了近一个小时。如果任晗了解这段航程，他就会知道它是整个近十二小时的行程中两个稍显危险的航段之一，另一个是更不易察觉的西伯利亚，那时已进入午夜，也是人们最困的时刻，在那幅员辽阔人烟稀少覆盖着厚厚的冻土的高寒平原，所有人正在海拔近1000米的平原上空流着油润的口水。

比启程时更为自然地，大家都分散着坐，任晗甚至在视线范围内看不到他们三个人。既然更自然更不需要理由，所以此刻的隔离也并没有让任晗感到更为自由和兴奋。没有兴奋也没有遐思，似乎从返航的飞机起飞的那一刻起，他就进入了一种少有的“公事公办”的状态，仿佛自己是一个经常往返于国际航班的商务人士，没有情绪，只有永无止境的实在的工作，虽然他并没有什么工作，但这是一种工作、实务的心境。为此他打开包，想找些读物阅读，随手就摸到了小非签名送给他的画册，他觉得这不是一个坏选择，它一页页好歹也是艺术作品的图片适合还没能够凝神阅读的闲散心态。

然而现在比任何时刻都读得深入。他再次看到了画册上多次提到的“新埃菲尔艺术中心”，这个并不存在的“艺术中心”。他还详细阅读了画册后陆文亮写的评论，一边阅读一边心里止不住地惊呼：可真敢说啊！人在为自己定下目标之后撒谎的胆子是多么大啊。而他们如此大胆的原因，是因为他们知道其实没有人会在意这些，没有人会因为这些去刨根究底，而只会对最后一个结果感兴趣。唯一让他感到糟糕的是他不知道自己该怎么做。首先其实他觉得自己内心并不像想象中那样厌恶这些做派，甚至很长一段时间他脑子里都在想自己接下来也应该这么干；其次，他又知道这其实也是一种能力，不是说你想这么干就能这么干，想这么干就能干成，你没那个能力，你演都演不像。

在他合上画册盯着显示屏上黄色的航线发呆时，他右边的外国中年男人指着画册问："能给我看看吗？"虽然普通话发音没有绝对标准，但语速丝毫不打折。任晗爽快地把画册递给了他。这个外国男人身材高大，坐着也比任晗高一个头，他脸色棕红，络腮胡子，脸上有一些坑坑洼洼，但深陷的眼窝、高耸的鼻梁和凶狠的眼神还是显出他的刚毅。他仔细地翻阅了画册，随后和任晗聊起了天。得知任晗刚刚在巴黎参与了这本画册所展示的作品的艺术展览，他只是表示了优雅的快乐，并没有表现出预想中出于虚假礼节的惊讶和尊崇。随后聊起了他本人。他告诉任晗，他是高速列车网络控制设计师（在任晗的困惑下，这个职业术语他一字一顿地念了三遍），他们正在跟中国合作，协助中国兴建高铁，他还说了自己公司的名字。见任晗困惑，他从毛衣 V 领后面的衬衫口袋里掏出自己的名片。任晗看到他公司的名字"阿尔斯通"，只是他的名字还是法语，任晗只能从开头最短的那部分大概得知他的名字中有“阿兰”的音。

“你不知道‘高铁’？”外国男人对任晗的一脸懵懂似乎不太满意。

任晗害羞地迟疑着，“是现在的动车吗？”

阿兰摇着头：“不，比这个还要快，不久之后中国的列车将达到时速300公里以上。”

任晗习惯性地先报以一个惊讶的表情，同时在脑子里迅速地计算目前动车的时速，随后，他把自己装得比实际情况更幼稚一些：“现在200的速度我们觉得也不错啦，为什么还要更快？”

这位外国男人轻蔑地摇着头，也不知道他为哪门子而轻蔑。他双手抱胸，收回视线，正视着他的前方，眼睛还时不时转向右上方画面闪动的电视屏幕，他继续摇着头，似乎为眼前这位中国年轻人的无知非常惋惜：“中国将建造很多高速铁路，现在的动车很快就要被替代，未来不久，中国的高铁将是全球最厉害的。”这时他脸上又洋溢着莫名其妙的骄傲，凝视着前方，久久地沉浸在自己的喜悦之中，然后意味深长地点着头：“中国，将发生翻天覆地的变化。”

就像始终有一批崇洋媚外的中国人一样，西方也始终有一批人无比迷恋东方，迷恋日本，迷恋中国，任晗知道，今天，自己就扎扎实实地遇到了一位。

夜色比想象中更快地吞没了飞机。他已经完全没法算清楚现在到底是哪里的几点了，也不再为此操心。反正时间总是在那儿，各地指针的位置都没有否定它正在流逝的事实，这就够了。如此安详、熟谙一切的氛围使他少有地在交通工具上睡了一个好觉，他竟然一觉睡到了天明，在嘈杂声中醒来他立即知道两个现实：一、这是一个欢乐的早晨；二、飞机很快就要降落，已经快到上海了，至少已经在江苏境内。他感到这一觉是自然醒，虽然行程即将结束，但他无比清醒的大脑足以应对一切，他并不感到仓促，他甚至清晰地提示自己：待会儿下了飞机、回到高东美术馆见到同事，自己最重要的是保持出门前的原样，不能有任何“有所变化”的感觉。必须知道，这只是出了一趟小门而已，此刻回到上海也就必须像三个月前自己从生活了二十年的南京来到上海时一样的平静、无感、没有改变、照旧。这不只是对自己而言，对整个世界、特别是自己身处的周边世界而言，一切也都没有改变。……就在他对自己做着一些要求并为之笃定的时候，飞机轻盈地颠了一下、着陆了，他像以往每一次着陆那样双手紧紧地抓着前面座椅的靠背，有点像《肖申克的救赎》中老布出狱后在公交车上紧紧抓着前面座椅上的扶栏——他自己双手如此紧张地派着用场，但是他却听到了别人的双手派上的另外的用场：他听到了掌声，和随之而起的欢呼声；最初他不能理解这掌声，差不多过了几秒，他才明白这是这个以外国人为主的乘客群对机长平稳着陆、对他高超精湛的飞行技术表示感谢和赞赏。为此他也松开自己的双手，生疏地加入到掌声的行列。一瞬间，他感到这掌声别有意味，似乎是再次为昨晚的展览、昨晚自己为展览的付出、甚至整个这次行程的——总结性赞赏。

舱外流动的浦东机场的跑道、栅栏、荒地看起来又有一丝陌生，似乎是一个新的上海，但他立即提醒自己不可如此感受。一切都和五天前一模一样。就像自己往返的航班号紧紧相连，一个是558，一个是557，这意味着它们一定是在这条航线上循环往复。此刻这架飞机抵达上海，休息一个固定时段之后又将飞往巴黎，这循环往复周而复始太容易让人想起这个肤浅煽情的句子：对一些人来说，这个航程结束了，对另一些人来说，新的航程即将开始。

图书在版编目(CIP)数据

逆旅 / 陈卫 著 .-- 西安 : 陕西人民出版社，2020.7
ISBN 978-7-224-13575-6

Ⅰ.①逆… Ⅱ.①陈… Ⅲ.①中篇小说-小说集-中国-当代②短篇小说-小说集-中国-当代Ⅳ.① I247.7

中国版本图书馆 CIP 数据核字 (2020) 第 049196 号

策　　划：胡杨文化　何崇吉
联合策划：黑蓝文学　哪吒映画
出版统筹：关　宁　韩　琳
责任编辑：张启阳　王　凌
装帧设计：St.Jiu

逆 旅

作　　者　陈　卫
出版发行　陕西新华出版传媒集团　陕西人民出版社
（西安北大街 147 号　邮编：710003）
印　　刷　北京中科印刷有限公司
开　　本　880 毫米 ×1230 毫米　1/32
印　　张　8
字　　数　151 千字
版　　次　2020 年 7 月第 1 版
印　　次　2020 年 7 月第 1 次印刷
书　　号　ISBN 978-7-224-13575-6
定　　价　49.80 元